往来皆鸿儒

往来皆鸿儒

《白丁会客厅》教育访谈实录二

中国教育智库网·白丁智库 主编

上海交通大学出版社
SHANGHAI JIAO TONG UNIVERSITY PRESS

内容提要

《白丁会客厅》是中国首档教育类高端深度访谈节目。借力教育部直属事业单位——教育部学校规划建设发展中心，中国教育智库网的资源优势，《白丁会客厅》自2017年7月开播以来，邀约了行业内的知名人士，包括教育部官员、顶级学者、国家级智库、一线名校长、全国两会代表、跨界名人等，深入解读教育焦点、难点、热点、痛点。目前已采访超过70位教育领域颇具影响力的嘉宾，吸引超800万人次观看。本书主要集结了2019—2020年间20余期精华节目的文字稿，以及第三届中国教育智库年会现场的部分精彩报告，内容涉及教育助力自贸区发展、新时代背景下的学校建设、面向未来教育的创新改革等多方面的热点问题。

本书适合各级教育行政部门工作人员，全国大中小学校、幼儿园的校长(园长)、教师以及关心教育发展的各类社会人士阅读。

图书在版编目(CIP)数据

往来皆鸿儒:《白丁会客厅》教育访谈实录二/ 中国教育智库网·白丁智库主编. —上海: 上海交通大学出版社, 2022.6

ISBN 978-7-313-24823-7

Ⅰ. ①往… Ⅱ. ①中… Ⅲ. ①访问记—作品集—中国—当代 Ⅳ. ①I253

中国版本图书馆CIP数据核字(2021)第055341号

往来皆鸿儒

《白丁会客厅》教育访谈实录二

WANGLAI JIE HONGRU

《BAIDING HUIKE TING》JIAOYU FANGTAN SHILU ER

主　　编: 中国教育智库网·白丁智库

出版发行: 上海交通大学出版社　　地　　址: 上海市番禺路951号

邮政编码: 200030　　电　　话: 021-64071208

印　　制: 当纳利(上海)信息技术有限公司　　经　　销: 全国新华书店

开　　本: 710 mm×1000 mm 1/16　　印　　张: 17.5

字　　数: 293千字

版　　次: 2022年6月第1版　　印　　次: 2022年6月第1次印刷

书　　号: ISBN 978-7-313-24823-7

定　　价: 68.00元

序　言

2019 年，我们出版了《往来皆鸿儒——〈白丁会客厅〉教育访谈实录一》，姜大源、刘坚、高书国、周洪宇……许许多多的人在其中讲述着他们所感受到的教育变革、所经历的教育故事。2020 年，当我们计划着让该系列的第二册尽快与大家见面时，新冠肺炎疫情暴发了……

疫情让我们再一次深入思考：教育是否可以发生在更多的场所？学习是否只能发生在课堂？信息技术与教育之间是否还能产生更多碰撞？如果说此前还仅仅是畅想未来教育的话，这一次，就是所有人离未来教育最近的一次。

为了回答好这些问题，中国教育智库网与北京一零一中共同发起并成立了未来智慧校园研究中心，北京中关村第三小学、上海徐汇中学、深圳红岭实验小学等百余所中小学校共同参与了这一盛举，希望将未来学校、智慧校园的理论研究与实践相结合，探索学习空间、学习形态、管理模式与智慧生态，希望通过这样的探索，促进新技术与教育的融合创新，助力未来学校、智慧校园的建设。因为这是这个时代所指明的，我们必定会去的方向。

为此，一系列的工作都在紧张进行着，包括这本姗姗来迟的《往来皆鸿儒——〈白丁会客厅〉教育访谈实录二》。为了致敬战“疫”之年，我们推翻了此前对这本书的所有设想，重新选稿、编辑，并增加了许多新颖、前沿的对话内容，我们希望借着疫情的契机，带着更多的人走向未来教育，了解未来学校建设。

比如开篇的“名家论道，谈古论今展望教育未来”，我们收录了钟秉林、刘嘉、王殿军等多位在教育界具有深刻影响力的专家、校长的精彩对话。他们分析教育政策与形势，直指教育弊端，一两句精彩的言论，就能够引发我们对于未来教育深刻的思考。

又如,疫情期间我们紧急策划了“后疫情时代——未来学校建设的N种模样”特别访谈,通过线上直播的方式对话了北京一零一中、北京中关村第三小学、上海徐汇中学、深圳红岭教育集团等一些名校的校长,分享他们的战“疫”经验。

再如,在技术不断发展跃迁的社会背景下,新技术与互联网公司在不断涌入教育,面对供需不匹配的现状我们对话了两位分别来自北京、上海的校长与当前走在开发前沿的教育公司CEO,未来他们会是买卖关系,还是协同共生?看过了“校企协同,新技术与教育融合有道”,无论是校长还是企业负责人,都会对此有新的认识。

我们还整理了两届未来教育创新成果奖中的特别案例,收录在“创新成果,未来教育探路者的改革实践”中,也许这些学校和地区还不够响亮有名,但在未来学校变革与教育创新路上,他们已是走在前沿的人。

未来学校是一个很大的话题,但是聚焦在一所学校的时候,它又可以变得很具体化。虽然它尚未有一个具体的建设标准,但是从这些对话中,我们又可以归纳出很多内容。

本书中的主持人“白丁”,是中国教育智库网总负责人,未来学校研究院执行院长郑德林,在这些对话过后,他有了很多的总结、感悟和自己的观点。

他认为,在学习方式上,未来学校会有四个“一体化”:理论学习和实践学习的一体化;线上学习和线下学习的一体化;自主学习和共同学习的一体化;学习过程和创造过程的一体化。

他特别强调了信息技术对未来学校建设的影响——在技术和教育的关系中,教育才是主导,技术起辅助作用,是为教育服务的,切不可因技术的发展而颠覆了教育本身,否则对教育来讲就是个灾难。

他建议我们在建设未来学校的过程中一定要放下传统的包袱,这样才有可能在其建构方面有明显的突破和增长。最重要的是,未来学校虽然是教育创新的阵地,但教育创新不是把教育做成创新的样子。

未来学校的探索,不是几次对话,也不是几本书能说得完的。它的建设会一直在路上,没有终点,就像我们对于未来教育的探索和追求,也会一直在路上。

目　　录

往来皆鸿儒

《白丁会客厅》教育访谈实录二

名家论道，谈古论今展望教育未来

钟秉林：强基计划是国家战略需求，瞄准“卡脖子”人才

人物简介

钟秉林，中国教育智库联盟执委会主任、中国教育学会原会长、北京师范大学原校长。

近些年，中美关系持续紧张，社会对于我国科技创新、尖端人才培养有着越来越高的呼声和期待。新高考改革、核心素养、全国教育大会、中国教育现代化2035、“强基计划”等近些年的重大教育事件都标志着我国教育改革在逐渐深入。2020年的一场疫情开启了世界百年未有之大变局，在这个过程中教育也发生了一系列变化，我们每个人都是亲历者，也都是在教育创新第一线的奋斗者、实践者。

中国教育智库网总负责人、未来学校研究院执行院长郑德林（白丁）对话中国教育智库联盟执委会主任、中国教育学会原会长、北京师范大学原校长钟秉林，围绕着5年来的高考改革趋势与人才选拔变化，为大家带来一场精彩分享。

“强基计划”是国家战略发展需求，瞄准高新技术人才

白丁：近期，清华大学一位教授提到一个观点，中美之间现代科学发展的差距在于美国更加重视科学的基础研究，因此更能诞生原始创新，而中国所强调的科学更偏向于追赶型的科技创新，缺少从0到1的过程。

2020年，“强基计划”取代自主招生，为了选拔综合素质优秀或基础学科拔尖的学生，从“新高考”改革到“强基计划”，在综合素质及拔尖人才培养方面，您认为我国有怎样的政策倾向和发展趋势？

钟秉林：这个问题提得非常尖锐。中国要实现现代化、实现中国梦，从人才培养的角度来讲，我觉得有两个方面要高度重视。一是国家急需的基础科学的人才培养亟待加强；二是高新技术的“卡脖子”领域，涉及国家重大发展战略的实施，这类人才培养也要加强。

刚才主持人提到的“强基计划”，实际上是高考招生制度改革的一个重要探索。通过“强基计划”，选拔一批综合素质非常优秀，或者在某个学科领域基础知识非常扎实、具有培养潜质，或者是在高新技术如人工智能、集成电路等方面有培养潜力的拔尖人才，进入大学，实行专门的培养计划，对他们进行针对性的培养，满足国家战略需求。

2020年是实施“强基计划”的第一年，从现在招生情况看，是比较理想的。为了稳妥起见，教育部将启用“强基计划”招生的学校数量限制在36所。这36所大学都是国家“双一流”建设中的一流大学A类建设高校。考生在参加高考之后，还须参加高校组织的自主测试，招生单位同时结合考生的中学学业水平和高中综合素质评价结果来决定最后是否录取。我想这既是国家战略发展需求，也是国家高考招生制度改革非常重要的方面。当然，可能还存在一些问题，要不断地总结经验，进一步地改进和完善。

白丁：我想问钟会长，“强基计划”与之前的自主招生相比，新的政策有哪些优势？

钟秉林：和过去90所大学的自主招生相比，变化有4个。第一，更加聚焦招生的领域。“强基计划”主要招收和培养国家急需的基础科学人才和一些“卡

脖子”的、涉及国家战略需求的高新技术人才，这限定了它的招生范围。

第二，“强基计划”对学校也进行了筛选。刚刚也讲到了，目前只有36所高校可以进行“强基计划”招生，这确保了人才培养质量。

第三，在招生录取方式上，“强基计划”强调对学生进行综合评价。不仅要参考高考成绩，还要参考学生参加高校自主测试的表现，参考学生高中综合素质测评的结果和高中的学业水平，在对学生进行综合评价之后再进行录取。

第四，从招生的规范性来讲，为了避免不正之风，“强基计划”采取了严格的措施，比如在网上进行公示等，接受老百姓和政府、社会的监督和问责。

高考改革总体顺利，平稳推进

白丁： *您一直在参与高考改革的综合评价工作，高考改革的推进并不是“一刀切”，那么请问钟会长，目前改革工作推进得如何？接下来改革将呈现怎样的趋势？*

钟秉林： 高考改革得到社会广泛关注，因为这项工作牵一发而动全身，如果稍有不慎而出了问题，会涉及学生和他们家庭的利益，还会引发舆情，甚至影响到社会稳定。所以高考改革总体来说就是要遵循规律、试点先行、平稳推进。

2014年，国务院正式发文启动了上海和浙江两个省份高考综合改革的试点。2017年这两个地区按照新的方案招生，同时又启动了4个省市，即北京、天津、山东和海南的第二批高考综合改革试点，这4个省市2020年也已经开始按照新的高考改革方案招生。从目前的情况看，各项工作进展比较平稳，社会反响比较正面。

2018年，又有8个省市正式启动高考综合改革，包括辽宁、河北、江苏、福建、湖北、湖南、广东和重庆，这8个省市将从2021年开始实施新的招生方案。目前我国已有14个省市先后启动了高考综合改革，2020年又有六七个省份正式申请启动高考综合改革，现在教育部正组织专家组分别到有关省份，对其基础条件进行评估，评估之后由教育部确定明年启动改革的省份。

虽然改革总体来讲比较顺利，但是也存在不少问题，遇到不少困难。高考改革很重要的一个价值取向，就是尊重学生选择权，给学生更多的选择机会，比如让学生自选三科考试科目等。不能从应试角度去被动应对改革中出现的问题，有些要通过转变教育观念、深化综合改革来解决，有些要通过政策微调来不断加以完善。比如，学生自选科目设置，前 6 个省份采用的“3＋3”模式（即语数外 3 科，加在其余 6 科中选择 3 科，有 20 种组合），后 8 个省份已经调整为“3＋1＋2”模式（即语数外 3 科，物理、历史 2 门必选一科，之后从其余 4 科中选择 2 个科目，有 12 种组合）。这不但可以避免选科时出现的不平衡现象，而且对于基础教育相对薄弱的西部地区而言，也可以降低操作难度，保证高考改革平稳推进。总之，要因地制宜，不断进行调整。

（本文根据钟秉林 2020 年 10 月在《白丁会客厅》采访整理而成）

韩呼生：不是只有教学仪器才叫教育装备

人物简介

韩呼生，中国教育国际交流协会教育装备国际交流分会理事长、教育部教育装备研究与发展中心原主任。

2020年的一场疫情，让社会看到了新技术发展对教育教学与学习方式变革产生的巨大影响。在国家大力推进教育优质均衡发展的背景下，信息技术在其中的确起到了重要的作用。未来，它还将如何影响教育？

在第五届中国教育智库年会《白丁会客厅》栏目现场，中国教育智库网总负责人、未来学校研究院执行院长郑德林（白丁）对话中国教育国际交流协会教育装备国际交流分会理事长、教育部教育装备研究与发展中心原主任韩呼生，围绕教育装备的发展与应用，为大家带来一场精彩分享。

教育装备对教育发展意义重大

白丁：我国教育一直在强调优质和公平。2018 年“一块屏幕”引发了非常大的争议，但不可否认的是，信息技术的发展确实让优质教育资源开始有机会进入教育薄弱地区。2020 年的疫情，更加推动了教育信息化的发展。

请问韩主任，从教育装备角度回顾这五年，它在朝着什么样的方向发展？它是如何促进教育优质与公平的？在疫情背景下，区域或学校购进新技术类的教育装备时，应该考虑哪些问题？

韩呼生：当前教育装备工作主要有两个特点，一是更新换代提速，二是融合创新发展。这次新冠肺炎疫情给我们带来了空前的挑战，中国教育国际交流协会的年会期间，我们专门邀请了美国加州大学的教授，请她谈谈美国在疫情影响下是如何开展教育工作的。她谈得很客观，美国学校目前开展的“停课不停学”和中国相比差距很大，美国一些学校的信息技术设备、装备水平远不及中国尤其是中国发达省市。陈宝生部长也讲到了，“停课不停学”在大部分地区做到了。这就充分体现了我们在面对重大疫情时，学校和教师积极运用现代化的教育装备和技术手段开展“停课不停学”，其中教育装备发挥了重大作用。

我的建议是，教育装备工作首先要引起各级领导的高度重视，过去学校认为教学仪器才叫装备。但现在“教育装备”的概念是什么？除了学校的建筑物，目之所见都叫装备，包括后勤、食堂等。领导重视，具体负责教育装备的同志就好开展工作，所以说一定要把“教育装备”当作一件重要的工作来做。

我举两个例子。第一件事，我在 26 年前从事过高校招生工作，在学生司招生处担任副处长。当时招生不规范的现象刚出现苗头，因为当年高校招生实行“两轨制”，自费生、委培生是要交费降分的，所以拿钱买分的现象比较突出。

当时互联网刚刚兴起，时任教育部分管高校招生的领导提出，研究尝试利用互联网开展网上录取试点。于是在 1996 年，我们决定和清华大学合作，共同成立网上录取课题组，由我担任课题组副组长，研究利用信息技术实现网上招生，到 1998 年在天津试点成功，2000 年在全国推广。实践表明，通过互联网我们能及时、准确地收集到学生的报考信息并在网上录取，实现了阳光招生。到目前为止，在座的校长和老师都是受益者。网上录取既公平又科学，整个招生过程完全透明，这就是“阳光招生”的来历。

第二件事，我在教育部从事大学生就业工作时，当时刘延东副总理有一个批示，让我们通过社会评价，每年评选出 50 所就业工作做得比较好的学校。批示下到教育部，我们商量了半天觉得不好评，为什么呢？过去高校评估在社会上有很多负面舆论，自己评自己好显然不行。所以刘延东副总理强调一定要是社会评价，那么怎么进行社会评价？

当时拿到批示以后，大家反复论证究竟应该怎么评。我们集中了国内一批专家，包括现在是中国教育国际交流协会国际交流分会专家组组长的郑志明院士，当时他是北京航空航天大学的副校长，在一块商量，最后拿出了一个方案和标准，得到了教育部的批准。

最后我们是怎么评的呢？就是采取科学的方法，不是让专家们去投票清华好还是北大好，而是设计了一个数学模型——投权重。学校的社会评价、专家的进校调研以及自我评价三方面，让专家投权重，哪个票数最多，我们就采纳哪个权重，权重一出来，排名就出来了。

最后评选的 50 所高校排名，直到今天没有任何负面影响，因为社会调查的比重占得很高。我们委托国家统计局的调查队，专门做社会调查并随机对学生、学校和用人单位进行满意度调查。所以说得出的结论就比较客观。

我举这个例子是想说，教育装备也一样，一定要用科学的方法融入教育教学当中，这个非常重要。大家切记，不用追求多么绚丽的画面，多么高精尖的设备，这些都不重要，重要的一定是使用人的创新能力与教育装备的高度融合。

特别给北京一零一中提个建议，非常欣慰看到你们成立未来智慧校园研究中心，2019 年我们在西柏坡做了一个扶贫活动，在欠发达地区建设智慧校园，我希望未来智慧校园研究中心能够积极参与这个项目，因为其意义重大。发达地区建设智慧校园，装备很容易买到，而欠发达地区的经费少、装备少，它达不到标准的要求。所以说建设智慧校园一定要瞄准欠发达地区，欠发达地区做好了，我们国家就做好了。研究中心应该发挥作用，既要在发达地区起引领作用，同时又要把欠发达地区带动起来，使国家整体的智慧校园建设有一个新的发展。

最后我想用两句话来结束。教育装备承载着孩子们的教育梦想，在座的校长、老师们一定要为了孩子们的梦想齐心协力；一定要有高度的责任感和使命感，在教育现代化进程当中，把每一台装备都用起来，绝不闲置。只有这样，教育装备才能在人才培养的过程中发挥重要的作用。

对教育装备要有清晰的定位和判断

白丁：再追问韩主任一个问题，教育装备的智能化发展迅速，您怎么看待教育装备快速更迭的趋势？您认为这是不是正常现象？

韩呼生：我刚才说到了发展趋势的两个特点，其实第一个特点已经提到了，更新换代提速，它发展的速度非常快。现在大家讲的大数据、人工智能、区块链、生物量子技术，有些大家听着感到很陌生，但也许很快就能进入校园当中。现代技术的发展是突飞猛进的，要想在突飞猛进的时代抢占桥头，一定要有前瞻性，对世界教育装备的前沿进行评估、学习、借鉴，对我国目前教育装备的发展现状有清晰的定位和判断。这是要下功夫的，不是简单地配备上绚丽的画面，购置点好的装备就可以的。要跟教育教学深度融合，让老师们用起来得心应手，让孩子们学起来津津乐道，这才是教育装备应该发挥的作用。

（本文根据韩呼生 2020 年 10 月在《白丁会客厅》采访整理而成）

刘嘉：脑科学和心理学是现代教育的基石

人物简介

刘嘉，北京师范大学心理学部首任部长、北京师范大学考试与评价研究中心主任、《最强大脑》科学总顾问。

当教育越来越关注心理学的时候，我们应该如何认识心理学？它与孩子的成长有着怎样紧密的联系？如今的大学生每6个人中就有1个存在严重心理问题，又该如何解决？

北京师范大学心理学部首任部长刘嘉在本期采访中，从心理学、脑科学、教育评价等多个维度，分析了当前教育发展过程中面临的种种问题。

现代教育的基石是脑科学和心理学

白丁：今天我们非常荣幸能够请到著名的刘嘉教授，北京师范大学心理学部的首任部长、现为北京师范大学考试与评价研究中心主任。今天我们会围绕心理学、脑科学、考试、评价和素质教育，展开一场“白丁会客厅”的对话。

教育现在比较关注心理学，但是心理学在基础教育中还是一个相对新的概念，我们应该怎样认识心理学？心理学对0～18岁，乃至18岁之后成年人的整个人生发展有什么作用？请刘教授做一个分享。

刘嘉：教育最核心的对象就是人，人一生的发展过程是分成很多阶段的，比如婴儿期、幼儿期、儿童期、少年期、青年期、中年期、老年期等，分成每一个阶段之后人就有自己的特点。0～18岁特点尤为明显，因为这个阶段大脑的可塑性是最高的，学习的效果也是最好的。但在这个阶段，大脑的发育并不是均衡的，有些地方先发育，有些地方后发育，所以教育要针对个人的特点进行。

开展因材施教必须先了解孩子的心理特点、认知能力究竟到达了哪一个阶段，这样教育才能做到真正的有针对性，这也是为什么现在的教育会把脑科学和心理学作为基石，只有在科学的研究基础之上，教育才能够真正地对孩子起到提升作用。如果仅仅基于老师经验，基于自己过去的长期观察，虽然也会有一定的效果，但是从另一个角度讲，也具有一定的盲目性，这就是为什么现在教育中心理学、脑科学和教育配合得越来越紧密，甚至融为一体了。

白丁：刘教授提到了脑科学，脑科学同样是一个大家感觉有一点陌生的概念，因为我们对人脑的认知有太多的盲区。脑科学和心理学之间又是怎样的关系呢？

刘嘉：脑科学可以把它理解成心理学的基础。成年人大脑的重量大概1.4千克，在约1.4千克的大脑里，产生了人类所有的智能行为，包含发明创造能力、情感以及可能会产生任何偏差的行为，比如各种精神疾病、精神问题。所以说大脑是心理学的基础。心理学成为中介来指导教育，成为外在行为表现都是基于大脑。我们通常把心理学和脑科学结合，这既有深层次神经学的基础，同时也在神经学基础上产生各种心理认知机制，用这些机制和教育产生关联。

白丁：当前中国脑科学的研究，在基础教育领域的应用，现状如何？

刘嘉：总体来说还没有开始，主要有两个原因。第一，在世界范围内，关于人类大脑的大规模研究，从历史的角度来说也就只有10～20年。总体来看积累相对比较少，更多的是来自行为学方面的观察、心理学方面的研究；第二，我们国家对脑科学的研究，力量相对薄弱，更多的是从国外引进概念，比如开发右脑、全脑等说法，而这些概念在很大程度上可能是错的，甚至是带有危害性质的。所以，国内把脑科学用于教育，还刚刚处于启蒙、探索的阶段。但是我个人认为，这是将来教育向前发展的重要基石。

白丁：现在我们注意到，最近社会上把全脑教育、脑科学作为噱头的机构非常多，怎样看待这种现象，它对教育会起到好的作用还是有风险？

刘嘉：这种事情要分成两方面看，既是好事，也是坏事。所谓好事，就是很多家长和教育工作者已经开始意识到，脑科学对于教育发展非常重要，与右脑开发、全脑教育有关的，更容易得到家长的认同，从这方面讲是好事，说明教育工作者理念升级了。

但从另外一方面讲，它又是坏事，并不是所有的全脑教育、基于脑科学的开发都是正确的。这方面其实是良莠不齐、鱼龙混杂的，会给家长和教育工作者带来困惑，究竟什么是对的、什么是错的，应该选择哪种方式，哪些可能带来危害……这时作为大学的教育工作者，有责任也有义务开展一些科普的讲座、宣传，真正把脑科学、心理学精确地用于教育概念中推广出去。

白丁：我知道刘教授参与了北京师范大学脑科学国家实验室的筹建，在实验室中担任非常重要的角色。北京师范大学脑科学的研究建立在什么基础上，目前在国内或者在全球范围看处于怎样的层次？

刘嘉：中国有两个关于脑科学和心理学的国家重点实验室，一个在中科院的生物物理所，叫脑与认知科学国家重点实验室，另一个在北京师范大学，叫认知神经科学与学习国家重点实验室，认知神经科学其实就是脑科学加心理学的另外一个称呼。北京师范大学的这个实验室从2005年正式成立到现在经过十几年的发展，在国内关于人的脑科学研究可以说是做得最好的学术机构之一。

北京师范大学认知神经科学与学习国家重点实验室的一项关键工作就是要把脑科学、人和教育连接起来。刚刚提到了一个概念，就是认知神经科学与学习，其实学习从某种意义上讲就是教育。从这个角度讲，我们有自己的特色。

总体上讲，我们的脑科学研究和国外基本上可以平起平坐，可能在某些方面存在着一些差距，但总体而言，我个人认为是不差于国际先进水平的。

我们的特色是专注于儿童和青少年的发展，把成果用在儿童和青少年的健康成长上。我们还有口号，第一个是“研究它”，即去了解大脑的功能与结构；第二个是“保护它”，即防止儿童和青少年因为各种环境、不正确的学习方式使大脑受到损伤，影响到他们的健康成长；第三个是“提升它”，即如何让儿童和青少年的潜能充分发挥，让他的大脑能够更高效地学到外界的科学知识，更好地掌握它们，得到全方位的发展，最终促使儿童和青少年健康成长。

开发大脑要抓住这三个关键阶段

白丁： *刚刚提到脑、人与学习是相互关联的关系，那么，人脑的发展与年龄段如何对应？*

刘嘉： 粗略地说，0～18 岁是大脑可塑性最高的时期，此时，整个大脑渴望学习，渴望接受外界的输入。18～40 岁，大脑开始趋向稳定，形成自己的世界观，形成自己的知识体系等，相当于从原来动荡的状态中找到了自己的位置。40 岁之后，可塑性就会逐渐地下降，这时并不是说我们就不能学习了或思想固化了，还是可以学习的，但是学习效率与 0～18 岁相比就会慢很多。

0～18 岁间，有两个非常关键的时期。一个在 3～6 岁，是大脑快速成长的时期，也就是学前，这段时间非常关键；第二个是 10～16 岁，这段时间不是整个大脑的可塑性，而是我们的前额叶在变化，前额叶掌控着我们的高级认知功能，包括推理、逻辑、语言、情绪调控等。这段时间对应着小学的高年级到高一、高二，所以这段时间也是学生最佳发展时期。

白丁： *刘教授提到了要研究脑、保护脑，在这两个关键期，对家长和学习者本人在大脑关爱方面，您有没有一些具体的建议？*

刘嘉： 一定要避免束缚孩子，比如不停地做作业、训练各种知识。把他们的思路禁锢起来，这其实对小孩的创造力有极大的损害。这时关键的是让小孩把思路打开，让他见识更多的事情，让他知道有多种可能性，而不是一定要上个好初中、好高中等问题。要让他脑洞大开，知道其实从 A 点到 B 点不是只有这一条路，是有多条途径的。

白丁： 能不能理解为脑洞的打开是靠外部的信息刺激？

刘嘉： 是各种的外部信息刺激。我们现在作业过多，基于知识的教育其实就是逼着孩子做大量、简单、重复、无效的学习。

为何说是无效的学习呢？道理非常简单。老师最希望学生一看见某种题型，就马上反应出来应该用哪种方式去解它，最后就变成一种不通过大脑活动的肌肉训练，一看见这种题，手就开始动起来，老师会说这是一个好学生。然而，其实这就破坏了学生的创造力。创造力本身是一种对思维的控制力，就是要让思维停下来，除了已知的解法之外，还有没有第二种、第三种可能性。而大量的习题练习，基于知识的死记硬背的方式，就会让小孩不经思考把答案写出来，最后导致成绩不错，但是将来的创造力、创新力就非常糟糕。

这种情况，其实孩子越往上面走，他的路就越窄。所以很多时候看到一些学生，小学成绩挺优秀，中学成绩也不差，甚至高中成绩也挺好，到了大学却变成一个很平庸的人，其实是因为他的思路被束缚住了。

白丁： 12～16 岁的孩子确实有这样的问题。在 0～6 岁期间情况如何，在还没有太多的作业等方面的影响时，家长对孩子的脑关爱应该怎样做？

刘嘉： 我通常会比较粗略地把 0～18 岁分成三个阶段。第一个阶段，0～6 岁，这个阶段要做的应该是天赋发现。每个小孩生下来基因不同，所以天赋是有差别的，有的小孩音乐能力突出，有的小孩可能擅长空间能力，有的小孩可能善于表达，这时我们就要发现孩子的天赋。不能认为隔壁的小孩去学钢琴了，我家小孩也一定要去学钢琴。我经常举一个我自己的例子，我自己是音乐盲，对走音跑调不敏感，已经到了非常严重的状况，如果我父母让我去练钢琴，那就会出现三个问题，第一，父母的钱肯定浪费了，第二，我的时间肯定浪费了，第三，也是最重要的，我的自信心被打击了。所以父母的第一件事情是要了解孩子究竟在哪些方面擅长，长板在什么地方，短板在什么地方，然后扬长避短，把长板变得更长，同时把短板稍微补齐，不要让它成为制约因素。

第二个阶段，6～12 岁，小学阶段，要培养兴趣。小孩有天赋，就要培养他在自己擅长的地方产生兴趣，比如小孩有很好的空间能力，表明他可能有很好的理工科的发展前途，将来可以变成一个程序“大牛”，那就让他接触一下编程、机器人制作，这时小孩的兴趣就可以培养起来。如果一个空间能力很好的小孩，反而引导他去写作文、弹钢琴等，他的天赋就会浪费掉。所以6～12岁就是兴趣培养，先发现他的天赋，再培养他的兴趣。

第三个阶段，12～18岁，要规划未来。我将来要从事什么职业，不妨先去了解这个职业，是不是真正喜欢的，能力是不是达标，为了做这个职业应该去读什么专业。记住，一定是什么专业，而不是什么大学。现在的家长一定要有观念上的转变，就是现在的高考不是要去考大学，而是考专业，因为专业对于一生的发展来说更重要。

所以我总结这三个阶段就是：天赋发现、兴趣培养、生涯规划。就按照这个方式做下来。

每6个大学生中就有1个存在严重心理问题

白丁：我认为这对每一个能够看到节目的观众朋友都会是一个非常有价值的信息。刚才刘教授也总结得非常简洁，能够帮助大家理解。

还是回到心理的问题。现在大家对脑的认知可能还处于初级阶段，但是对心理的关注越来越普遍。好像很多人都是先心理出了问题，然后才意识到心理很重要，想请刘教授再科普一下，在心理层面，从小到大应该是怎样的自我关爱或者被关爱的过程。

刘嘉：我们收集分析了一些关于厌学和患抑郁症小朋友的案例，有的年龄很小，是初中生，甚至还有些小学生。一般我们以为抑郁症，就是工作后压力太大会出现的问题，其实很多时候，比如厌学，背后体现的也是一种抑郁。我们通过大量的咨询了解后发现，并不是这些小孩天生就是这样，而是在和父母交互过程中出现了一些问题。所以我们认为孩子的心理健康不仅仅是关注孩子本身，更多时候要注意他所处的环境、家庭，小孩和父母的沟通交流方式，小孩在学校里面和老师同学的沟通方式，以及小孩和社会沟通的方式。因为这些也可能是导致小孩出现心理健康问题的重要原因。

白丁：有没有做过相关的统计，0～18岁的孩子存在一定程度心理问题的比例是怎样的？

刘嘉：我们做过一个统计，说出来是非常吓人的。在大学里面有心理问题，这种心理问题不是今天心情不太高兴，而是达到心理诊断标准的、需要干预的，甚至会达到出现很大突发事件的比例，6 个人中间有 1 个。就是一个宿舍 6 个人，其中就有 1 个人会有严重的心理问题，这成为社会亟待解决的重大问题。

在中学和小学，问题相对来说少一些，根本原因是当时的高压政策把它压住了。学校逼着要学习，家长逼他学习，就像洪水一样，它在一点点累积水位，到了大学之后，大坝就被冲垮了，所以大学出现如此高的心理问题。这其实是在为中学小学买单。我认为要从根源上解决问题，不是在大学进行心理干预，而是要回过去看。从小学、中学开始，究竟哪些地方做对了，哪些地方做错了，从这些地方开始。所以在中小学给老师关于心理健康的培训是至关重要的。老师传授的不仅仅是学科上的知识、能力，还要教授孩子如何正确地对待各种问题。

白丁：相对脑的损伤，心理的损伤是不是可逆的、可修复的？

刘嘉：完全是可逆的，就像我们感冒一样，脑袋晕、流鼻涕、发烧，在床上躺着，但是它是可逆的，过了几天吃了正确的药，做了适当的休息，它就会好了。但是如果生了病还要继续工作，就会发展得更加严重，但本身是可逆的。

白丁：刚刚刘教授提到了老师应该对心理学有更多的认知，如果老师掌握心理学的知识包括脑科学的知识，对学生、学习者有什么重要的意义呢？

刘嘉：师范生如果要去当老师，就必须修一门课，叫“教育心理学”，就是老师必然要懂心理学的知识，这是最基本的要求。但是现在很多地方已经把它变成一种过场、一种流程，并没有真正地去了解它，所以会产生一些相对比较严重的问题。这涉及老师和学生交往的方式。有的老师对学生严格要求，管得特别死；有的老师很民主，让学生自由自在地发展，自由生长。这两种观点听上去各有各的道理，但都不完全正确。

我们提倡的方式，叫做“高度地关注但是不要过度地保护（high care，low overprotection）”。说得直白一点，就是给学生画上一条红线，要求绝对不能越过这条红线，但是在这条红线之内爱干什么干什么，给予充分的自由，但这种自由是一个外面有约束的自由。所以做老师，甚至包含做家长，就一定要把眼睛盯在这条红线上。超过这条红线，一定严格地不拖泥带水地惩罚，但是在红线里面，各种事情也要去慢慢接纳。这样既告诉孩子要有规矩，同时也告诉孩子拥有自由，可以充分地发展。

这是正确的教研方式，但是很多老师不会采用这种方式。要么就是放开了，完全让学生自由地去探索人生，这是不对的，因为孩子的前额叶的控制功能还没发展起来，他是没有能力去充分控制自己的行为的。但另外一方面讲，把他管得太死，孩子的创造力、脑洞大开、各种各样的奇思怪想也被压死了。所以，懂一些心理学对老师对家长都是非常有帮助的。

白丁：前两天有一个学校的管理人员问了我一个问题，该怎么理解自由，当时想了想我给他的回答是有底线、无局限。听了刘教授的分享，我觉得我的回答是正确的。

刘嘉：对，你的回答特别专业。

重新认识中国的考试与评价

白丁：下面我们将关注点移至刘教授的另一个身份，北京师范大学考试与评价研究中心主任。我想很多人听到考试，感觉几乎不会美好。刚刚也提到我们中国人成长经历当中会有一个非常不好的形象，叫“别人家的孩子”，我想还会有另外一个听起来感觉不太好的名词，就是“考试”。考试与评价，这两个词作为您研究机构的名称，究竟应该怎么理解考试，怎么理解评价，想听刘教授做个分享。

刘嘉：考试和评价，我们可以认为它们就是双生子。考试是高利害的，它涉及选拔，而评价是低利害的，不涉及选拔。考试和评价，它们所用的原理机制是一样的，从这个角度来讲，它们是一回事。

为什么考试会让大家痛苦，道理非常简单，因为选拔就会有排名。这个问题很容易被教育工作者和家长所忽略，就是“别人家的孩子”。一旦排名，总有第一名、第二名、第三名，所以除了第一名之外，从第二名到最后一名总是处于焦虑状态，父母都会提到别人家的孩子。而第一名其实压力更大，因为今天我是第一名，明天就可能不是了，要保住这个位子远比夺取这个位子更难。所以在整个学校环境里，学生处于焦虑的状态。它背后的原因是什么呢？就是所谓的“一元评价”，只拿一个指标去评价所有的孩子。

比如，拿 100 米短跑来评价孩子，肯定大家都会很难过。但是如果采用多元评价，评价一个孩子靠的不是数学考多高，总分考多高，而是你的数学厉害，但是语文差一点、动手能力差一点、组织能力差一点，或者你可能数学不行，但是展现了极高的音乐天赋，或者极高的组织管理能力，良好的沟通能力，非常高的创业、创新的能力，制作能力时，就可以看到每个孩子身上的闪光点，这也是为什么要专门提出来，反对唯分数论、唯升学论，其实就是强调多元评价。

让每个孩子找到自己的闪光点，为什么这一点特别重要呢？因为一个人最重要的就是自尊和自信，如果丢掉了自尊、自信，他做什么事情都会畏畏缩缩，心想："这事我能行吗？""我能干吗？"最后，"算了，还是留给别人吧！""我在后面就跟着随大流。"这时我们就不可能产生真正的拔尖创新人才。

白丁： 假如用一元评价，只用音乐来评价，我们的刘教授肯定是个失败者。

刘嘉： 对，非常严重的失败者。

白丁： 也就没有一个大心理学家，在这里和大家做分享了。

刘嘉： 可能现在已经到精神病院去了，因为被打击得太严重。父母会说，给你花了这么多钱，给你请了最好的老师，每天你从早上一直练到晚上十一点钟，还是垫底，那就是一个字，笨。一旦我挂上了"笨"这个标签，它就会跟随我一辈子。所幸的是，我在原来中国高考体系里面，数理化的成绩比较好，所以考分还可以，不会过于抑郁。但是从另一个角度来讲，有好多人数理化虽然不如我，但在其他方面远胜于我，那些小伙伴们，因为国家以前单一的一元评价体系，可能活得就不那么愉快。

白丁： 我感性地理解，不知道这样的理解对不对，我们现在把评价和考试放在一起，这是不是一种比较积极的导向，可以让我们更客观地来认识考试本质的功能？

刘嘉： 考试的功能我认为有两个。第一个是选拔性的，第二个是我们所谓的等级性的，就是你是不是达到了标准，有没有合格。现在国家的考试已经逐渐在从选拔性向等级性上去做了。我们通常把高考理解成为基础教育的终点，一切为了高考，所有的东西必须围绕着高考来转，其实真正从人的一生发展来讲，高考只是一个起点而已，意味着你通过多年的基础教育，已经具备了一些基础能力，这些能力使得你可以真正地成年，迈向未来，可以真正地去探索职业生涯。

所以高考更重要的功能是一个起点，通过这个起点，能让我理解究竟应该选择去读专科强一点的大学还是综合性的大学，在大学里去读哪个专业，因为读的这个专业是与未来的职业导向有关联的。

从这一点来讲，高考整个体系都在发生改变，这也是为什么2014年新高考改革时，要做一个大家很难理解的、教育工作者觉得挺麻烦的"六选三"，一下把文理固定组合变成20种组合。其实，这是为了让学生从高一就开始认真思考未来，这也是高考和现在做的评价特别重要的原因。帮助孩子理解自己，帮助孩子规划生涯，我认为这其实是国家现在新高考改革的一个关键点。

中国要引领世界必须实现从知识本位到能力本位的跃迁

白丁： 我们知道您带着团队最近几年做了大量工作，也取得了非常好的成果，在测评系统方面也有硕果产生。能不能给我们介绍一下您研发的测评体系，聚焦于什么，主要评价什么，另外，它与现在市面上的测评工具系统有什么不同？

刘嘉： 第一个不同是，现在市面上用的评价主要是基于学科知识，考语文数学、物理化学，并且把这种学科知识的评价拿来作为分科的标准，作为小孩选大学专业的标准等，这是非常错误的。

白丁： 在知识本位的时代它是有价值的。

刘嘉： 对的。我们可以看到，中国从发展上来讲，高考有两次非常大的变动，第一次是1978年恢复高考，当时GDP相对比较落后，需要大量有知识的人去建工厂、修道路、盖高楼大厦，所以这时高考要培养一些有知识的工人，强调知识教育非常关键。而且中国这40多年的发展是非常成功的，这和过去的高考密不可分。

在2014年我们意识到了一个非常重要的问题，中国已经成为在世界上举足轻重的国家，在这个时候，要引领世界就不能靠一些有知识的工人，而要靠拔尖创新人才，类似于像乔布斯这种能够以一人之力改变整个业态的人，或者爱因斯坦这种能推动整个学科各个领域的人。

白丁： 也就是从知识本位到能力本位要跃迁。

刘嘉： 要跃迁。这也是2014年新高考想做的一件事情。在这个过程中，我认为我们的测评体系，就不能再以知识为本位，不能再去考 1＋1＝2 是不是正确，不能再去考你会不会背《黄鹤楼》，而是要去考你能不能通过我给定的一些条件，推导出在这种条件之下的最优解，能不能让自己写一首古诗出来，或者写出充满思辨性的论文。这是国家现在高考的转变，要从基于知识本位的考试变成基于能力的考试和评价。所以我们做的这套系统核心本质就是要基于能力进行评价。这和市面上大部分基于知识评价是完全不一样的，此为第一个比较大的差异。

第二个比较大的差异，现在很多对综合素质的评价是基于外在行为，比如对思想品德的评价，就变成你有没有参加升国旗，一周参加了几次，有没有做好人好事；对领导力的评价，就是有没有当班长，有没有当小组长等。这些从一方面的确能反映小孩的领导力，但是太表面了。我们通常把人比作冰山的模型，能看得见的只是在水面上的 20%，而如果所有评价是根据这 20%来做肯定是不准的。而我们做的这个评价是不光关注这 20%，更多的是关注冰山之下看不见的那些潜在的心理特质和认知能力，这其实是一个人最本质的东西。所以我们采用一些先进的心理测量技术，加上脑科学技术，去了解这冰山之下的 80%究竟是什么样子的。

总结下来，我们的测评和市面上大部分评价方式的不一样表现为两点，第一，它是基于能力的，不是基于知识的；第二，它是基于人的潜在的心理和认知特质，而不是基于表面的行为观察。只有这两点把握住了，我们才能真正地去认识一个人，这也是教育发达国家的思路，我想中国在这方面也会逐渐地用这些先进的心理评价技术，来推动先进的未来教育发展。

白丁： 谈到未来的教育发展，我也在做未来学校研究与实验计划相关的工作。从全球范围来看，大家对学校形态的变革，关注的根本点都在教育变革。评价与教育变革又是什么关系呢？

刘嘉： 现在我认为对学校的评价从本质上也要发生根本改变。以前评价一所学校好坏，通常是问这个学校的学生有多少考上北大清华，有多少考上 985，有多少考上重点，有多少考上一本二本等。我们拿这条指标评价学校，就造成一个学校慢慢地变成一个被分数所束缚的地方，而不是真正变成一个学院。

我们通常说，从古希腊柏拉图创造的柏拉图学院，可以看到学院的根源，是思想的撞击、火花的产生。而现在的学校，原有设计方式是希望孩子能够学到更多东西，能够有更加开放的思路，而现在把大家全逼到一条独木桥上去了。所以从这个角度来讲，高考改革其实就是倒逼学校进行改革，检测学校改革究竟走没走对方向。在这方面，多元评价会非常有帮助。

第一，要求学校具有卓越性。卓越性就是说学生的德智体美劳做到多么拔尖，升学率有多高等。第二，要求公平性。公平性就是后面的学生是不是被抛弃了，那些需要努力的学生有没有得到关爱，那些来自贫穷家庭的孩子是不是因为家境贫穷永远地落在后面、阶层固化、永远没有翻身的机会，学校有没有更多地去关注公平性，学校有没有做到卓越和公平的平衡。第三，学生是不是多元化发展。学生不能只是智测方面特别厉害，物理竞赛化学竞赛有人拿奖，但是品德方面糟糕，艺术修养方面连毕加索都不知道，更不用说自己的劳动，这辈子就从没有亲手做过一件有创意的东西，唯一做的就是拿笔在纸上答题。

从这一点来讲，对学校的评价也会发生改变，如是不是做到德智体美劳多元发展，教育效率如何。一所好中学，当地的教育部门、政府投了很多钱，各种资源砸到这儿，但其实效率很低，给了 10 万元钱可能只提升了一分；而相对来说，比如农村的学校，或者大家不太重视的学校，可能教育效率是非常高的，投资一万元钱产生了 10 分、20 分的进步，这时我认为对教育管理部门、对校长的评价是要特别注意的。对学校要进行多元评价，这样才能把未来学校的形态引导到正确方向。

白丁：听了刘教授的分享，我觉得评价既是魔鬼也是天使。不好的评价会把学校绑架束缚，裹挟着学校向不好的方向发展；好的评价能够解放学校，解放校长，解放教师，最终也会解放学习者。

刘嘉：是的。所以全国教育大会提出，要对教育评价作改革，要给新的指挥棒。如果教育评价是一元的，强调唯分数，唯升学，其实就把教育方向指错了，就是你说的“魔鬼”。但是如果用正确的方式来做，这就是“天使”，告诉校长应该往哪些方面努力，告诉学生如何健康成长。考试和评价其实是一个指挥棒、指南针。

我非常高兴看到教育部陈宝生部长，在 2019 年 1 月份的全国教育工作会议上，专门说要把教育评价改革作为最硬的一仗来打，这也是现在中国教育非常关键的一点。这一仗打赢了打好了，剩下的路相对来说就容易了；这一仗打败了，或者是回到了原来的老路上，中国可能在将来几年里和美国的竞争中会处于劣势。所以现在可以看到央视《面对面》对话任正非，谈的不是华为的新技术，而是教育，因为教育跟不上，其他的东西也就没有更大的意义。

白丁：我特别想知道您和团队花费很多的心血打造的“天使”，目前在教育变革的进程中，应用情况如何？

刘嘉：我们在一些省份做了试点，比如辽宁省80%的高中，高一学生都用了这套系统来做选课，就是六选三应该怎么来选三。我们会关注学生的学科潜能，比如，要学好物理，应该具备什么潜能，本人对学科的兴趣如何，对大学专业的期望如何，把它们结合起来，做高一分科。我们在辽宁省做了之后，反馈效果不错。大家第一次感到，哦，原来可以这样来做，不是单看物理成绩、化学成绩，或者老师说你物理不错你就学物理吧，而是真正把主动挑选权交给了学生，而且让家长看到这种挑选是有依据的，有数据的。我们在做了一下试点后，感觉特别不错。

还有就是高考的志愿填报，我们也采用了这种方法。不是告诉你，你的分数应该去上北大还是应该去上复旦，而是告诉你，究竟应该读什么样的大学、专业，怎样与未来职业联系起来。这个系统昨天上线，12小时内，就有超过10万人使用，去研究大学专业。

除了这两个比较大规模的应用，我们还在一些小学做了一些小规模的应用。比如，在杭州的小学和德育课程结合使用，学校把德育搬进课堂，通过情境演绎的方式开展德育。我们的德育评价标准有一套专门的测量方式，就是看学生在上德育课之前和上德育课之后，有多大的改变和提升。这一系列的东西做下来之后，有几点让我感到特别欣慰。第一，很多家长、学生感到，这就是我期待很久想知道的；第二，我非常高兴地看到，大家的认知开始升级，以前是不管大学专业、分科，先考上大学再说，而现在父母主动告诉孩子，先去测一下了解一下。测完后他们拿着我们上百页的报告，和孩子一起研读，和孩子一起讨论，究竟未来该怎样发展。

白丁：除了中学，除了和高考相关，在幼儿园和小学阶段，针对学习者个体本身，测评体系的功能是怎样的？

刘嘉：幼儿园这块，我们主要在两方面发力。第一，关于孩子的性格，要培养孩子的自控力，社会交往能力，更多的是从小孩的个性特点去做；第二，从孩子的潜能，比如空间能力、阅读能力是不是足够好来分析。对此，我们做了分级阅读的一套系统，在西方，所有的图书必须标定阅读级别，在中国，相对来说目前我们做得还不够。6～8 岁用、3～9 岁用，这个太粗略了，我们要把它详细分解。

在幼儿园时期，特别重要的是读绘本，小孩不用认很多字，从绘本里汲取到做人的道理，对社会有一些了解就行。所以我们就开发了一套系统，对绘本进行升级，里面一个文字也没有，仅仅根据图形的复杂程度、图形所蕴含的意义等来区分小孩应该读什么样的级别。同时我们也对小孩进行了测评，看他的阅读水平达到什么级别。测评时，一个字都不需要认识，由我们根据他对图形的理解、图形关系的把握，来对孩子进行分级，然后对绘本进行分级，最后推荐合适的绘本给他读。在学前我们尽量对孩子的潜能、各种各样的认知能力、思维能力进行测评，让家长和幼儿园老师知道怎样发现小孩的兴趣即天赋。

还有就是对性格、心理特点进行梳理。在小学阶段，我们关心孩子的综合素质发展，就是德智体美劳。关于德，我们采用了一套基于情景的测量，不是简单地问你爱帮助人吗，大家肯定都说我爱帮助人。这套情景的测量，是在不知不觉中让你把内心的特点表达出来。

智，我们以“4R”来表现，第一个 R 就是 Arithmetic，即数理能力，我们采用推理、空间方式来测；第二个 R 就是 Reading，即阅读能力怎么样；第三个 R 就是 Writing，即写作能力怎么样。这三个 R 是我们在 20 世纪大家强调的小学生必须具备的能力，现在我们加上了一个计算思维，Algorithm，就是算法。因为我们进入了信息时代，要测量小孩的计算思维究竟怎么样，不是去考察小孩懂不懂编程，懂不懂 R 语言，而是要看他具不具备计算思维，把一个复杂问题拆解成小问题的能力。这就是我们对智的测量，不会考你 1＋1 是不是等于 2，不会考你会不会背《黄鹤楼》，而是去测你的底层能力。

体，包含两个方面，一方面是传统的体育，指身体健康；另一方面就是指我们的心理健康，有没有出现极端问题，有没有在人际交往中出现问题，心理是否健康。

美就是美育，指各种审美能力的发展，艺术欣赏的能力。不是考知不知道毕加索，毕加索画哪个风格的画，更多的是考查学生对美术的鉴赏能力，对美的内在欣赏力。这是最关键的，而不是把它变成一种知识考试。

劳，我认为是最重要的，过去我们长期忽略了“劳”这件事情，经常把它变成“植树”“到农田里帮农民伯伯割草”之类，这不是“劳”。“劳”是一种实践、动手能力，是一种设计思维，不是把瓶子设计得好看一点，而是有了一个想法，然后怎样通过自己的动手、思考把它做出来,变成一个产品,这就是我们所说的创业能力、创新能力,是中国学生相对缺乏的。

德智体美劳,我们从这五方面对孩子进行综合评价。家长会拿到一个关于“我的小孩到底是什么样子的”全面的报告,老师也可以知道哪些小朋友有什么天赋,校长也可以知道学校的孩子整体状况如何,这,我们叫做多元评价。强调一个全人(whole person),而不是小孩某一方面的天赋,实现这方面的功能。

白丁: 我更确信了我们的测评是能力本位的,但是我也能够理解能力本位的测评更难实现。知识本位比较简单,1+1 等于几,出个题看回答的结果就可以。我也非常感动,刚才讲到测评既可以是魔鬼也可以是天使,我们是天使,也希望好的东西能够不断优化升级,天使之花能够在全球范围内绽放。

刘嘉: 谢谢!也希望我们的测评能为未来学校的发展,为未来教育、孩子的成长,以及我们国家从一个制造强国变成一个创新强国起到一些促进的作用。

未来教育发展方向
——基于全科教育的现象式教学

白丁: 谢谢!刘教授还有一个重量级的身份,是中芬联合学习创新研究院的中方院长。我知道这个研究院级别很高,我们前段时间和北京师范大学心理学部启动了一个中美芬未来学校的项目,您的团队也在把芬兰的一些创新思维课程中国化,这里想请您分享一下这个研究院,分享一下芬兰的未来教育,包括美国一些先进的教育理念和相关的资源,还有芬兰课程本土化的进程和国内实验的一些情况。

刘嘉: 中芬联合学习创新研究院是刘延东担任副总理时,推动中国教育部和芬兰教育部联合成立的研究院,中方的牵头单位是北京师范大学,芬方的牵头单位是赫尔辛基大学。我们对芬兰的印象,就是特别冷、圣诞老人的故乡、特别小、有诺基亚、有“愤怒的小鸟”……这其实有一些偏差。

芬兰最引以为豪的是它的基础教育,芬兰的基础教育长期在世界上排名第一,而且很多创新型的想法都是从芬兰产生的,比如我们现在特别熟悉的项目式教学。当时从美国传到中国来,现在提倡采用这种方式教学的人很多。其实这是芬兰 20 世纪六七十年代就已经产生的想法,21 世纪之后,美国想要做未来教育，引进了芬兰的项目式教学，中国再从美国引进了过来。

现在芬兰已经抛弃了项目式教学，因为这个理念已经落后了，现在强调现象式教学。什么是现象式教学呢？它有两个特点。第一，真实问题以真实的路径去解决。不再搞出虚拟的问题，比如用什么东西搭一个小楼，就真的要搭一栋楼出来，实事求是、真刀真枪地去解决问题。第二，更重要的，我认为是全科。要解决问题必须具有跨学科的能力，多个学科的知识一块上，该用物理的用物理，该用心理的用心理，该用言语表达的用言语表达，用这种方式来推动，叫全科式教学。这两者结合起来，真实问题用真实的路径去解决，加上全科式教学，就是现在芬兰正在推行的现象式教学。这是2017年芬兰刚刚推行的一条道路，已经写入他们教育部的教育方案，现在正在热火朝天地进行中。

这种先进的教育经验，是我们未来教育需要借鉴的。解决一个真实情境问题，肯定不是懂点数学就可以的，还需要和人沟通，还需要协调来自不同工种的人员，这种学科交叉其实是未来发展的关键，芬兰开始从小学关注这件事情。

我们做了一个创新思维的课程，比如解决出行问题，或制造业艺术设计问题，或大学生压力大问题，就以这个问题为出发点，开始训练学生，促其脑洞大开。要解决这个问题，应该怎么办？要用同理心去洞悉它，因为它是与人有关的，关键问题在哪，我要去理解以人为中心，找到问题所在。此时，心理学进去了；有了这个之后我开始脑洞大开，我怎么提出解决方案，提出解决方案我们有一套专门的思维工具，有了之后我们再去想哪些方案是好的，我们总共有20套方案，哪些方案是好的哪些可能是有问题的，找到一个最佳方案，在这个时候进行思维训练，批判性思维和创造性思维就同时得到了训练。训练之后我们下一步就要开始做原型了，做原型就涉及用3D打印，或者用橡皮泥来捏，这个时候就可能涉及物理、化学、数学等知识。有了原型之后，再开始搭建具体的产品，这时就涉及编程，涉及外部电子设备，怎么去操作外面的控制、接口，CPU、芯片组。最后做产品测试，要给大家报告，理念是什么，怎么做出产品的，这就又变成了语文能力，怎么去阐述。所以通过这么一个创新课程，你可以看到由局限于某一个具体学科，变成一个全科教育的过程。

我们在北京一些比较好的学校里做了试点，反响非常不错。学生通常反映，第一个就是更加喜欢，对他们而言，学习不再是一件痛苦的事情，而是一件快乐的事情；第二个，父母突然发现孩子对很多问题的看法已经变成多角度、开放式的，而不是线性思维。我认为这种创新课程，应该是未来教育应该发展的方向之一，它会极大地推动我们的教育改革。

白丁：刘嘉教授还有一个身份，是《最强大脑》栏目的科学总顾问，整个参与了《最强大脑》顶层的设计。能够设计《最强大脑》栏目，当然能够设计未来的教育，设计未来所有学习者的学习，我们对您充满期待，教育的改革也对您有更高的要求，谢谢。

刘嘉：谢谢。非常感谢郑院长给机会来一起交流，对于我而言，我特别相信叶芝说的一句话："教育不是灌满一桶水，而是点燃一把火。"这个火就是孩子思维的火花，是孩子成长的火光，以及他们将来去推动国家前进的熊熊大火。非常感谢郑院长，我非常愿意为未来学校发展贡献自己的绵薄之力。

（本文根据刘嘉 2019 年 6 月在《白丁会客厅》的视频采访整理而成）

董圣足：转变观念，破解教育改革的“最后一公里”

人物简介

董圣足，上海教科院民办教育研究所所长。

近年来，教育培训市场乱象丛生，社会舆论对课外培训机构加重学生负担的讨伐声日益高涨，要求教育部门加强监管的呼声也是一浪高过一浪。2018 年 2 月 26 日，教育部公布了被称为史上最严格的中小学课外培训机构专项治理行动计划。同年 9 月，教育部办公厅发布《关于切实做好校外培训机构专项治理整改工作的通知》。教育主管部门屡屡发声，充分表达了政府对治理校外培训市场乱象的决心。

最严整治令如何解读？是否意味着培训机构大限将至？上海教科院民办教育研究所所长董圣足，长期从事民办教育研究，对我国民办教育发展有深刻见解，并且参与了民办教育一系列国家层面以及地方层面相关政策的研制工作。本期《白丁会客厅》专门邀请他，针对当前教育培训机构的治理难点、未来发展、监管机制等进行一一解析。

国家大力整顿校外培训机构,已取得初步成效

白丁: 最近两年,随着教育培训市场的不断升温,校外培训机构监管备受关注。我们如何看待此种现象?校外培训机构应该有一个怎样的站位?在整个教育体系中,校外培训机构应发挥何种作用?

董圣足: 从第三方角度看,校外培训机构在终身学习以及终身学习化社会的发展中,发挥了重要作用,特别是在提高社会成员素质方面有建设性作用,包括国务院文件也肯定了教育培训机构满足了家长的个性化教育需求的作用。

当然,现在针对校外培训机构中存在的不规范、不符合教育方针及教育发展方向的办学行为,从中央到地方都在加大力度作进一步规范。自 2018 年起,面向校外培训机构特别是针对学生开展应试类教育的培训机构,国家四部委开展了声势浩大的排摸行动,取缔了一批无证无照的机构,要求现有培训机构必须严格执行国家教育方针和各项教育法规政策。统计数据表明,相当一部分培训机构合法合规,但是,培训机构面广量大,特别是在强化学校应试教育方面,仍有一部分冲击了正常的教育秩序。

经过一年多的整顿,现在已经取得比较好的效果。更重要的是,通过治理清查,政府相关部门初步建立起一套管理体系,明确了监管的职能分工。将来培训机构应该会朝着更加规范、更加健康的方向发展。

在我看来,对于合理的、符合国家教育要求同时又能满足市场需求的教育培训,应该加以鼓励和保护。但是,对于被纳入负面清单的教育培训机构,国家可能还会加大整治力度。尤其 2019 年的治理重心是超前超纲教学,现在有关部门正在制定相关标准和认定办法。在这方面,希望大型培训机构、教育集团能够发挥示范引领作用,认真执行教育主管部门的政策法规,合法合规地开展各项培训活动。

培训行业巨头应率先垂范,引导教培市场健康发展

白丁: 提到大型教育培训机构集团,不得不提新东方和好未来。2019 年两

会期间，俞敏洪先生对减负提出了一些疑问。如何从研究的角度来看待这些疑问？

董圣足：新东方和好未来都是已经上市的教培行业巨头，市值近200亿美元。俞敏洪先生和张邦鑫董事长也都是行业大佬，我们十分尊敬、钦佩。特别是俞敏洪先生的读书和创业故事激励了一代又一代学子，而其本人也极具人格魅力和影响力，所以一言一行备受各方关注。在我看来，俞敏洪先生在特定语境下的话语一定会有特定含义，不能妄加揣测和解读。然而，过去新东方主要业务是面向成人的外语培训，相对而言，发展空间、发展环境都比较宽松。后来，新东方也介入中小学课外辅导领域。俞敏洪先生早前也曾表态，会在合规合法地开展培训教学方面做出表率。在中国民办教育协会培训教育专业委员会年会及一系列大型会议上，这些机构的表态也都非常积极和正面。我们也期待，教培行业巨头们能够身体力行、率先垂范，在行业自治、自我发展、自我约束方面不断提升，带领整个培训行业健康发展的同时，进一步拓展市场空间。我相信，俞敏洪先生有足够的智慧能够在市场性和教育性中做出更好的平衡。

另外，从某种角度看，他是培训行业的精神领袖，他表达的一些合理诉求，政府部门也要重视，特别是由于所涉及培训机构的情况比较复杂，应避免一概而论，一刀切。

培训机构教材质量参差不齐，境外教材须谨慎使用

白丁：对于不符合教育方针、不规范的行为，除了超前和超纲，还有其他的表现吗？

董圣足：现在最突出的问题仍是教育培训机构的超前超纲教学行为，这也是国务院办公厅80号文主要针对的目标。中考、高考具有指挥棒的作用，虽然近年来中、高考改革取得了一些成果，但仍未从根本上扭转应试教育的局面。只要是以分取人，就必须考出好成绩，于是就出现了学生课内不够课外补、白天不够晚上补的情形。在这种情况下，很多“辅爹辅妈”应运而生。因此，不能单纯认为是培训机构造就了过重的课业负担，它只是强化了这种趋势。

另外，在培训机构中，还存在其他问题，比如一些境外引进的原版教材涉及意识形态问题。所以，培训机构在引进外教上课或者采用境外教材授课时，要格

外注意，不能触碰意识形态底线。要坚持德智体美劳五育并举的教育理念，要坚定不移地培养有民族情怀和责任担当的社会主义建设者和可靠接班人。这也是教育培训机构培养人才的责任和义务。

培训机构发展空间大
职业培训、早教培训课程开发市场广阔

白丁：依据国家的教育方针，包括民促法和相关国家及地方配套政策要求，从市场方面和政策层面看，未来校外培训机构的发展空间在哪儿？怎么做才符合正确的方向？

董圣足：作为一个大国，要建设终身教育体系，各级各类教育不能单纯为了应试而存在。有效、合理的教育补习是正常的，是学校教育的有益补充，比如职业教育培训、老年教育培训等。2019 年开始，国家发改委大力推动 0～3 岁幼儿教育，上海市 14＋2 个部门在推行，这方面需求非常大。目前，对于 0～3 岁的教育，政策支持力度很大，包括对营利性机构也是如此。将来，托育托幼都要一体化，如上海、北京等地，要建立一个幼儿园，必须先建立托儿所。这些单纯靠财政或公办无法满足，因此，这方面的空间很大。

针对《国家教育事业发展“十三五”规划》中提到的课程开发，已经有培训机构输送课程到公办学校，例如北京市教委已经施行了购买培训机构课程服务。近几年，培训机构发展很快，已经由去年的 17 万所扩大到 35 万所，包括新东方和好未来。培训机构有能力研发适合市场需求的教材，这其中不仅涉及音体美，还包括语数外。以上海高考改革为例，针对学生选课方式变成“3＋3”，培训机构及时地开发出适合新高考的辅导课程，弥补了学校课程无法满足学生选课需求的不足。又如，学校重视下午三点半以后的辅导，但可能自身无法提供足够的课程，就可以向培训机构购买足球、钢琴、书法等课程，安全性高而成本又低。政府可以承担一部分购买费用，学校和家长也可以分摊费用。总而言之，培训机构研发和推广课程的市场很广。

另外，在职业培训方面，国家也给予了积极支持，比如面向再就业、农村转岗的培训项目等。2019 年继续实行的高校扩招政策，将录取 100 万高职人员，他们都有课外补习的需求。无论是从农村转来的，还是失业再就业的，抑或是从部队复员的，文化水平不在一个层次，这给全日制高职高专教学带来了极大困难。

如果社会培训机构能够参与其中，既不违规，又很受欢迎。

培训机构不要一门心思集中在中小学生身上，无数科学实验、理论研究证明，过度补习对学生没有好处，还会导致学生厌学、缺乏创新力。那么，如何打破此种局面？首先就要转型。政府需要引导，相关部门在这方面应该采取分流措施；同时培训机构也要加强市场研究，在细分市场中，进一步找准定位。

培训机构监管难，观念转变任重道远

白丁：我国幅员辽阔，培训机构多如牛毛，校外培训机构的治理或者监管难点在哪？现在一些相关的标准研究工作也在进行，在校外培训机构的标准方面，您有何见解？

董圣足：主要难点还是来自家长的需求端，教育观念的转变是一个非常缓慢的过程。中央电视台白岩松老师曾开玩笑称这是一场“人民的战争”，喻义社会教育生态的健康发展需要家长们能够树立科学的教育理念。这需要方方面面、长期不懈的努力。我们希望治理整顿不要变成一场风、一场运动，因为这样就可能只是走过场。

令人欣喜的是，中共中央、国务院已经把减轻中小学生的课业负担写入《中国教育现代化 2035》和《加快推进教育现代化实施方案(2018—2022 年)》里，这是一个长期行为，也是高层的集体共识。同时，越来越多的家长已经觉悟，开始抵制不规范的、过度的培训，甚至坚持零起点学习，这些都是校外培训机构治理的可喜成果。

转变观念也需要舆论部门加强宣传，但我们在这方面做得还不够，仍需要切实扭转对高考状元、对名校的盲目崇拜。这涉及普通教育和职业教育的观念问题。

职业教育为什么总是发展不好？因为人们认为职业教育低人一等。国家召开了很多职业教育工作会，出台了很多重要的国家级文件，却在贯彻过程中被打了折扣，其中重要的原因就是社会观念未转变过来。此次，孙春兰副总理在职业教育电视电话会议上的讲话，表明领导对问题的把握非常深刻，原因也看得清楚明白。只是社会观念、用人制度、薪酬分配还存在着不公平现象，特别是有的地区在公务员考试中，对职业教育学生还存有偏见、存在排挤现象。随着国家各项教育制度的完善和落实，教育主管部门持之以恒、常抓不懈，教育的现状一定会不断改变。改革开放四十多年来，人们的观念已经比原来更加开放，所以我们对此还是满怀期待的。

白丁：如此看来，教育改革的“最后一公里”其实不在学校，观念和需求仍起着非常重要的作用。

董圣足：这可以分两个层面来讲。一方面，家庭教育很重要，另一方面，评价标准也很重要。无论是高考改革还是中考改革，由于要考虑到各方的平衡和可接受程度，还没有完全突破以分数作为主要衡量指标的局面。这就涉及制度透明化和选拔机制的问题。现在，人们仍比较认可分数。虽然目前的评价标准在不断完善，采取了“两依据一参考”的升学标准，但仍有地方把核心素养和综合素质弱化、软化，对学生的评价仍然以考试分数为主，缺乏过程性评价和多元化评价。

前几天，我们和一批高考研究专家交流，很多专家认为，可能未来一段时间，深化高考改革的方向是要改变现在集中统一录取的方式，把高考录取的决定权交给高校。在高校体系里，由高校有针对性地进行选拔，这样可以解决很多问题和矛盾。比如，在某一高校，它要选拔的类型，不是由校长拍板决定，而是经过长期的论证、实践得出来的。若这所高校物理学科比较强，在录取的时候，物理赋权就要提高。截至目前，所有关于中高考的改革都处于探索阶段，还没有建立起一套完全成熟可复制的经验模式。

随着国门的不断开放和国际交流的日益深入，一些国际课程也被引入我国教育体系，越来越多的学生接触和学习了不同国家的课程，也有家长不惜重金将孩子送到国外读书。的确，一些西方主要发达经济体的高等教育理念、人才选拔方式或许值得参考和借鉴。然而，作为有着五千年文明史的泱泱大国，我们的教育在世界教育发展历史中有着独特的体系和重要的地位，在人类社会飞速发展的今天，我们更要做好做强自己国家的教育，不断推进教育改革走向深入，培养出适合社会发展、能担负起民族复兴重任的人才。

教育改革虽是一个系统工程，但至少我们已经勇敢地跨出了第一步。相信随着改革的深入和人们观念的改变，教育生态一定会变得越来越好。

新型创新学校如何做到合法合规？
需要有上位依据或政府买单

白丁：除了校外培训机构，最后还想请教一个问题。由于我们从事未来学校的研究和实验,我们比较关注传统学校如何满足未来的学习。同时,我们发现存在一批极具创新意识的学校,比如华德福、一土学校、探月学院,它们不走寻常路,聚焦素质教育,学生喜欢,家长认可。但是,这类学校也存在一个合法性问题。因为有的学校虽然聚焦基础教育,但是学校目前的运作和管理不完全符合教育的政策和法规的要求,对此您有何看法?

董圣足: 教育改革、教育探索、教育创新肯定要走新路,否则总在原地打转,效果甚微。未来学校要借助一些科技新手段,比如 AI、互联网+,采用新型教学方式,如智慧课堂、翻转课堂等去发展,方向已经渐渐清晰。在这一方面,美国、日本等都有好的典型。我们刚刚在海南调研,海南作为一个自贸港、自贸区,已被教育部列为教育创新岛。将来,或许有很多实验可以打破常规,冲破旧有框架的束缚。

不过,这类改革探索可能首先要得到教育部门的理解和支持,其次一些教育名流和专家要主动参与规划讨论。比如上海在《教育现代化 2035》中,明确提出要探索未来学校,包括组织考察新加坡、美国的未来学校。规划已经开了头,在此基础上进行探索,就有上位依据。现在一些地方开展教育实验,一旦不成功或者出现乱子,遭到媒体曝光炒作后,就可能会阻碍判断,包括民办教育机构、培训机构的负面案例,曝光多了,就会影响高层对总体形势的看法。我是力主创新的,但正如党的十八届三中全会提出的,创新要有上位依据,要符合国家颁布的各项教育法规政策。

如果没有上位依据,如何做到在相关方面授权的情况下进行创新?这可以借鉴自贸区的经验,即需要得到政府支持,包括原来某些地方探索建立小规模、高水平的文理学院,也需要领导同意。比如宁波诺丁汉,这所大学在建立初期也很迷茫,因为它引进了国外原版教材,面对的却是中国学生,本不在一个体系。如今,这些问题都在高层关注下得到较好解决。因此,探索需要勇气,改革也有风险。我们需要很好地评估及平衡,既要有一往无前的勇气和魄力,也要力争各方对新生事物的包容理解,更要有政府的关注和扶持。

(本文根据董圣足 2019 年 8 月在《白丁会客厅》视频采访整理而成)

陆云泉：疫情加速教育 4.0 到来，未来教育将“三分天下”

人物简介

陆云泉，北京一零一中校长、未来智慧校园研究中心主任。

2020 年 3 月，中国教育智库网和北京一零一中教育集团，共同组建了未来智慧校园研究中心，依托中国教育智库网的专家资源与北京一零一中的教育实践，期望通过合作对未来智慧校园建设有整体的提升，给学习方式的变革以更好的支撑，以此为整个教育战线变革提供力所能及的力量。

此次访谈围绕北京一零一中校长陆云泉基于疫情背景下的教育思考展开，也是未来智慧校园研究中心线上启动仪式的一部分。

一所名校在疫情下的“弯道超车”

白丁：陆校长一直在教育一线工作，过去几年在海淀区教委当主任，现在又回到了教育战线的最前沿，在北京一零一中任校长。

在未来校园、智慧校园、未来学习方式变革方面，陆校长有着深刻的理解，并在北京一零一中教育集团做过非常好的实践，我们希望通过今天陆校长的分享获得一些启发。

今天想请教陆校长的第一个问题和疫情有关。对这次疫情每个人都感同身受，疫情给学生的学习、给教师的教学工作带来了比较大的挑战。想请陆校长结合北京一零一中教与学两方面的工作，谈谈这期间遇到了哪些挑战？出现了哪些机遇、变化？

陆云泉：这次新冠肺炎疫情，应该说是建国以来，影响最广、情况最严重、持续时间最长的一次疫情，也是学校面临的最严峻的一次挑战，学生们响应“停课不停学”号召，开启了居家学习模式。但是如何开展居家学习，对学校、对老师、对学生、对家长来说都是一个新的课题。在这次挑战当中我们需要去深入思考，未来教育到底应该怎么做。

记得2019年的暑假，在北京一零一中教育集团首次教育教学年会上，我说：2019年是教育迭代的时刻。当时我们关注到人工智能、大数据、工业4.0对教育提出的挑战，但是肯定没想到疫情的挑战。

我们认为未来的教育可能是学校教育、校外教育以及线上教育三分天下。未来的教育可能更加注重个性化，我们讲最好的教育就是适合每个孩子的成长与发展，也就是说要为每一位学生的发展提供合适的课程，所以我们开始谋划教育4.0，去实施人工智能环境下的生态智慧教育。

在学校的着力推动下，区委区政府给予了大力支持。2019年5月份，海淀区就提出了科技应用场景建设，其中唯一一个教育项目就落户在北京一零一中。当时我们谋划的就是通过人工智能的背景手段建设教育的三项科技应用场景。第一项，搭建丰富的课程资源平台；第二项，构建一个学习平台，不仅是学生的学习，也包括教师的教育；第三项，建设管理平台和评价平台。

我们没想到的是，这次疫情加速推动了这项工作，我们提前运行了OMO一体化平台，在2020年2月17日全面实施我们前期的规划。到现在为止，通过一段时间的运行，我们感觉效果还是良好的。原来教师在信息技术的应用方面是比较被动的，这次疫情让他们主动地去适应，在这个过程中我们发现老师的学习能力非常强。通过 OMO 学习平台，学生和教师的交流越来越顺畅，所以大家感觉到疫情中某些方面的学习反而非常高效，并且能够进行个性定制。

比如网上教学，有的学生可能一下没有理解得很清楚，他可以通过视频回放去复习。同时在 OMO 平台上面，学生可以通过聊天功能和同学、老师在课堂里进行讨论。

我认为这次疫情是我们转变教育观念、教学方式、学校管理和评价方式的一次机会。新课程改革以来，我们一直在推动深化教育改革，其中很重要的一点就是教育理念、方式、方法以及评价有没有真正地去推动、去实施。

以往要改变一种常态，在推动过程中总会显得比较吃力。但是因为这次疫情，政府、学生、家长、老师都共同地去应对危机，从而让大家都变成了主动者。大家主动了以后，我们积极地去应对这次挑战，这个过程就是顺势而为。

从某种角度来讲，我们的教育可能实现了弯道超车。在这个过程中，我觉得前人的教育理念真正意义上得到了师生和家长的认同，也就是说，居家学习不仅仅是学文化知识、课本知识，更重要的是学对生命的尊重以及对科学的理解、理性的思维，包括生存技能，比如家务劳动，学生在家里面学会了做饭，学会了自主学习、自主管理，特别是学会了跟家长之间进行沟通。其实对家长来讲，也是一个新的挑战，怎么去陪伴孩子学习。这时父母承担的就是班主任、教师的角色。通过信息化技能的提升也推动了学生学习方式的变革。所以说，这次疫情本是一件坏事，但如果我们应对得好，有一个比较良好积极的心态，这也是一个很好的教育改革的契机。

线上教育，未来教育不可分割的一部分

白丁： 感谢陆校长的分享，刚才您讲了北京一零一中在 2019 年已经在人工智能、数据、信息化对教育教学的支撑方面做了一些布局。我确信一零一中任何一个人都未曾预料到疫情的暴发，但是学校做了积极的准备，关键是做了很好的实践。通过陆校长的分享，我能感觉到一零一中面对这次疫情，在最近几个月的教与学的互动当中，整体的运行还是相对轻松的。

刚才您提到个性化教育，大家都知道个性化和规模化是存在一定矛盾的。

请问陆校长，新技术的应用如何实现个性化教育的目标？它的价值何在？

陆云泉：现在北京一零一中教育集团在北京市有10个校区，是一个比较大的集团，涵盖了幼儿园、小学、初中、高中，整个基础教育的门类在集团里是完整的。

10个校区原来的教育教学风格和教育模块都不一样。推动集团化办学的过程有两个目的，一是要达到均衡，党的十八大提出要办人民满意的教育，要办好老百姓家门口的每一所学校，所以我们有推动教育均衡发展的责任和担当。

二是一个综合目标，需要把每个学校每个校区变得优质。教育改革的终极目标就是提供优质的教育让老百姓进行选择。一零一中规模大校区多，怎么使优质的课程、优质的教师，所有课程资源和教学惠及每一个孩子？这在传统教育方式下很难实现。

现在人工智能＋教育，也叫互联网＋教育，通过信息技术的手段，首先能够让优质的教育资源通过比较简单的或者说成本比较低的方式，让不同校区的学生和老师共享，打破了时间和空间的界限。

疫情期间，线上教育是应急手段，但是我认为，未来线上教育会作为完整教育的一个重要的、不可分割的部分。当然，线上教育不可能完全替代线下的教育。从教育的角度来讲，学生在线下教育中获得的不仅仅是知识，更重要的是学会生活的方式以及树立价值观，这个过程需要团队、同伴、组织。线上教育提供的是一个标准化的产品，我们怎么对学生价值观进行引导，怎么让学生之间相互交流，这是一个标准化的、必要的教育产品。

我们每一个校区、每个班的学生数量都比较多，线下教育、学校教育不可能完全做到个性化。未来教育的一个非常重要的特色就是能够让每一个孩子得到充分的发展，所以我们特别需要个性化的服务，而个性化的教育就需要在线教育来进行补充，做到线上线下相互呼应，这就是所谓的OMO（即线上线下融合）。通过线上线下相融的平台让教育进入教育4.0，从真正意义上实现因材施教，达到未来教育的个性化形态。

从这个意义上来讲，疫情期间的网上教学确实是一个临时应对的应急方案，但是我想未来它应该是教育的一部分。网上教育的方式当然也应该改变，不能简单地把线下教育、学校教育方式搬到网上去，老师变成主播了。主播和课堂里的教师角色是不一样的，教学方式也是不一样的，对学生来讲，学习方式也是不一样的，这个方面需要我们进一步去研究，通过这样的研究和探索，让未来教育

OMO模式能够真正意义上为每个孩子个性化的发展提供合适的、最优质的课程。

未来学校模式：开放的、分享的、平台化

白丁：刚才您再次强调了OMO未来学习模式，也强调了简单，强调了成本，根据北京一零一中教育集团的实践，请问陆校长，OMO线上线下教育融合的模式，从综合成本来讲，它是降低了还是提高了？怎么评判这个事情？

陆云泉：首先，在整个OMO平台的架构上，一开始的成本也不低。以一零一中为例，目前我们是用全区的资源建设一零一中的平台，当然未来这个平台是可以分享到整个海淀区甚至全国的，从未来的角度来讲，这个成本会变得很低，这个“低”在于资源的广泛化、教师的广泛化，未来的教育实际上是开放的。

从某种角度来讲，今后这可能就是未来学校的模式。

现在大家都在研究未来学校的形态。我觉得2020年的这次疫情催生了所谓教育4.0的教育元年。十年以前展望今天，肯定想象不到今天的变化，我们今天来想象十年以后的教育会是什么样，可能我们也想象不出。

所以未来的教育是我们每个人、每天、每个学校都在创造的教育，但这个教育的目标指向到底是什么，我想这一点是不会变的。处于变和不变之间的时候，要抓住不变的东西，这个不变的东西就是全面发展，尊重每个人的发展。

从这个角度来讲人的发展最重要，我们要让每个孩子发展得最卓越，能够开发他的个性，同时，让学习真正意义上变成他自己的事情。

我们说有两个基本定律，一个定律，学习一定是学生自己的事。学习是不可替代的，以往学校的教育有时候想以教师来替代学生，家长也想替代学生，为什么有时候家长这么累呢？在家里辅导孩子功课弄得非常焦虑。实际上我们没有抓住一个根本的东西，就是我们要给他创造一个很好的环境，能够让他学会自己学习。另一个定律：成长也是不可替代的。家长、老师不可能替学生去成长，从这个角度来讲，我们应该提供一个广阔的空间，让每一个孩子的潜能在这个空间里面，都得到最优质的、最大的开发。

这次疫情无论老师还是家长，每个角色都在发生变化。教师是一个陪伴者，家长也是一个陪伴者，我们给学生提供一些服务、满足一些需求，当学生有困惑的时候给他引个路，更重要的是学生自主学习能力得到了培养，同样也让学生学

会适应社会，在居家学习的时候怎么去跟父母、同伴、老师交流，所以在这个过程中对交流方面的要求更高了，而且跟线下还不太一样。

我认为学校未来就是一个平台，这个平台为学生创造优良的成长环境。每一所学校最优质的资源、最优质的教师都可以分享，分享的成本也会很低。当未来的学校能够让每个学生在这个空间里面找到自己的乐趣，能够找到或者获得一些发展的助力，那么我想每个学生的潜能就都得到了充分的开发。从这个角度来讲，学校的教育达到了"私人定制"，每个学生可以定制自己的课程，这样就不会有学生厌学，就不会有所谓"差生"这样一个名词。

校内、校外、线上，未来教育将三分天下

白丁：疫情期间有的人觉得好像不去学校也能学习，有的人觉得居家学习比在学校学习有更强的自主性、弹性，能够接触到更多的资源，学习的效果还不错。

陆校长刚才提到一个非常鲜明的观点，我也非常认同，未来教育将会呈现出三分天下这样的一个格局。我在此特别想请教陆校长一个问题，根据您"三分天下"的理念，未来学校的形态会发生什么样的变化？传统学校在"三分天下"的格局之下、未来的发展趋势之下，它的形态会发生什么变化？

同时家庭、社区、社会都对教育存在支持功能，新技术的发展会给家庭、社会提出哪些新要求？

陆云泉：通过这次疫情，大家的教育理念逐步发生了一些变化。美国教育家杜威讲过这么一句话，"教育即生活，社会即学校"，所以实际上现在的教育，特别是学校教育，它是离不开社会的，它与生活是密切相关的。每一个学生都不是单一的生命个体，它是一个社会人，既然是社会人，就不能长期生活在虚拟世界当中。

尽管因为这次疫情我们习惯了网络教学，老师教得也不错，学生也减少了从家到学校往返路上的时间，他觉得在家里面学习好像更轻松，效率也挺高。

但是网络教学不能替代学校教育，长此以往的话，我们也比较担心。前段时间的居家学习是第一阶段，未来可能就会进入居家学习的第二阶段。第一个阶段大家适应了，通过学校的指导学会怎么去学习、锻炼、做家务，跟父母相处等。但是第二阶段会带来什么问题呢？就是学生可能会出现一种孤独感，所以我们

担心会出现一批宅男宅女。等疫情解除后开学，可能一些孩子就不愿意上学了，觉得我在家里待着多好啊。处在一种虚拟世界当中，也不利于学生成长。

人既然是社会性动物，一定是需要去跟同学、老师、成人之间进行交流的，在交流中尽管会出现一些矛盾，但通过分析矛盾产生的原因、学习如何去处理矛盾，就可以学会生活的技能，学会如何与人共处，学会如何生存等。所以我认为学校的实体教育在任何时候都不可能消亡。

我提到的所谓“三分天下”是指，学校教育所要解决的是非常重要的底线问题，线上教育要解决个性化问题，校外学习可能就是提供各种兴趣爱好。比如愿意踢足球的，可以参加校外的足球班，愿意学钢琴的，可以去找老师学钢琴。从学校的教育来讲，我们不可能解决这样的问题，同样线上教育也不能解决学生弹钢琴这样的需求，它一定是面对面、手把手的教学方式，能够跟学生之间共同运动才能提高这些技能。所以足球也好，钢琴也好，它一定要通过实体的真实的情景才能够提高学习者的技能。所以“三分天下”的教育，它一定是完整的，不能把任何一个方面隔离开。因此传统意义上的学校教学，特别是公办教学，应该在这次疫情当中进一步地往前走。

当前，教育 4.0 可能没有一个非常明确的蓝图，这个可能跟产业是有关系的。比如 1.0 是农业社会，农业社会教育的形态就是私塾，私塾完全就是学生跟着先人来的，所以古代把老师称为先生，某种角度来讲它完全是一种传道授业解惑。

到了工业时代，机器生产需要大批的产业工人，教学就变成了课堂的班级授课制，一直到现在为止，很多的学校、教室都是秧田式的班级授课制。一个老师面对很多个学生，效率很高，能提供一些标准化的产品，但是老师不可能让班级里的每一个学生都得到他所需要的东西。在课堂里面，老师教学的基本定位可能是根据平均水平来确定的，那么课堂可能就不能满足学得优秀、学得快的学生需求，这些学生就“吃不饱”，能力相对来说比较差的学生，又可能会跟不上。老师提供的产品不能满足学生需求，这些是传统意义上教学的缺陷。

接下来要推动工业 4.0 了，工业 4.0 讲私人定制，就是提供一些个性化的产品，更加的智能化，传统学校就需要这样的网络教育，通过线上的教育，提供丰富的课程和空间让学生选择。在线上教育当中，每一个学生面对的可能不止一个老师，可能是很多个老师，也可能是全区、全市甚至全国的老师，这样学生就可以选择。同样，线上线下融合以后，今后的学校教育应该也是这样的状况。

当然，学校教育不能完全解决学生学习音乐、体育等其他技能的要求，这需要校外教育的补充。但是今后的教育一定是线上线下融合。在OMO平台上，不仅是学生和教师之间相互学习，还有教师和教师之间相互学习，包括今后还可以拉进一些社会资源。

从这个角度来讲，学生之间更多的能获得一种成长的体验，教师已经变成了一个陪伴者、一个指导者、一个工作人员。从某种角度来讲，学校是一个制片人，把优质的教育资源制作成一个短视频、微课放到平台上，学生可以根据自己的需要随时、随地、随处进行学习，获得更好的发展空间。

同样，在这样一个平台上，评价也需要个性化。现在的评价是拿着一把尺在评价所有的学生。有的学生为什么会显得对学业没有兴趣？因为他没有得到更多的鼓励和支持。其实每个人之间是不可比的，有句俗话叫“人比人气死人”。我们需要的评价是个性化的评价方案，能够推动学生学习的内驱力，让他可以成为卓越的、最好的自己。

未来教育是专业的人做专业的事

白丁： 陆校长今天多次提到了融合这个概念，我想请陆校结合一零一中的实践，谈谈一零一中在线上与线下的融合、校内与校外的融合方面有什么成功的经验，在未来发展当中还存在哪些挑战？

陆云泉： 这也是近几年我们一直在着重思考的问题，基于这样一个理念，我们还是从教育来谈，把人的发展放在第一位。因为学校教育不可能提供所有的产品，所以要从融合的角度来讲。

疫情期间，一零一中不同的年级使用了多种平台，四个不同的平台，使得学校整体教育没有受到太大影响。我特别欣慰的就是这个过程培养了学生自主学习的能力，培养了学生各种劳动的技能。在传统教育里面，劳动教育是比较缺失的一部分，而在疫情期间，我们的学生在家里面秀厨艺，家长们都觉得特别欣慰，在家里面第一次尝到自己孩子做的饭，觉得特别开心，学生也得到了鼓励。

在开放性的资源方面，我们前期就一直在做，实际上我们也购买了服务。其实未来教育应该是专业的人做专业的事，包括课程共享。一零一中创设了英才学院，英才学院实际上是跨界的，就是混龄式的教育。学校教育实际上不能做到混龄，小学、初中或者高中是按照年龄来划分的，国家的所有的学校不管民办、公办，基本是按年龄层次来划分的。但是我们凭什么说按照年龄来划分人的教育就是好的呢？

其实这是有问题的，所以我们经常讲“齐步走”，但“齐步走”是不能达到个性化的。我们这个平台的教育，鼓励学生跨越式发展，当然学校要提供一个保底。在英才学院的教育当中，我们做到了混龄，做到了课程的开放性，实际上在这个平台上，很多内容不是学校老师提供的。我们前期跟北京林业大学、同济大学、北京协同创新研究院合作，有科学家、教授、院士团队的支持，包括引入一些大学硕士生、博士生，支持、开发了大量的课程，这些课程都在平台上，还包括一些校外课程，疫情期间学生都可以选。

最近，学校和香山革命纪念馆举办了一次线上参观活动，一个年级 800 多名学生在自己家里面参观香山革命纪念馆，活动效果非常好，因为学生看得更加清晰。纪念馆的讲解员，用特别清晰的摄像机带着学生参观信息世界中的香山革命纪念馆，学生们在线上进行了非常热烈的交流。香山革命纪念馆的工作人员也非常愿意给我们学校提供免费的课程。教育已经在真正意义上变成了全社会的事，这就是最大的融合。

还有居家学习的时候，怎样去促进学生学习的主动性，是非常大的一个问题，这就需要做到线上线下的结合，不能让学生完全沉浸在虚拟世界当中。有的时候看到学生在摄像机面前听课，但他到底听没听，我们不知道。包括每个学生自己在家里面非常孤独，所以需要有一个团队、有一个小组，来推动学习发生，这就是为什么我特别强调融合。学校在疫情期间教育教学的组织方式、一些学习方式，我想今后可以进一步地拓展和固化。

未来智慧校园研究中心：
共享、共讨、共研

白丁：陆校长在分享过程中提到了学生在家可能会孤独，考虑怎样通过团队、通过各种各样的方式解决孤独的问题，陆校长非常重要的一个理念就是个性化，我们要关注学生的全面发展，我觉得刚才多次出现的“孤独”这两个字，也恰好反映出一零一中是真正以学生为中心的，也非常感谢陆校长的分享。

接下来我们再花点时间，来聊一聊中国教育智库网和一零一中教育集团。我们之所以决定共同构建未来智慧校园研究中心，也正是因为一零一中是海淀

区的教育高地，区委区政府做了非常大的投入，学校在智慧校园的建设方面已经走得非常靠前了。所以经过跟陆校长的沟通，我们决定启动智慧校园研究中心。

作为未来智慧校园研究中心的主任，请陆校长为研究中心接下来大体上要朝哪个方向发展、做什么事，跟大家做个分享。

陆云泉：未来智慧校园研究中心也是一个新生事物，我首先认为它是一个平台，这个平台依托教育部学校规划建设发展中心主办的中国教育智库网，汇聚更多的学校，让全国各类学校能够加入其中。

未来实质上就是一个共同研究、共同分享的时代，目前还比较远。所以在这个过程当中我们希望从学校的空间改造、教学和学习方式的变革、管理模式的变革入手，特别是党的十九届四中全会提出了国家治理体系和治理能力的现代化，对学校来讲，未来我们面对新的技术、新的社会，学校基本的管理、内核管理方式也涉及现代化的问题，包括学习生态会更加开放更加融合。那怎么实现多维度共建、共享未来校园的各种课程、各种资源，包括教研的资源？通过这样一个平台，就可以相互研讨，提高各自教育教学的质量。

同样通过这样一个平台，还可以开展一些全国性的研讨会，共同研讨智慧教育，也包括教师培训。因为在教学方式的变化中，教师面临的挑战比学生更大，现在一些学生使用的信息技术手段已经很多了，实际上我们需要对教师进行培训，去研究探讨智慧校园教师评定的课程体系，包括智慧教育的整体解决方案，更主要的是研究如何去共享优质的资源。

所以未来智慧校园研究中心应该集合全体教育同仁，包括企业界支持教育的人士一起来探讨、实施，这就是资源的融合。

去年我参加了很多论坛，发现一些技术公司像腾讯、网易，他们有很多关于基础教育的论坛，而基础教育内部好像还没有外面热闹。回忆很多年前基础教育信息化的推进，很多时候是被动地接受，因为技术的产生、企业的推动，让学校改变了技术教育的手段。我们投了很多钱，比如我们原来的黑板变成了显示屏幕或投影屏幕，然后又变成了电子白板，又升级变成了交互式屏幕、一体化机器。这个屏幕可能就要好几万元钱，但是实际上用得怎么样呢？

这些改变往往是因为外界的推动，所以我们要从真正意义上想明白智慧校园、智慧教育到底应该要什么。

基于这一点，我认为应该成立一个研究中心，教育界需要做一个选择，哪些技术值得我们拥有？而只有我们想明白了，将技术和教育真正融合，才能推动未来的智慧校园和智慧学校建设，研究中心就是这样一个共享、共讨、共研的平台。

互动交流环节

6～7 人成长共同体，居家合作学习

网友提问： 线上教育需要孩子通过手机、电脑等通信手段来进行学习，但是家长很难分辨孩子是真的在学习还是在发呆或者是干别的，如何对线上教育的学习效果进行监督，请问陆校长有什么高见？

陆云泉： 线上教育永远不可能替代线下教育，因为学生在电脑、手机面前，时间长了对他的视力是有影响的。另外，他到底在学还是没在学、学得怎么样，实际上家长和老师都无法监控。

那么我们学校是怎么做的呢？实际上我们是通过线上和线下的结合在推进。

我们把每个班分成不同的学生群体，6～7 人分为一个小组，叫做成长共同体。在小组里面，我们配备了一位学校的老师，这位老师实际上是参与整个教育教学过程的，我们还配备了一位学长，这位学长可能是高年级的也可能是已经毕业进入大学的优秀毕业生，还有一位是家长志愿者。这样的话六七名学生加一位老师、一位学长、一位家长，组成了成长共同体。从老师、学长和家长的角度来讲，他们充当的实质上是学生学习和成长过程中陪伴的角色。

在这个小组当中，每个学生都有一个角色，他既是学习小组的成员，同时也是小组长，有可能是考勤的小组长，也有可能是完成作业的小组长，每个人都有任务，每个人都是管理者。在小组中，我们让学生相互督促，比如，他能否遵守作息时间，因为在家里面，有的学生会躲在被窝里听课，这个老师也监控不了，而学生之间相互监督、相互督促、相互帮助，效果还是非常好的。因为在小组里面学长、老师、家长以及学生是平等、互助的，大家每天设计一些学习、娱乐、体育、家务劳动等活动，每个人都既是参与者也是管理者。

同时在这个过程中，每天评比出最优秀的小组成员，每个年级和每个班则评比出不同的优秀小组。因为每个人都希望成为优秀的小组成员，每个小组也希望成为年级、学校的优秀成长共同体。有这样的激励，他们就有一个比学的劲头。这样学习就由网上个体化的学习变成了小组的合作学习。

通过合作学习、合作分享，包括学生的相互监督，相互帮助，相互提醒，自我管理，我们发现成长共同体能够比较有效地解决学生在手机、电脑面前发呆的问题，解决学习效率的问题。有了学习小组，每个人每天的学习效率是有检查的，也是有汇报、有交流、有分享的。所以也能提升每个学生在家里自主学习的效果。

校内校外教育应融合、补充

网友提问：疫情期间很多校外机构也在推直播课，有些家长反映，孩子更喜欢校外培训机构的课程，而不喜欢本班老师的课，这会不会对日后回归课堂造成影响？当孩子有了比较、见识了更多教育方式后，学校教育应该怎么做？

陆云泉：对，这个其实对学校来讲是一件好事，当然也是一个挑战。

网上教学对于学校的老师来讲，应该是一个新的事物，学校教师可能原来没有机会或者没有这方面的能力进行网上教学，相较一些线上教育机构的老师，课堂效果会差一点。所以疫情对于教师来讲，也是一个全新的课题。

原来的线下教育，在学校对老师来说是没有竞争的，特别是公办学校，学校给他排课，他就去上课，无论学生爱听不爱听。他除了面对本身职业方面的一些要求外，没有很好的竞争，学校不会说学生不满意这个老师就让他下岗、换人。

实际上供给是多方面的，我们只是教育的一个供给，让学生没得选。而这次疫情其实让学生有了更大的选择空间，那么今后学生可能会用脚投票。意思是，如果他觉得这个老师线上课程教学有问题的话，他可能会选择别人。从这个角度来讲，学校的教师特别需要去改变教育的方式，思考怎样让我们的课程更加具有吸引力，因为只有让学生有兴趣、感兴趣了，学习才能发生。

但是，毕竟线上的课程不可能替代线下的课程，所以当学生回归学校以后，线上的教育和线下的教育还是有很大的不同。这个不同从我们的角度来讲，培训机构的教师能力不一定就比我们线下的老师能力强，因为线下的老师除了教学等方面一些知识的传授以外，更多的承担了育人的功能。教育不仅仅是追求分数，它真正意义上是一个成才成人教育的过程，所以我想线下教育有这一方面的优势，我们的老师也有这样一个特性。但是我们也有需要去改变的地方，就是我们怎么更好地满足学生个性化的选择，让学习都能真实地发生，因为学生没有兴趣，学习就不能真实发生。

这次疫情催生了校内教育和校外教育的融合，需要相互补充也需要相互学习。其实以前我们已经购买了一些校外的课程，从这个角度来讲，校内外的教育，线上线下都在融合过程中。

新技术与教育融合：不是为学校管理方便，而是让孩子更加幸福

网友提问：目前火热的新技术，例如5G、人工智能、区块链技术，未来是否都会应用到智慧校园当中？学校的建设应该如何与这些新技术结合？尤其最近国家比较强调新基建，我们也注意到新基建有七项，其中四项可能跟数据、工业互联网等相关，您在这方面的实践经验也比较丰富，是否能帮我们做个研判呢？谢谢。

陆云泉：技术的变化肯定是远超于教育的变化的，所以从这个角度讲，我们不要对教育太焦虑。新技术发展以后，会不会让整个教育产生一个大变化？我觉得不会。变化肯定是有，但是它是一个渐进的过程，不会是一个完全革命意义上的变化。特别是这次疫情，我们发现线上教育、教育4.0来了，这个会引起一些改变，但是学校的教育形态，在短时期内不会发生革命性的变化。包括大数据、人工智能、区块链等，这些东西在产业上可能立马会有产品，但是在教育当中，教育的产品是什么？教育的产品是人。

所以我想第一个方面就是，所有技术的应用首先要有温度，因为教育是有温度的，我们不能说有大数据，能通过人脸识别把每一个学生的所谓的画像变成一个数据画像，就把这个人变成了一个数据，把这个学生在学校里的每一个角落，一举一动，都通过视频监控，通过大数据记录下来，我觉得这样反而是比较可怕的。我个人不太主张通过这样的技术把学生给监控起来，我们教育必须关注人的心理，人的健康发展，所以我们做教育应该是做有温度的教育。

所以，技术手段的应用，从学校来讲一定要想清楚我们用来干什么，如果我们仅仅是为了管理方便，为了让管理更加精准，我觉得这个未必见得是好事。所有的技术手段，所有的方式方法一定是要支撑让我们的孩子更加幸福，成长更加健康，潜能得到更大的开发。所以在这个过程中，技术怎么应用到教育当中，这可能也是我们未来智慧校园研究中心、我们学校的一线要参与决策的。

可能从某种角度来讲，现在都是技术大咖、官员在参与，他们对技术很专业，

但对教育未必见得那么专业。而我们虽然对技术不是很专业，但是对教育是很专业的。所以这样一个强强联合的融合，可能真正推动教育理念的改变，让每一个孩子成为最好的自己。这是我特别关注的一个问题。

白丁：好的，谢谢陆校长今天带来的分享。今天特别享受和陆校长对话的过程。今天共建的未来智慧校园研究中心在线上发布，只是拉开了一个序幕，我们相信在北京一零一中和中国教育智库网双方的共同努力之下，在各界合作伙伴的支持之下，研究中心将会为我们的基础教育做出该付出的、该担当的贡献，再次感谢陆校长给我们带来的非常专业、非常精彩的分享。

（本文根据陆云泉 2020 年 3 月《白丁会客厅》视频采访整理而成）

王殿军：全民焦虑症！
单一评价让基础教育越领先越彷徨

人物简介

王殿军，当代教育名家、清华大学附属中学校长、清华大学基础教育研究所所长。

改革开放以来，中国教育可以用成就巨大来形容，但在这繁荣的背后，是全民的教育焦虑。焦虑从何而来、又要如何解决，王殿军在本次采访中给出了自己的理解和思考。

全民教育焦虑，都是单一评价惹的祸

·中国教育应该用"成就巨大"来形容

白丁：应该说，中国的基础教育在全球已经处于一个非常领先的地位，但是最近几十年，基础教育从各个层面受到的诟病也非常多，全民都处在焦虑的状态。从入园，升小学，上初中、高中，包括高考，都带来了很大的压力。这背后更深层的原因是什么呢？

王殿军：我特别同意您的观点，中国的教育成就和进步是巨大的。在世界范围内，用短时间，把一个如此大的国家的教育做到现在这个程度，应该用"成就巨大"来形容。

但是正如您刚才所说，从家长到全社会，甚至教育界的人士、科技界的人士，对于今天的教育期望会更高一些。也就是说，今天的教育并不能令所有人满意。怎么解决这些问题？这些问题背后深层次的原因到底是什么？每个人站在不同的角度都会有自己的解读。作为一名一线的校长，我个人觉得有以下几个层面值得关注。

首先，很多方面与我们的历史文化背景和传统都有关系。传统上，中国人特别重视子女的教育和子女的成功。有一个说法叫"望子成龙，望女成凤"，家长都认为自己的孩子非常优秀，应该超越自己，甚至把自己不能够实现的梦想都寄托在孩子身上，不仅希望孩子成功，还希望孩子完成自己多年的梦想。

白丁：那这种思想，是一种正常的状态吗？

王殿军：有这样的期望，去做这样的努力，并且孩子认真去做了、尽心了，只是未来孩子究竟会成为什么样子，究竟能不能达到自己所期望的那个样子，家长能够坦然地去面对，这就不是问题。

家长希望孩子优秀，或者提供孩子能够优秀的条件，这样的期望没有问题。

当孩子没有想象得那么优秀，或者在竞争当中并不如想象得那么突出，家长能够接受，这就不是问题。毕竟每一个孩子都成为第一名，这是不可能的。就像奥运会比赛不可能人人是冠军，但是一名运动员得了第二名，他跑得很努力了，已经跑出他平时最好的成绩了，你觉得还不错，能有这样的想法，这就不是问题。

但是，要是你觉得"他再好，也没拿冠军，我还是不满意"，那就是一个问题。

当家长不能够很客观地认识自己孩子的潜力或者能力时，不能认为孩子尽力而为就好时，就会带来很多的社会问题。

所以我认为，我们的历史、传统文化的一些深层次的背景，可能对于我们全民重视教育是个好事，但是家长能不能科学理智地对待附加在孩子身上的期望？应该用什么心态去面对孩子未能达到的期望？如果不能够很好地解决这件事情，就会把这种压力变成一种焦虑。

白丁： 这种焦虑接着就会转化成对基础教育的一些不满、各种诟病。

· 单一化教育评价是当前最大问题

王殿军： 对，就是这样的情况。一个孩子是不是优秀，本来就很难去评价，因为人是非常复杂的。今天的评价可能关注较多的是孩子考了多少名、多少分、考到什么样的学校、升入什么样的专业等。但对于人的评价是非常复杂的。除了刚才讲的社会历史、文化传统背后的原因，还有社会现实的原因。

现实当中我们评价一个人，有时候就像中考、高考一样，可能就过于简单了。对不同的行业、不同的领域，有时候在我们自己的脑海深处，潜意识里就觉得哪个行业重要、哪个不重要，哪个行业地位高、哪个地位低，这是一个社会现实的问题。

我认为并非全世界所有国家都这样。有些国家对于不同领域的行业，他们从思想上确实没有不平等的感觉。每个人找到适合自己做的事，就觉得很自豪。我自食其力，为社会作出贡献，我在社会上的地位就没有高下，职业没有高下，只有不同。

像这种现实的认知会对教育产生压力。比如，如果我的孩子将来没有进入我认为社会上比较好的行业或者大学，我就觉得很失望或者很焦虑。出现这样的结果，大家就会把这样的焦虑和压力传导到孩子身上，甚至有时候觉得“我认为我的孩子应该优秀，为什么他不优秀呢？是学校不好，老师教得不好，还是中国教育不好……家长要找各种各样的原因，然后想办法解决，付出很多努力，包括想一些办法：要不要找好的辅导老师？要不要花更多的时间和精力？是不是不够努力？等等。其实再怎么努力，学生之间的差异都是存在的，学习能力的差异也不会消失。

白丁： 王校长分析了传统文化的原因，分析了社会现实的原因，包括家长的一些不太理性的期待，一些对职业观念不太成熟的评价。有没有教育自身的一些原因？

王殿军：客观来说，教育不该推卸责任，应该主动承担责任。这些问题多多少少都来自教育本身。在教育当中，如何判断一个学生是否优秀，如何评价他，我们要把他培养成什么样子，我们可以为他的成长提供什么样的教育资源或者教育方式，这些其实是很重要的。

社会以升入什么样的大学、什么样的专业来评判一所学校，老师和学校的领导就会在评价学校的时候，把这些指标列到很重要的位置。

凡是学校提倡、鼓励、重视的，在孩子的潜意识里也会认为重要，否则就不重要。所以，我认为主要是评价的问题。评价的单一化，是目前的教育中存在的最大问题。

·深刻解读“名校热”现象的背后

白丁：谈到弥漫整个社会的教育焦虑的问题，就有一个绕不开的词儿，叫“名校”。王校长是当之无愧的名校校长，您是怎么样看待“名校热”这种社会现象的？

王殿军：正如刚才说的，学生之间会有差异，那么学校之间有差异也是一种必然。当然，我并不认为我们要认可这种差异，而是要努力让所有的学校都优质。但是这个能做到吗？

从社会就业来讲，肯定会有不同的领域、不同的人担负不同的任务。有一些人可能要担负最前沿的、研究性的、创新性的任务，因为国家要有国际竞争力、要有核心竞争力，就必须有很多世界级的科学家、世界级的发明创造，这样才能在世界上立于不败之地，才能够有国际竞争力。但是，不可能人人都成为这样的人，人与人之间的分工是不尽相同的。

在一定程度上说，每所学校承担的任务也是不一样的。就像体育运动队有校级、市级、区级、省级，还有国家队，如果每个人都要成为国家队员，这也是不现实的。所以，每一个层次的学校和教育，不应该有好坏之分，因为在整个教育链条当中，每所学校担负的责任也是不同的，我们必须要客观地去理解。

现在又存在一个问题，就是对学校的评价问题。对于好学校而言，它的地理位置好、周边的社会环境好、生源好、师资好，它的教育理念也不会差。在这种情况下，如果我们单纯地只看升学率或者升学的结果，这种学校就占有天然的优势。用单一的升学指标来评价学校，就是在给学校排队。

应该怎么评价学校？要看这所学校提供给学生的成长环境是什么样的，每一个人在学校发展了多少，他的素质面是不是很宽广，立德树人这一块做得怎么样。如果用这所学校营造的环境、学生健康全面发展的程度去评价它，就不能说现在大家认为的那些所谓的名校就还是名校，有一些学校也能够脱颖而出。

这就反映出，我们对学校的评价，缺乏全面客观的评价体系，使得大家只能简单地用升学率去评价。我们评价一个人，用考试分数；评价一所学校，看升学率；现在所谓的名校，就是传统意义上考试成绩比较好的学校。但是我认为，我们要用发展的、变化的眼光去评价学校，这样才比较客观、合理。

·单一评价模式，是导致教育焦虑的第一要素

白丁：回顾基础教育改革的进程，教育焦虑这种情绪，在未来它的发展趋势会是什么样的？

王殿军：改革开放四十多年来，教育的改革和其他领域一样，一直没有停滞。到现在，教育改革、高考改革、中考改革都进入了关键的时期。我们已经意识到了教育存在的问题、这些问题的严重性、所产生的深远影响，这些促使我们决心要改革。但是，教育是一个系统工程，与历史文化、社会现实等方方面面都有关联。所以，改革是必需的，而且现在已经起步了。但是，要真正达到一个比较完美的程度，仍任重而道远。要一步一步地前进，一天两天就解决问题是很困难的。

现在的高考改革有几个关键点，比如选择的问题、评价的问题等。我最关注的还是教育的评价问题，如果不改变选拔学生时单一的评价模式，那中国的许多教育问题是很难解决的。而要解决一个评价的问题，又会牵扯到社会的成熟度、诚信度。大家都觉得单一评价不好，然而改成综合评价以后，家长和社会又能不能认可？

现在全世界的名校、一些教育强国都是用综合评价去评人、去选人，而我们的教育紧抱着这种单一的考试选拔方式，会带来很多问题，所以大家一定要在思想上认可教育改革所迈出的艰难一步。

白丁：王校长，这种单一的考试选拔的评价方式，是不是教育焦虑中非常重要的一个因素？

王殿军：我认为应该是列第一位的。改革单一的评价模式，并不意味着我们一定要搞强化训练、应试教育。应付这种单一的评价模式，也可以用全面发展学生能力这样科学的途径来获得优异的成绩。但是，大部分情况下还是很难实现的。大家总是觉得加强训练、多做题、多练题、多考试是提高分数直接有效的方式。实际上，通过很多并不极端的方式也可以提高考试分数，只是大家可能不太放心、不太愿意去尝试。

高考改革会影响孩子的前程吗?

· 高考改革说大了是国家的事

白丁：刚才王校长提到了高考改革，因为您有在清华大学很多年从教的经历，又是清华大学附中的校长，利用今天这个机会，特别想请王校长站在高等教育的视角，结合刚才您提到的综合评价，谈一谈对高考改革的理解，包括高考改革对学前、小学、初中和高中教育的影响。

王殿军：高考改革是必须要做的，再不改教育领域就会远远落后于其他领域。说小了是教育的事，说大了就是国家的事。因为如果教育出了问题，就无法为国家的腾飞和强国的战略梦想提供充足的人力资源；没有人力，所有问题都无法解决。所以教育改革的问题已经不仅仅是教育的问题，更是中国强大的问题。

现在的高考改革，大家也不能说“好几个省都进行了高考改革，怎么没看到效果”。高考改革是一个系统工程，它的影响非常深远。大家看见的，只是高中到大学这一阶段，实际上它会影响到初中、小学，甚至幼儿园，绝对是一个全链条式的影响。因为大家一生下来就开始焦虑，一生下来就面临高考的问题，有一个传统的说法叫做“不能让孩子输在起跑线上”，所以一开始就被影响了。

白丁：曾经有一张比较搞笑的图片，就是一个刚出生的婴儿，手里拿着一张卡片，上面写距离高考还有多少天。

王殿军：对，这是一个社会的焦虑现象，有时候也是互相感染的。我觉得我们整个氛围需要松下来、需要慢下来、需要坦然起来。我们为每个孩子创造优良的环境，让他自然而然地成长，他会成为该成为的样子的。

当然，有些人就会说，你站着说话不腰疼。全社会对这件事情都有点焦虑，高考改革整个的影响很深远，但是高考改革不可能一步完成、一蹴而就。所以，大家要看到这次改革有很多的变化。

首先，“考试定乾坤”这件事改变了；其次，评价的问题也有了松动，由过去只看分数改成需要参考一下综合评价，有些省市已经把综合评价作为重要的依据之一。

当然，首次将综合评价引入整个选拔人才的体系，大家还需要有一个认知的时间。但是，如果不给改革一个宽松的环境和空间，大家就总是想要立竿见影，我认为这种心态是不对的。大家一定要明白，这是符合世界潮流、符合教育规律的。改革的大方向是对的，改革当中出现了一些小的问题，我们就去解决。不能改革当中一出现一点点问题，立即就说改革错了。所以，改革的方向是对的，只是改革的步子迈出去，要一步一步走，不能要求立刻出现特别理想的状态。

· 高考改革也要“动全身而牵一发”

白丁： 因为高考改革，是牵一发而动全身，我们看到有几个省份，已经暂缓了一些高考改革的相关举措的推进进度。高考改革会对小学、初中这些一线的教师、对学校的管理带来什么挑战？同时，它会为处在普遍的焦虑情绪当中的一个个家庭，带来一些什么机遇？

王殿军： 因为我们国家比较大，各个区域的教育发展都不均衡，教育的基础条件也不一样，所以我们不能搞一刀切。具备了条件、做好了充分准备的区域，可以先行一步进行高考改革，也能给后来的省份积累经验。我认为在这件事情上，稳妥一点比较好，要做好充分的思想准备、对政策理解的准备以及改革资源的准备等，做好了准备就改。这恰恰说明我们的政府和教育行政部门，是非常有规律地、理智冷静地、有步骤有节奏地推进高考改革，这是非常好的。

另外，既然高考改革是牵一发而动全身，我们也要“动全身而牵一发”。就是说，这次改革，我们要静观它对于高中教育、初中教育甚至小学教育中全面培养的作用。我们不能说“改革都三年了，怎么没看到作用”，改革所产生的影响要传导到整个教育的链条，是需要一点时间的，如果大家这点耐心都没有，就说明你太不了解教育了。

教育是一个长线的过程，慢的过程，必须用一颗平常心、一个静待花开的心态去对待。如果大家能用科学理智的方式对待高中教育改革，未来的效果将更加明显。

在选科的问题上，过去是文理分科，现在取消了，大家可以自由选择。本来在选择的时候,应该充分考虑每个学生自身的特点、兴趣和未来将要从事的领域,但因为一些制度的原因、教育本身的原因,现在的改革没把这些因素加进去。比如,学生在选的时候,会选对自己的分数有利的科目,就会出现一些科目没人选等问题,这就给制度设计带来了考验。

有些改革,看起来改的是教育,实际上考验的是我们的社会,考验的是大家能不能用一颗平常心、一个冷静的头脑去对待这件事。如果我们把好好的一件事给理解错了,那可能就做错了。比如,一项好的改革,就因为我们在理解或者操作层面上没做好,大家就以为是制度设计有问题,这是不对的。所以,基于这一点,我们的培训、高考改革的支持体系,对于普通的非教育工作者和教育工作者来说,都需要树立正确的理念、对政策进行正确的解读和理解。

白丁: 作为家长应该怎样去看待高考改革这个问题?应该做好什么样的准备?

王殿军: 在教育上,中国的家长一定要相信专家、老师、专门的教育工作者,他们在教育上更加专业。所以,家长应该以平静之心、坦然之心去理解、去接受、去配合这样的改革以及学校教育的安排和行为。

但是,这并不是说家长不要去关心。有时候,家长也会出现过度关心、关心的方式有问题等。在我的教育生涯中,遇到很多家长,一听高考改革就想,将来会不会影响我孩子的前程。实际上,改革的初衷肯定是希望越改越好,让孩子发展得更全面,学习生活更加幸福,减轻孩子的学习负担等。当然,在改革过程当中,会有一段原有体制到新体系的过渡期,有些东西做得还不是很到位,大家应该理解。

· 清华附中的综合素质评价平台

白丁: 王校长提到一点,从幼儿园一直到高中的全人教育,传统的单一评价模式肯定不能满足教育需要。请您就综合素质的评价,结合清华附中的实践和您个人的心得,再补充做一些分享。

王殿军: 在高考改革开始之前,大概在2010年,我仔细研究了中国的基础教育,我觉得中国的基础教育目前亟待解决的关键问题就是:评价太单一。我决心带领我的团队,设计和开发一个能对学生进行全面、综合评价的信息系统。

这个系统最主要的作用,就是把学生课内外,包括校内校外甚至家里,学校鼓励做的,或者对发展学生的全面素养有好处的表现和活动,都给记录下来。一些学校规定的活动,比如大家都在学的一门课,学生在课堂上的表现、课后的表现、学习过程中的表现都记录下来;一些自选的活动,比如一些选修课、一些校外的发展综合素质的活动,这些活动情况和学生表现也都一一记录下来。

三年之后,以上记录积累成一个很大的数据。这个数据既能反映学生在提升综合素质方面主观努力的情况,又能反映学生在综合素质方面的客观表现。最终形成一个多维度、全方位的大数据,给出一个综合的评价报告,让大家看到孩子一个立体、全面、发展性的状况。

未来,我们希望这个结果能够纳入高校的评价和选拔招生的体系当中。这个系统已经完成了,许多高中已开始使用,显现出了很重要的意义,指导大家全面发展,反馈学校教育过程中存在的问题,然后进行改进,同时又能够为高校选拔自己想要的人才提供可靠的事实依据。

· 高考必须给综合素质评价留空间

白丁: 请王校长放眼更长远一点的未来,谈一谈未来高校在录取学生的时候,学生的分数大体上会占到什么样的比例?

王殿军: 据我了解,中国已经有一批高校采取了试点招生的模式,就是通过综合评价进行招生。它们采取的是"六三一"的模式,60%看高考成绩,30%看综合评价,10%是学校自己的一些面试等。

我认为在中国这样的社会里,高考不能取消,但需要改革。总而言之,我国还是要把考试作为一个根本的东西。每个国家都有类似的考试,因为它不仅仅是为了选人,还是对学生学习过程、学习结果的一个考量,一个评价的依据,所以中国不能取消高考,高考还要起根本性的作用。

只看分数是不科学的,那么究竟要看什么?一方面,是综合素质评价,另一方面,要给各个高校一定的自主选择权。每所高校风格不同,它担负的职责也不同,这里就要考虑到一个双向选择的问题,所以要给高校一定空间。但是这个空间要在很好的程序和监督之下,一定要做到公开、公平、公正,要权威化、科学化。我认为只要我们重视这些方面,是很容易做到的。

再来展望一下未来,以这次的高考改革为契机,中国未来一定要采用世界一流大学评价、选拔人才的方式,而要想在中国慢慢推广这些方式,需要全社会共同的努力和接纳,才能够引导人才健康科学地成长,落实学校的全面素质教育。

白丁： 我们有理由充满期待，因为昆山杜克大学已经把高考成绩占的比重降到了50%，逐步地降低也是未来的一个趋势。

王殿军： 比例降低要慢慢来，刚才说的“六三一”模式，高考成绩的占比已经很低了。说实话，哪怕高考成绩占80%，也必须要给综合素质评价留有空间，这是一个定性的变化。至于在定量方面，大家慢慢接受之后，再慢慢来。我经常说，教育急不得，必须要把它研究透彻，设计得很完美，然后慢慢地开始试验。

教育不能重来，不能说这一届学生没教好，让他们复读一届，这是不可能的，复读一年是很严重的事，重读高中更是不可能。所以，在教育上，我们必须以最科学、最审慎的态度去思考。设计阶段要花费更多的精力，不能够盲目冒进。大刀阔斧的颠覆性的改革，在教育当中万一做不好，就会引发一系列问题。

教育公平与拔尖人才培养矛盾吗？

白丁： 在全球化大潮之下，我们参与国际竞争是一个不可避免的现实状况，大国崛起是我们共同的梦想。在这个过程当中，拔尖创新型的人才肯定是非常重要的战略性的资源。应该怎样去看待拔尖创新人才的培养和教育公平的平衡问题？

· 不给拔尖创新人才提供平台，是国家的损失

王殿军： 大国崛起始于教育，而人才培养是教育最根本的任务。在人才培养当中，一定要承认因材施教的问题，就是说，在一位教师的教育生涯当中，会遇到好多学生，有些学生确实在某一方面特别有天赋。比如在体育、音乐、美术方面，或者在某个学科上有独到的感觉，这种人才属于“奇才”；还有一种人才就是什么都行，有点“小天才”。

如果一个国家的教育体系的设计里，没有给这些很有天赋、很有潜力的孩子留有足够的空间，没有提供相应的平台和支持，对于这个国家来讲，损失是很大的。我们国家发展到现在，大家更关注的是公平、均衡等，比较少去关心这些拔尖人才的发现和培养，哪怕其中有一些零星的发现和培养，我不认为做到了世界水平。

所以我认为这个问题特别重要，一定会有一些学生是与众不同的，我们要把他们培养成这个领域中全球最顶尖的人才。在教育当中，要为他们量身定做教

学的内容、教学的方式、成长的环境。当然，他们在某一方面优秀并不代表他们每个方面都优秀，所以我的基本观点是，要把他们放在和所有类型的学生都在的成长环境里。不过，在完成共性教育的同时，要对他们的个性发展进行精心设计，让他们在和大家共同成长的过程中，保证对他们潜力的挖掘、特长的培养，让他们成为具有国际竞争力的人才。在我们进行国家之间的竞争时，让他们成为我们国家的"王牌军"，这是我们国家目前需要认真研究、设计的一个问题，而不是完全置之不理、忽略不计。现在零零星星的做法也是不置可否，应该要认真地评估。

我经常说，不关注和培养天才是我们的一个失误，是教育的一个缺点。但是，如果用一种不健康的方式去关注和培养他，还不如没发现他。所以，发现和科学培养是一个系统工程。我们不能很好地培养他的时候，就任他发展。

白丁： *我们的学校尤其是名校，在对拔尖创新人才的培养方面，应该有一些什么样的担当？*

王殿军： 对于清华附中来说，最主要的就是在完成公共的、普通的教育之后，重视学生个性化社团，或者一些特殊的项目建设。比如，在 STEM 教育、体育人才培养、音乐人才培养、美术人才培养等方面，我们有专门的项目，发现、选拔学生，除了让他们接受常规的、全面的、发展的教育之外，在其他的时间，就把他们集中起来，做一些特殊项目的培养。尤其是在中学，一定要给他们提供一个特别宽松的环境和丰富的发展选择，这样才能找到个性。

我们一直提倡高中的多样性，其实多样性就是要满足社会对于人才需求的多样性，以及孩子的兴趣的多样性。我们强调多样性特色发展，但实际上，大家关注更多的，还是普通的、成绩好的孩子，还是一种单一的评价模式。

· 拔尖创新人才和教育公平不矛盾

白丁： *拔尖创新人才和教育公平，这两者矛盾吗？*

王殿军： 不矛盾。实际上我们理解的教育公平，就是要给孩子提供合适的教育。你能跑多快，我们就给你修多长的跑道；你能跳多高，杆就能升多高。一定要给孩子足够的发展空间，不能把所有的孩子都挤在一条道路上。有些人喜欢跑步，有些人喜欢跳高，我们一定要尊重学生的个性、兴趣和潜力的不同。

白丁：这样就不单单是形式上的公平，我们应该追求的是实质上的公平，所有类型的孩子都能兼顾到，都能提供足够的资源和机会，我认为这个还是非常重要的。

王殿军：未来我们应该在校内体现这种公平。过去的模式是这所学校有什么特色，就招收什么类型的学生，最后就容易演变成“掐尖大战”“生源大战”。一些教育发达国家在孩子入学的时候，基础教育阶段的选择性并不是很强，比如义务教育阶段是就近面试，我们得承认，越到后面，学生之间的差异就越大。这个时候，学校内部就要有能力为不同的孩子设计不同的教育，这就考验学校教育或是教育内部的体系设计了。

因材施教，就是体现在学校内部的因材施教，而不是这所学校因学生的才能或基础的不同去选材，只会教这种层次的孩子。如果就近入学，学生之间的差别就比较大，如何处理好差异比较大的学生的教育，是学校管理者的一个很重要的问题。

· 人工智能不会取代现在的教育

白丁：还有一个问题，很多人说，人工智能将对教育的建构、对未来教育的发展带来非常大的挑战。关于人工智能给我们带来的一些压力和机遇，这方面也请王校长做个分享。

王殿军：现在，大家对人工智能、大数据、互联网，包括在线教育的讨论都比较多。许多人觉得，信息化发展到现在，各个领域都已经有了革命性的变化，为什么教育一直没变？

教育是来培养人的，每个孩子接受教育必须从零开始，它有自身的一些特点和规律。人工智能彻底取代现在的教育，或者给教育造成颠覆性的变化，我认为可能性不大。

但是，人工智能来了，信息化来了，教育的某些方面是可以有革命性的变化的。比如刚刚提到的，我们对一个人的认识，甚至包括他的一些潜力，未来可能利用一些更先进的办法，让学生更了解自己，让教育工作者更了解学生。

特别是在对人的评价上，在对教育的评价上，我们可能更多地借助人工智能和大数据，因为它能够更加全面客观地记录一个学生的信息，然后进行综合评价。所以，我还是看好未来人工智能在教育上的积极作用，但是我不认为它能够取代现在的教育，或者是对现在的教育有颠覆性的作用。

白丁：可不可以这样理解，从当前来看，人工智能取代教师和学校是不太可能的。

王殿军：人工智能有辅助作用，但是要取代现在的教育，我认为不可能。因为人工智能和学生之间的互动，或者情感的交流非常微小。

我认为教师这个职业有很丰富的内涵，不是机器人或者人工智能所能取代的。但是人工智能，可能会给教师这个职业带来很多促进，或者内涵的触动等，包括教学方式和学习方式。这种变革在人工智能、大数据、互联网时代可能会有更大的变化。但是，就教师职业、教师和学生之间的影响而言，我认为机器是无法取代的。

白丁：人工智能会有非常好的发展，但是对教育来说，教师和学生还是最本体的。

（本文根据王殿军2019年1月在《白丁会客厅》视频采访整理而成）

郗会锁：衡水中学不是神也不是妖

——让衡中从神坛上走下来、从污名化中走出来

人物简介

郗会锁，衡水中学党委书记、校长。

衡水中学（简称衡中），“江湖”上流传着许多关于它的故事，有人视它为神，追捧学习，也有人视它为妖，恶语相向。什么才是真实的衡水中学，如果不走近它，或许我们永远都不知道。

本期采访，《白丁会客厅》请到了郗会锁，2018 年从张文茂校长手中接棒衡水中学的新任校长。他会如何讲述衡中的故事，又会如何直面未来教育、高考改革等关键问题？

疫情后的反思，信息化需要深层次建设

白丁： 今天做客《白丁会客厅》的嘉宾是衡水中学党委书记、校长郗会锁先生，欢迎郗校长。这次疫情给信息化对学习的支持带来了机遇，也带来了比较大的挑战。那么，衡水中学在疫情期间是如何开展教学工作的？对于“停课不停学”，衡中是怎么应对的？另外，此前衡水中学教育信息化方面有哪些前瞻性的思考和一些前瞻性的投入？疫情过去之后是否会有一些新的信息化的考量、一些新的变化？请郗校长给我们带来一些分享，谢谢。

郗会锁： 关于教育信息化，学校一直还是非常重视的。在2019年我们制订了学校的五年发展规划，其中专门提到开发信息技术要建设智慧校园，但是过去我们教育信息化方面还存在着一些问题，一个是没有构建起大数据的应用平台，有些数据还是信息孤岛。在教学应用上，还是比较浅层次的，比如老师们常用的还是白板、PPT，开展互联网教学的还不多。另外，因为学校是寄宿封闭式管理，不允许学生带手机，老师和学生在信息素养方面的能力还有欠缺。

但是这次疫情也给我们很多的思考，所以后面关于信息化方面我想我们会有一些调整。

第一点，我们要进一步完善教育信息化的环境，这包括两个方面，一个是硬环境一个是软环境。硬环境，我们下一步会打造智慧校园，要更新一些设备，完善一些设施，搭建起先进的管理平台。软环境，我们要进一步提升学生的信息素养，也会进一步完善和发展我们的教学资源库等。

第二点，我们要着力推动课程教学方式的改革，比如引入移动智能终端。可以探索基于网络、开放、交互、个性化的新型教学方式。因为在这次疫情当中我们发现线上课堂还是老师讲得多，师生之间互动不够。特别是录课，学生就是听，没有互动。即使在直播课当中，互动也相对比较少。所以我们下一步要搭建完善的在线学习平台，探索跨学校甚至跨校区的这种协同教学模式，进一步推动网络教学科研工作。

这次居家学习我们也感受到了一种很好的教学方式，就是不用再面对面地教研了，老师在家里或者其他不同的地方就可以很好地教研，很好地沟通了，所以这方面以后我们要加强。另外，我们这次也感到了平时积累的教学资源不足，原来都是线下教学，老师们是面对面给学生上课，这次在家里，很多课是老师在线准备的，这时候我们就意识到这方面积累的优秀资源还比较少，这些都给我们一些启发，将来要加强这方面的积累和整理，建立比较丰富的资源库，同时也要提高工作效率。

第三点，我们要实现校园管理全面的信息化，做到互联、互通、信息共享、业务协同。刚才我提到我们原来没有构建起大数据应用的平台，那么疫情期间我们感受到了这种不足，所以接下来我们要构建起大数据的应用平台和优化涉及跨学科、跨年级甚至跨部门、跨层级的事项办理流程，同时我们要以信息化手段来改造和优化校园管理，建成一体化的管理业务应用平台。

在这次线上教学当中，无论是管理还是教学，都暴露出一些不足。比如学生使用平台太多，听课用这个平台，其他的工作或者学习又需要那个平台。我看有的地方就比较先进，比如香港一些学校，他们用一体化的学习平台，在一个平台上解决所有的问题，这个很好，这是值得我们借鉴和学习的。

以上是我们关于信息化的一些做法和思考。

学生"不许带手机"背后的配套管理

白丁： 郗校长非常谦虚。我想这次的疫情不单对衡中，应该对所有学校都是一次大考，我们的整个教育生态都在经受着考验。刚才我们也注意到，郗校长结合着衡中在疫情期间的情况在做一些反思。不单单是学校整体的，也包括了我们的信息素养，均有待提高。

刚才郗校长在分享的过程当中提到了一句话，说衡水中学是不允许学生带手机的。实际上我知道很多学校都不允许学生带手机。那么学生该不该带手机其实也是很多家长、一线的教育工作者非常纠结的一个问题，因为社会在转型，要进入一个信息化的时代。尤其是这次疫情，一下子把信息化的素养要求提得很高。那么，作为中学年龄段的孩子该不该带手机？想听一听郗校长的意见。

郗会锁： 其实我们的做法也表明了我们的态度。这些年，不管外界有什么样的质疑或争论。我们一直坚持不让手机进校园。而且从我们的实践效果来看，还是很好的。

手机实际上也是好东西，但是要辩证地来看。因为我觉得目前手机对我们成年人来讲有的时候诱惑力都很大，很多人是沉迷于手机的低头族，耽误了很多时间和精力，影响了学习和工作。我想带不带手机，需要一个配套的管理。如果简单粗暴地规定：我就是不允许你带手机，那么就会出现很多问题。

我们不允许学生带手机，我们配套做的是什么呢？这是应该关注和研究的，比如，学生带手机要干什么？很多学生说，带手机是为了更方便地和家长联系、跟外界联系；还有就是要查一些教育教学资料，了解信息更方便。我想无非这两种答案。

面对这种情况，我们一方面在每间教室内部放置一台电脑，外部放置一个阅读机，这样很多教育教学资源包括新闻，就可以通过电脑来查阅，课间的时候也可以来看，另一方面，在图书馆设置一间专门开放的机房，如果要了解一些信息每周都可以利用课余时间去查阅。这就解决了学生的诉求之一。

另一个诉求是跟外界的联系。我们每一个宿舍都有电话，校园里也有电话亭，同时，我们老师的手机也是可以随时借给学生的。这样学生的这两个诉求都解决了，我们不让学生带手机，学生也可以接受，家长也可以接受，而且避免了学生沉迷于手机或者浏览一些不健康的东西，或者是沉迷手机游戏等。这几年实践以来我觉得效果还是挺好的。

白丁：现在有一种说法是我们现在很多的成年人睡醒之后第一件事是摸手机在哪里，还有一种极端的说法，说孩子跟手机是最关心的两个东西。但是相比较而言，手机不在身边比孩子不在身边可能还会更紧张一些。

信息化是我们关注衡中的一个点，我知道衡中名扬天下，有很多区域都在跟衡中合作办学，衡中的一些合作校开到了很多地方。衡中和合作校之间资源互通方面有一些什么样的特别的要求？也想请郗校长做个分享。

郗会锁：我们开展合作办学，是为了落实2012年刘延东同志视察衡中时，让我们把先进的理念和好的经验做法向外辐射、努力支持薄弱学校发展的指示要求，也是以实际行动贯彻民办教育促进法、落实国家教育扶贫方针政策，目的是提高教育教学质量，促进基础教育均衡发展，不断满足人民群众对优质教育的强烈需求，满足部分学校对衡中办学经验、教育资源的强烈渴求，也是为了进一步提高教师待遇。这两年我们在规范办学，对原来的合作进行规范、梳理、整改，因为原来有个别学校可能打着合作办学的幌子，做一些不实的宣传，带来一些负面的影响。现在我们就是规范办学，对于表现好的、规范的、实实在在办教育、提质量的，我们继续进行合作；对于不规范、虚假宣传的，我们就要进行整改。这次线上教学给我们的启发是将来合作途径实际上是很广泛的，可以更灵活地开展，比如线上教学的方式,线上教研的方式,远程、沟通都很方便。这方面我们会做一些尝试。

疫情后的改革,衡中要做“四加强”

白丁: 教育部学校建设规划发展中心在 2017 年 10 月 10 日启动的未来学校研究实验计划也一直在探讨、研究未来教育。想请郗校长分析一下,通过这样的一次疫情,对于我们教育未来的发展趋势,您是怎么判断的,或者说,疫情会不会带来未来教育的比较大的调整?

郗会锁: 我觉得疫情给我们带来一些困难,但是也带来了改革的契机,有几个方面需要我们加强。一个是教学方式亟须优化,比如刚才说到的加强信息化建设。像我们这样的学校,原来主要是线下教学比较突出,线上虽然有过一些尝试,但总的来讲都是浅层次的,不够深入。

但是这次疫情带给了我们启发,第一,未来教育应该是线上线下相融合,这样是最好的,因为线上学习将来也是学生应该必备的一种素养,终身学习、自主学习是一种常态,所以这也是学生应该具备的一种能力。

第二,我们要对学习的内容进行丰富、全面的深化。课程建设方面,我想不仅仅要学老师教授的、学校安排的课程,更重要的,还要拓展一些深层次的内容,比如这次疫情给我们上的一堂人生大课。居家学习,这个学习的内容更加广泛,包括社会,包括生活。特别是在疫情期间,一些人和事儿,让我们去深刻地思考生命的意义,生命的价值,去考虑公共安全,甚至涉及心理健康,人与人的关系或者我们每个人的责任和使命,我想这都应该是教育内容。

过去我们也重视课程的丰富,但是相对而言,这一点的认识不是很深刻。但是经过这次事件后,我想各个学校可能在课程建设方面,会更加丰富且更加实际,而学生对这方面的认识也会更加深刻和到位。

第三,驱使我们加强家校之间的合作,形成强大的教育合力。教育,应该包括学校教育、家庭教育、社会教育,三位一体。但是过去存在对家庭教育和社会教育某种程度上的忽视。而家庭也存在着过于依赖学校教育的情况,实际上只有三者教育形成合力,才会有最好的教育效果。

这方面论述很多,我给家长开会的时候也说过这样的话。家庭教育和学校教育形成合力才会有更好的效果,如果双方不一致的话,教育就像纸搭的房子,特别容易倒塌掉。这次学生长时间在家里面学习，家庭教育变得非常重要。

有人形象地说，现在很多家庭处于鸡飞狗跳，或正走在通往鸡飞狗跳的路上。其实这也给家庭提了个醒，增进了家校之间的互相的理解，家长认识到，我们只一个孩子(就这么累)，老师看那么多孩子(更辛苦)。理解了学校的难处和不容易。而这个时候老师也发现了家长的重要性。因为老师在线上教学提出的要求能不能很好地贯彻落实，实质上家长的配合、理解、支持也非常重要。家校双方之间有了一个共同育人的情感基础，这样很好。更重要的是，让我们认识到，以后的教育一定要深化家校合作，所以我说这是一个趋势。那么在这方面有很多工作可以做。比如，学校可以开发家庭教育的课程引导家长懂教育、会育人。能够理解、支持学校，发挥好的作用。

第四，我觉得应该进一步提升学生的素质，或者更具体来讲是实现学生的自我管理。有人说这个假期，自律的学生跟不自律的学生会出现两极分化。实际上自律就是一个人非常重要的素质。不仅上学这样，将来工作也是一样，自律的人容易出成绩，容易成功。那么这个假期，我想也是对学校的一种检测，也许你培养的学生在学校可能表现总体来讲还是挺不错的，那么离开了学校，在家里到底能不能自律？实际上这是对学校育人成果的检测。但是不管怎么样，我想这个事情让我们都认识到了学生自律的重要性。所以以后在教育教学当中，从学校的角度来讲，更应该加强对学生这种自律意识和能力的培养。

衡中学生的自律是文化烙印

白丁：您谈到自律，正好我们一个网友提到了疫情期间，很多家长都苦恼孩子的自律性不够。为什么鸡飞狗跳，可能就是跟学生自律有关系。孩子需要严格的监督，才能保证学习效果。衡中学生的高自律性一直是学校一大特色。请问郗校长如何才能很好地培养孩子的自律？请您做个分享。

郗会锁：前一段儿白岩松在《新闻1+1》栏目对我进行了采访。当时我就讲了我们学生的特点，我称它为“非常8+1”。我们的学生在学校培养下，带有学校的文化烙印，有着衡中学生的这种特质。

“8”是什么呢？比如，吃苦力，我们的学生都能吃苦，抗压力。竞争激烈，但是我们的学生都是阳光的、灿烂向上的。又如，坚持力，就是百折不挠，坚持到底这种精神。再如，激情力，到了衡中以后从早到晚不是被动、苦恼、痛苦地学习，而是昂扬、积极向上、主动地去学习，这个很好。还有梦想力、自律力。自律力是我们“非常 8+1”当中重要的一个方面，那么这种自律力我们是怎么培养的？这涉及一个教育的本质问题。

教育的本质是什么？一位教育家说过这样的话，本质是激励、唤醒、鼓舞和点燃。我工作二十来年，这一点感触特别深刻。因为我在一线当了将近 20 年的班主任。无论是从我本人来讲，还是从学校来讲，我觉得衡中整体都特别重视这点，就是激励、唤醒、鼓舞和点燃。当一个人迫于压力，迫于别的要求，去好好学习，那最多只叫他律而不是自律。只有你把他对梦想、对目标、对成功那种渴望点燃，把他对社会对家庭的那种责任感唤醒，让他有一种使命感，有一种要成人成才的理想和追求，他才会积极主动做事情。这样就容易形成自律。因为他是积极主动的，不是被迫的。我想可能短时间内还达不到完全的自律，因为自律里面又分为浅层的自律和深层的自律，要达到深层的自律需要持续的这样一个教育。我想衡中三年，对孩子们来讲，这个教育还是很有成效的，这是其一。

其二，要想自律，我觉得还需要老师的引导示范。什么是教育？我的感受就是你相信，才会有好的教育效果。你自己都不相信，让学生相信那是不可能的。

我曾在一次做评委的时候听到过这样一件事。一位老师讲了自己的一个故事，说现在孩子不太好教育。这位老师问孩子：“有了钱之后，你将来干什么？”“买房。”“再有了钱之后呢？”孩子说：“买第二套房。”老师就比较着急，因为想引导学生有了钱之后去做一些对社会有意义的事情，做一些奉献。老师继续问，再有了钱呢？“买第三套、第四套房。”老师就很苦恼，认为现在的孩子价值观有问题。结果有一个评委就问这个老师，说：“老师，你有了钱你干嘛？”老师一下子愣住了，我估计老师也想买房。

所以教育就是这样，如果老师自己不相信，那么你道德绑架学生是不行的。所以只有你自己相信，你自己做得到，才能让学生相信，学生才能做得到，才有好的教育效果。所以我说的第二点自律，就是我们衡中的老师，在要求学生做到之前首先自己应该做到。你要求学生做一个什么样的人，老师自己首先要去做一个什么样的人。所以这也是衡中成功的一个秘诀吧。

白丁：为人师表，万事师表，应该是师表的应有之意。

郗会锁：对，所以包括很多家长很多学生，为什么对衡中老师、对衡中很钦佩？就是在我们衡中老师的身上看到了一种精神，一种力量，而这种精神、力量不是说教出来的，而是老师们用自身的行动，自身的这种精神去感染、熏陶、教育学生的。这样就容易形成自律，而不是伪自律。

其三，人都是环境的产物。不要说青少年，对我们成年人来讲也是一样，有人说你是谁不重要，跟谁在一起很重要。学生现在十五六岁，很容易受周边环境的影响。那么作为校长、作为学校，你应该给学生提供一个什么样的环境？给他提供一个什么样的成长土壤？这个非常重要。

我现在提出来文化治校，我说一流的管理靠文化，二流的管理靠制度，三流的管理靠权力，而什么叫文化？真正的文化、深层次的文化不是那些标语、口号，也不是制度。文化是什么？是价值观。是你需要呈现出来的一种氛围，一种气场。任何人不管老师还是学生身处其中，都能受到这个场的熏陶和感染。

所以我们的学生在衡中，他就有这样的感觉，不管是成绩好一点的，或者成绩暂时落后一点的，是高一年级的还是高三年级的，到了这所学校，好像都变得很有激情，很有梦想，很有活力，很勤奋，这就是环境对他的影响。所以，我觉得我们的孩子之所以自律，就是因为长期处在这样一个环境当中去学习、去生活。

比如，我们的自习没有老师，这件事很有意思，我也很自豪，就是你进入我们的学校，如果正赶上我们早自习或者晚自习的时候，这个学校是鸦雀无声的，就像没有人一样。我记得有一次一个朋友来了之后，问“学校放假了？”我说没有啊。“那怎么一点儿动静都没有啊？”我说在上自习呢。自习的时候每个教室的学生都是埋头安安静静在学习。我想这就是一种自律。结合衡中和我自身的感受，我觉得应该这样来培养孩子的自律。当然可能不全面，仅是个人观点。

高考延期的“五利”与“三弊”

白丁：在中国，无论未来的教育、学校怎么创新，我们一时半会儿，都绕不开高考的话题。谈到高考，我想衡水中学的郗校长是最有发言权的，今天晚上想请教郗校长的一个非常重要的问题是，因为疫情，2020 年的高考不仅比往年晚了一个月，还会面临很多非常复杂的问题，在这样的情况下，您认为今年的高考对广大学子会有什么样的挑战？我们怎样去应对？结合着衡中的应对方案，请做一些分享。谢谢郗校长。

郗会锁：谈谈我自己的看法，经验还不敢说。高考的确是涉及千家万户，家庭利益、个人前途和命运，而且影响整个社会的公平公正、安全稳定和发展。所以这次国家做出高考延期一个月的决策，是基于疫情还有学情、教情的一个审慎的科学决策。它主要体现两个取向，一个是生命取向，生命第一。延迟一个月对考生也好，对涉考的工作人员也好，更安全。第二个，就是公平导向。线上教学对于家庭环境和家庭条件比较差的孩子，可能是不公平的。我想这种决策，体现了对他们的一种尊重。

对于高考延期，我想是有利也有弊的。有利的方面：第一，时间的延长给了学生更多的时间来梳理和沉淀，因为线上教学一些东西可能掌握得不扎实，比较匆忙。面对特殊的情况，大家临时的应对有一些问题。时间加长了，他就可以有时间去沉淀，静下心来再梳理，这样对提高成绩是有好处的。

第二，就是对贫困地区，农村偏远地区的孩子是一个机遇。因为受客观条件的限制，可能线上教学有一些不利于他们的地方。

第三，对于在疫情期间开展线上教学不利的学校，我觉得也是一个机遇。咱们国家这么大、这么多学校，层次是不一样的，比如我们学校开展线上教学，就比较顺利。因为之前我们这方面有一些基础。如果学校原来根本没有这方面的基础，那么可能就需要一个适应的过程。所以这给他们提供了一个机遇。

第四，我觉得给那些成绩目前比较落后的学生提供了一个机遇。我们常说世上没有卖后悔药的，这次也可以说卖了一次后悔药，好像时光倒流了。可能很多孩子后悔在这个假期没有好好学习，耽误了很多时间，突然加了一个月，时光倒流了，实际上给了他一个赶超的千载难逢的机会。

第五，就是它弥补了线上教学的一些不足。线上教学我们最大的担心就是可能会出现“夹生饭”。“夹生饭”是什么意思？就是可能会造成学生将来在考场上，看到这个题以后，有似是而非的感觉。因为老师讲过、说过、见过面，但是因为没有线下教学那种及时的沟通、巩固，所以似曾相识。那么加长一个月可能对这个是一种弥补。所以这是我分析高考延期的有利的几点。

但是延期也带来一些弊端。第一，高考延期实际上给老师、学生和家长都加重了心理负担。备考的过程，有的时候也是一个煎熬的过程。有的人说，早考早结束，早考早解放。所以延期加重了心理负担，让一些学生变得有些烦躁。

第二，高考延期可能对成绩暂时领先的学生来讲，弊大于利。比如一万米长跑,或者说攀登山顶,本来快到达终点了,突然说多了一个加时赛,那就带来了不确定的因素。所以对这些孩子来讲,未来增加了一个变数。

第三,我想就是对学校,包括对老师、学生可能涉及一个应变力的调整。因为原来6月份高考,学校的安排、老师的教学计划、学生的复习进度都是按照计划来进行,不管效果怎么样,但是这个节奏、目标、进度是按照原定的计划在进行的。突然加一个月,学校就要综合考虑、科学研判,采取应对举措。应对得当,那这个月就是加分,应对不得当可能就要减分。因为我们没有面临过备考多一个月的情况,这是一个新生事物,这就带来了一些挑战。特别是像我们这样的学校,我觉得也是一个挑战,因为在原来的情境下,我们是胜出的、有优势的。那么情景的变化,就带来了新的挑战。所以我觉得,不同的学校,不同的举措会有不同的效果,当然我们对自己学校还是很有信心的,因为我们都在扎扎实实地做工作,认真研究,科学应对。

白丁: 衡中的学生自律性或者自理能力更强,应该也是一个优势吧。高三的孩子更多的是在巩固、在做一些复习工作。这个时候,在家里面就可能要拼自律了,拼他内心对未来成就感的渴望,看这些是不是一直能保持。如果说我们大多数的孩子在前段时间的居家学习,都是高自律的一个状态,我想我们其实应该是有优势的。不知道我这个想法有没有道理?

郗会锁: 实际上自律是重要的一方面。有的同学在其他方面的素质,比如能力、知识掌握、知识储备,甚至思维方式等都不错,但很可能因为自律不足这一个弱项导致高考不理想,或者其他方面的发展受到影响。所以我觉得延期可能对自律性弱的学生来讲,就是给他一个弥补机会。当然,无论是在校还是在家,自律的人永远都是处于一个优势、主动的地位。

高考延期的思考与应对我简单提一下,我觉得一是要强化心理疏导,这个很重要。从居家学习转为在校学习,也要有一个适应过程。特别是高考延期,对老师对学生来讲都会带来一些心理上的变化,所以强化心理疏导,这点是非常重要的。二是强化课堂教学。在课堂上讲什么、说什么、做什么需要老师深入地研究,保证课堂的高效。三是对于延长一个月要综合研判、科学研判。这个月到底用来干什么?可能有的时候一个月就用来做题。但我不那么认为,如果仅仅就是刷题,那是不行的,起码要对居家学习这段时间所学的知识内容有一个回顾,哪些是易混点、易错点、遗漏点,要做一个再回顾、再巩固、再强化。

重视综合素质选拔,是高考总趋势

白丁: 关于高考我还有最后一个问题想请教郗校长,现在全国很多省份都已经开始了对高考的改革,当然高考改革必然也会推动中考改革。我们现在有两个时间点,一个是2035年,一个是2050年,都是我们非常关注的,我们高考的指挥棒、高考的评价机制,将来会发生什么样的变化?就这个演变的趋势,想请郗校长做一个预判。

郗会锁: 趋势上总的来讲就是现在越来越重视对学生综合素质的选拔。实际上高考这几年,我觉得已经有明显变化。我参加高考的时期跟现在完全不是一个层面。

我至今都记得非常清楚,我在备战高考时,就是狂背,拿着书找一个没人的地方背啊背,背得多就能多拿分。现在呢?我是教文科的,拿着教材都找不到答案。高考从表面来看有了一个巨大的变化,考试真的在考你的能力,某种程度上也在考素质。刚刚我提到创设新的情景,为什么创设情景?这些情景都是什么样的情景?就是生活和社会的情景,就把你置于那个生活的情景当中,置于社会那个情景当中去,你怎么应对?怎么分析?怎么解决?这本身就在考能力考素质。

同时,立德树人怎么考查?核心价值观怎么考查?我觉得都是可以考查的。有一句话叫做题如做人,比如,你写作文也好,分析问题也好,实际上都可能在潜意识中或者潜移默化地把你的思维方式,包括你的思想、判断、分析表现出来,当然,它不是很外显、很直观的,但是我觉得命题在这方面会做很多的探索。所以我想将来的趋势就是避免单纯考知识得高分儿,而是真正把有水平、有能力、思想品行好的人、水平高的人选拔出来,为党育人,为国育才。这个方向,就是高考改革的方向。

内强素质,以精神立校

白丁: 您是2018年上任衡水中学校长的,您上任以来有过什么样的举措?衡水中学有什么相应的变化?也请您做一些分享。我相信参与今天节目的教育界同仁都会比较关心,一所学校的校长为学校带来的变革。谢谢郗校长。

郗会锁：其实衡水中学走到今天，是一代一代衡中人努力的结果。我们李金池校长，可能您也听说过，以他为首的领导班子把衡中从一所名不见经传的小学校、一所薄弱学校，从低谷带上了腾飞，功不可没。直到现在我觉得衡水中学都有他的影子。还有张文茂校长，他在这样的基础上，把衡中继续做大做强，使之享誉全国，为衡中的发展做出了突出的贡献。

我接这个校长是压力山大。所以当时我提出来内强素质，外树形象。我说要以创业的姿态来抓工作，守是守不住的。同时我还提出来要强化问题导向，倡导一种思维方式，即“行有不得，反求诸己”，这是孟子说的，由此在全校推行了一些举措，比如，从思想上我提了一个师德师风“八不能”，比较朴素但是特别实用。这个“八不能”是什么？不能让事情在我这拖延；不能让工作在我这失误；不能让团结在我这裂痕；不能让谣言在我这传播；不能让形象在我这受损；不能让腐败在我这出现；不能让成绩在我这下滑；不能让规矩在我这破坏。

白丁：您的八项规定（哈哈）。

郗会锁：这八句话我也是在很大压力下，首先对自己提出的一个要求，然后我又要求我们的中层干部、我们的老师按照这八点去做。我说做好这八个不能，衡中就能做得更好。具体来说，第一，是我们加强党建工作。坚持党的领导，这是我们保持成绩和继续发展的基础。所以我们把党支部建立在了年级部，实行党建与业务同部署、同安排、同检查，我觉得是非常有效的。第二，就是我们进一步丰富完善了教育教学理论。衡中原来有“三个责任”，就是要“办负责任的学校、当负责任的老师、做负责任的学生”。还有著名的五大理念，比如学校应该是一个精神特区，素质教育更能提高升学率，让校园成为激情燃烧的乐园等。

在这个基础上，我进一步提出了四大办学战略。第一，精神立校，我觉得人无精神不立，国无精神不强，立校要靠精神。第二，文化治校，刚才我说了一流的管理靠文化。第三，创新兴校，不创新那就是僵化，影响发展。第四，实干强校，说一千道一万不如两横一竖就是干。这四个办学战略，是第一个变化。

另外，我提出了五大办学指南。第一，大安全观，这是教育的前提和基础，没有安全谈何教育？人人懂安全，事事讲安全，处处要安全，把安全放在第一位。第二，大德育观，这是核心和根本，落实立德树人根本任务，这是党的十九大报告提出的。我经常讲，抓住了德就抓住了教育的根本，就能提升教育质量，就会得到人民群众的认可。什么叫大德育观？全面德育、全员德育、全程德育，人人都是德育形象，事事都是德育资源，处处都是德育契机，这就是大德育观。第三，大课程观，这是教育的载体和抓手。一切都是课程，活动是课程、社会是课程、生活是课程、经验是课程、教训是课程，整个世界都是课程，要有这种大课程观。这次居家学习实际上体现得很充分。第四，大考试观，这是途径和方法。大考试观说的不是高考，是说我们每一个人做事、学习、工作要有一种赶考的心态、赶考的状态。毛泽东同志、周恩来同志在 1949 年 3 月份，从西柏坡到北京，就说了这个著名的赶考理论，后来习近平总书记多次谈到赶考，包括这次疫情也是一次大考。

我觉得我们每个人，其实每天都在考试，包括今天这个采访，我觉得对我是一种考试。每人每天都在考试，只是考试的内容和方式不同而已。但是我觉得如果每个人都有这种赶考的意识，以赶考的心态来工作、学习，效果一定更好。所以我把这个大考试观作为途径方法，要求学校上上下下的老师学生、前勤后勤都要以这种赶考的心态和状态来工作和学习。

第五，大发展观，这是我们的目标和结果，即全员发展。在衡中，不管你是学生还是老师，不管你是临时工还是正式工，都要不同程度得到发展，不仅你的知识能力要提升，你的整个综合素质也要提升。全程发展，你在衡中的时候发展，你离开衡中之后，还要得益于衡中对你的影响继续发展，这是目标和结果。以上是我们五大办学指南，这些方向提出来以后，丰富了我们的教育教学理论，这是第二个变化。

第三个变化，我们构建起了德育工作体系。讲立德树人，怎么立德树人呢？我们构建起了“三一六”德育工作体系。

这“三一”是什么？第一个“一”，是一个理念，就是我们的教育理念，给学生终生难忘、受益的教育。你听到这句话就会意识到，衡中的目标不是瞄准升学率，而是着眼孩子一生的发展，使之终身受益。高的升学率，只不过是一个副产品而已。你抓好了德、抓好了育人，成绩自然就会上去。

白丁： 您刚才这句话让我印象很深，你把它作为第一目标，最后可能跟你没关系，但是作为副产品可能最后一直都是你的。

郗会锁： 对，这个我觉得我是有发言权的，因为我是在衡中低谷的时候来任教的，学校的整个腾飞我都有参与和见证，而且一直在一线，所以感触真的很深。

衡中的成功其实是因为德育的工作抓得非常到位。

第二个“一”是一个原则,就是重过程、抓细节、强体验。强体验是什么意思?强体验不是简单地说教,而是让他切身参与体验。时间关系我就不展开了。

第三个“一”是一个行动指南,就是我刚才说的大德育观。

“三一六”中的“六”,是六大工程。比如德育机制构建工程、德育创新改革工程、德育细节提升工程、德育文化渗透工程等。

建立“三一六”德育工作体系,这也是一个变化。

第四个变化,我觉得这一年以来,我们课堂教学改革有了新的变化,我提出来“两候三情四声”,“两候”是什么呢?说起来有点土,但是我觉得很实用,今天我是知无不言言无不尽,留作大家评说。

“两候”,第一个“候”是候课,就是上课前老师要早到至少2分钟。为什么要候课?对课堂的组织、课堂的管理,对师生之间的沟通交流是非常有帮助的。这2分钟一定可以提升课堂效果。第二个“候”,叫“候问”,下课之后,我提醒老师晚走2分钟,不能上完课就走了。上完课之后跟学生有没有沟通交流?学生学得怎么样?哪个地方听不懂?我觉得交流对老师、学生都有好处。

“三情”是什么?激情,对工作要有激情。热情,对你所从事的学科教学要有热情。温情,对学生要有温情。我要求带着这“三情”进课堂,那么老师的精神面貌、状态就很好。

“四声”是什么?实际上我觉得课堂是素质教育的主阵地,因为学生大部分时间都在课堂度过。抓素质总是抓课下蹦蹦跳跳,然后在课堂上不抓,那不舍本逐末了吗?课堂是培养学生素质、培养创新思维、培养能力的重要阵地。所谓“四声”,第一,课堂要有笑声,课堂不应该是一个很痛苦的地方,应该有笑声。第二,课堂要有赞美声,这个赞美包括老师对学生的赞美、学生互相之间的赞美、学生对老师的赞美,在相互欣赏当中不断地提升自我。第三,是疑问声。我记得爱因斯坦有一句名言,“提出一个有价值的问题比回答一个问题更重要”。这句话对我启发很大,原来我儿子上学的时候,每天回家我都问他:回答老师问题了没有?回答了,我就挺高兴。自从看到这句话我就改变了,变成:问了问题没有?因为他提出问题来,才是真正的深度学习,而且培养了他的批判思维、创新思维,这是必不可少的。所以我们鼓励学生质疑,要有疑问声。第四,就是辩论声,即问题解决过程中的讨论、辩论。这是我提出的“两候三情四声”。

外树形象，扎扎实实育人

郗会锁：还有就是课堂教学带来一些新的变化。这方面是我比较自豪的，就是我们的正面形象这两年得到了很大的改善，内强素质、外树形象的目标有所成效。体现在几点上，第一，规范宣传，如果关注衡中的话你会发现这两年高考我们只字不提，外界怎么说是外界的事情，但是我们自身对高考从来不做任何的宣传，包括别人在讲，我们在网站上还要发一个声明尽量淡化，这也是上级部门的要求，同时我们也在淡化高考排名。我觉得育人更要扎扎实实的，在综合素质上做一些文章，这是一个变化。

第二，多样展示。我们利用微信公众号、抖音等多个平台，把我们学校发生的感人故事、做的活动、做的工作，全面、真实地展现出来，让大家了解一个真实的衡水中学。

第三，继续开放办学，一年的时间我们搞了五次大规模的接待活动和会议，有将近 5 万人到衡中来考察，我们全面开放、真实地呈现给大家，没有隐瞒也没有作假。当然要预约，不预约的话，我们接待任务很重，对我们是一种干扰，大家也要理解。

第四，正面发声，在北京大学一场圆桌论坛上，我作了一个发言，网上传得也很火。我在里边回应了很多问题，当时那个题目叫"了解衡水中学不要盲人摸象"，对很多不实的问题，做了一些实实在在的回应。

白丁：郗校长，您应该感觉到我今天的问题是非常克制的，但是我得到了我想了解的很多的信息。

郗会锁：其实没有必要，我曾经接待过几十家媒体记者，我当时说过，怎样尖锐的问题你都可以问我，我这个人就是实实在在，有什么说什么，所以正面发声。我们 2019 年的开学典礼讲话，还有最近一个云升旗讲话，都比较火爆。这么火爆我想是有原因的，一个是衡中自带流量，关注度高，另一个我觉得可能引起了情感的共鸣，而且跟我的教育理念恰恰是一脉相承的。开学典礼讲话也好，云升旗讲话也好，我并不是在作秀做样子，而是实实在在地希望学生要有家国情怀、有理想、有抱负、有责任、有使命、有担当，爱党、爱国、爱社会主义，懂得怎样做人，我觉得这是一名教育工作者的责任和使命，一定要把这个工作做好。

这恰恰是激励、唤醒、鼓舞和点燃，不是我要你学，更不是我逼着你去学，而是你要学，甚至你抢着学，这样状态就不一样了，精气神也不一样了。所以现在很多人说衡中的胜利，说衡中现象、衡中模式，我都不赞成。我觉得不是什么衡中模式，衡中的成功是衡中一种精神的胜利。因为没有时间讲衡中精神，但实际上的确是这个样子，正是因为我们的精神面貌不一样、精气神儿不一样，就是任正非讲的一种精神的东西，所以才有了今天这样的成绩。通过正面发声，让更多的人了解一个真实的衡水中学。

我们大概统计了一下，仅仅一年的时间，包括人民网、《人民周刊》在内的一些省级以上的主流媒体报道、转载的文章就有 400 多篇。我觉得这就是这两年来的变化吧。

白丁： 刚才郗校长毫无保留，知无不言言无不尽地分享了衡中过去的积累，包括最近这两年的变化，变化背后做了什么样的具体的工作。感谢郗校长带来的非常有价值的分享。

郗校长，有没有可能跟我们此刻还在直播间的各位朋友、同行、教育局领导、家长，最后再叮嘱几句？因为还有不长的时间就该高考了。

郗会锁： 衡水中学不是神仙也不是妖怪，真诚地欢迎大家到衡中来做客，感受一个真实的衡中。同时作为教育人，我觉得责任重大、使命光荣，所以我真诚地希望广大教育同行，在教育行业无怨无悔，坚守起为党育人、为国育才这样一个使命。也希望我们家长朋友们给孩子做一个很好的示范。更希望广大高三学子们发奋图强、锐意进取，把握好自己的人生命运，将来为国家、社会做出应有的贡献。

白丁： 为党育人、为国育才是教育的根本目标，一个非常重要的任务。今天和郗校长的对话，让我们了解到了一个非常丰满、上进，也非常有社会责任感、有精神的衡水中学。感谢郗校长今天拿出宝贵的时间做客《白丁会客厅》，希望以后还有机会和我们的郗校长对话，谢谢您。

（本文根据郗会锁 2020 年 4 月在《白丁会客厅》视频采访整理而成）

往来皆鸿儒

《白丁会客厅》教育访谈实录二

后疫情时代，未来学校建设的 N 种模样

朱永新：泛在学习时代，“学校消亡论”并非哗众取宠

人物简介

朱永新，中国民主促进会中央委员会副主席，第十二届全国政协副秘书长、常务委员会委员，当代教育名家。

“未来学校”概念在最近几年变得愈发火热。2019年当代教育名家朱永新出版了《未来学校》一书，书中写道：“我们今天觉得天经地义的学校生活，因为互联网，因为信息技术的发展，会在润物无声的改变中，发生翻天覆地的变化。在不远的未来，今天的学校会被未来的学习中心取代。”

本期访谈，朱永新就未来学校形态以及家庭教育、未来社会教育等方面分享了自己的思考。

“学校消亡论”并非哗众取宠

白丁： 朱副主席对教育的反思、对未来教育的建构在整个教育领域当中一度引起了非常大的反响。今天我们的访谈主题也将聚焦在这样一个大的命题之下。

“未来学校”的概念在最近几年变得非常的热。在教育部层面，包括一些著名的大学、社会团体以及企业，都把对未来学校的研究和实践提上了日程，也陆续地取得了一些成果。在2016年的时候，您就已经提出了未来学校变革的15种可能，利用这样一个机会想请您给我们再次做一些分享，结合着对教育的反思，做一些解读。

朱永新： 谢谢。我刚刚完成了一部关于未来学校的书。应该说，从2015年开始，我一直在思考整个教育的变革。现代学校制度是大工业时代的产物，所适应的是大机器时代批量生产对应的生产力和发展水平。其实从20世纪开始，随着现代社会的发展、现代技术的发展，不断有人在呼吁，要变革学校。20世纪60年代，美国就出现了所谓的“学校消亡论”，特别是计算机出现之后，但一直没有真正意义上的突破。

相反，像商业，从来没有人提出不要商店了，但是一夜之间，商店受到了很大的冲击，淘宝出现了，网购出现了。20世纪80年代以前，谁都没有想过我们可以不去银行(就把事办了)，但是就在这几年真的实现了。

其实对教育变革的呼唤早就开始了，大家都认为学校该变了，但是一直没变。所以，我就在思考：不变的原因在哪里？其实教育最需要变革。因为整个现代学校制度的设计，很少关注每个孩子的个性，很少考虑每个个体的学习需求和学习方式，在一个班级里、一个校园里，把所有人看成是同等的。所有人在同样的时间进行同样进度的学习。

其实，在一个班级里面，每个学生的发展是很不相同的。有些学生可能对这个知识点已经完全懂了、完全掌握了，但是他们还得在那学习；有些学生可能完全不知道、完全听不懂。这种学习方式在一定程度上是非人性、非人道的，学习效率也是很低的。因此，怎么样去创造一种适应每一位学生的、个性化的、发展的教育就呼之欲出了。

为什么没有实现呢？其实我们的技术已经足以支撑了。

无论是互联网、大数据、人工智能，甚至区块链，这些技术已经可以非常成熟地应用在教育领域。也就是说，我们其实已经完全可以做得到，像买东西不到商店，像存钱、取钱不到银行那样，可以处处、时时、泛在性地学习，可以不到学校去学习。

那么，在学校可以变的情况下，怎么去变？我觉得这是一个全方位的变革。

比如，从内容上变什么？我们现在学习的这些东西，在未来可能是没有用的。2015年，世界教育创新峰会组对全世界的教育家做过一次调查，得出一个结论：现在学校里学的这些东西，大概只要保留17%就够了。也就是说，还有80%左右的学习内容，需要重新思考。过去的学习，为什么学那么多？为什么学一个体系？因为它是为职业做准备的，需要专业对口。

未来学习首先要解决学什么

白丁：现在我们的职业也没办法预期了。

朱永新：对，现在国际上的发达国家，平均一个人一生要换十次以上的工作，甚至要换几个完全不同领域的工作。所以学校为职业做准备已经不可能了。因此我们需要的是学习的能力，适应的能力。所以学习的内容到底应该是什么？

这些年来，我发起了一个新教育实验，一直在探讨未来我们应该学什么。我们的研究结论是这样的。

未来的学习和生命相关。因为人首先是一个生命体，未来的学习要让人活得更长、有更健康的身体、更好的心态，这是生命的长度和宽度。同时，要让人活得更高，这是生命的高度。人总得有价值与信仰，人不同于其他生命的地方，就在于人是有精神生活的。

白丁：朱副主席说的生命长宽高的架构，就是我们讲的完人、一个立体的人。

朱永新：对，这就是基础课程——生命教育，我觉得在未来，这是一个非常重要的板块。教育首先应该要把生命给支撑起来，把生命的基础奠基好。在生命之上，我们构建的是真善美三个板块，教育应该帮助人性走向真善美。

那么，这个课程怎么构建？我们提出了大科学、大人文。

现在的科学是物理、化学、数学和生物这样一种体系，它和现代科学体系不一样，现在科学体系是宇宙科学、生命科学和物质科学。现代科学的大概念已经重新构建，所以我们提出要用大科学概念来构建未来整个科学教育体系。

现在的科学是面向少数人的科学，也就是说，是为学科学的人去准备的。对于学人文科学的人，有些人认为不需要学科学，我觉得这个方向是错的。未来，没有文理分科，所以我们设计的科学是面向所有人的科学。

至于学生想成为科学家，或者数学家、物理学家，或者化学家，可以再去选修个人需要的一门学科。这不是所有人都需要学的，所有人都需要的是科学精神、科学思维和科学方法。

人文也是这样。现在的理科学生不再学历史、地理，而这些人文知识恰恰是所有人一生都需要的。出去旅游也好，处理个人问题也好，人文精神和人文情怀对人的发展很重要。所以我们设计了一门新的人文课程，把文学、哲学、历史以及地理打通。这就是解决“真”的问题，解决科学思维、人文精神、科学方法等。

“善”是解决公民的问题。你生活在一个社会中、一个国家中、一个民族中，你就要服从它的游戏规则、遵守社会的契约，你要懂得这个国家的机器是怎么运转的。所以我们设计了一门新的公民课程，这门课程不同于现在的思想品德、道德与法制的课程，它是一门更完整地培养现代公民体系的课程，以实践理性为主体。

再来说艺术，也就是“美”这一方面。现在的中小学就是美术和音乐两门课，我觉得这也是不符合现代艺术的。现在艺术的形态已经越来越多，比如电影、戏剧、设计、创意等，这是未来艺术教育的主流方向。我们用艺术概念来设计了一门艺术课程。

现在的艺术是小众课程，是面向考艺术的人准备的。未来的艺术是面向所有人的，艺术精神是所有人都需要的，艺术创造也是所有人都需要的。我们做的一门大艺术课程也尚在研究之中。

所以，首先应该要解决学什么，学什么的问题没解决，学了半天都是没用的东西，浪费时间，浪费精力，浪费人生。

这个问题解决以后，那么就是谁来教的问题。

未来是“泛在学习”的时代

朱永新：未来的教师，是一个“能者为师”的时代。现在，教师资源来源很单一，水平参差不齐，校内校外也没有打通。所谓“能者为师”，就是说不一定由正规学校来提供课程资源，可能很多人都可以成为新的课程资源提供方。

北京已经有某些区域在采购学而思、好未来的理科课程，采购新东方的英语课程。也就是说，未来的教师，他不一定在传统的学校体系内。不仅如此，像逻辑思维，已经在深圳办到大学了，对吧？同时，我们还有很多自由教师，他们不属于任何学校，也不属于任何培训机构，但是他们在网上已经开始开课程招学生。我认识的一个老师，已经有 1 300 个学生跟着他学习。未来这样的老师，我们也应该承认。

所以在未来，学习的来源是多元化的。我不认得一所学校、不认得一位老师，但是谁能够教我，我就跟谁学。教师的来源也会进一步地多元化，“能者为师”的时代会出现，未来整个学习形式都会发生很大的变化。

所谓“泛在学习”，就是没有一个准确的学习起点。现在 7 周岁或者 8 周岁开始学，少一天多一天都不行，必须是 9 月 1 号之前出生的，所以很多人就剖腹产，让孩子提前来到这个世界。

其实，学习卡点也是没办法，因为批量生产、按需生产，只好这样做。但是未来不需要。未来每个人可以在任何时期开始他的学习。

我今天碰到一位中国民主建国会中央委员会的副主席，他就跟我讲，他的孙子 2 岁，已经开始学习了。

白丁： *孩子只要有这个能力，就可以开始学习了。*

朱永新： 对，他孙子的学习能力非常强，对学习非常有兴趣，已经能够背诵很多诗歌，学很多东西了。

现在还有人经常反对幼儿园小学化，反对超纲。其实只要孩子喜欢，只要他不觉得是负担，那么就可以开始他的学习历程。我的小孙子 5 岁已经认识千把个字了，已经开始学习关于火箭方面的知识了。为什么不允许呢？与其去压抑，不如顺其自然。

所以，未来的学习没有一个准确的时间点，恐怕还不一定有上课的时间。现在规定早上 8 点上课，那个时候路上交通特别拥堵，未来可能是弹性上学。可以不去上学，或者可以到另外一个城市上。未来的学生，可能在北京学这门课程，在上海学那门课程，在哈佛学另外一门课程，学习的时间、地点、空间都会发生非常大的变化。

未来发生的整个新型的变化，是我们难以想象的，所以我觉得教育需要一场整体结构性的变革。

白丁：刚才您也谈到了在商业上呈现出一个无心插柳柳成荫的局面，但是教育各方面的条件都具备了，千呼万唤都唤不出来，这背后深层的原因是什么？

朱永新：传统的学校教育，是一个非常严密、相对封闭的体系，而且基本上都是由政府财政加以保障的。不像商业、不像银行，商业和银行有更多内在的市场动力，需要提供更好的服务。所以，他们必须要用互联网，必须要用更好的、更新的技术，但是教育没有这种内在的、自身的动力，它需要外在的力量去推动，而外在的力量现在还不够。

为什么这几年我要花费很大的精力来研究、来呼吁？因为我觉得需要发出更多的声音，用外在的力量来冲击教育内部的、自身的变革。

未来学校将以“学习中心”的方式存在

白丁：刚才您谈到，未来会呈现出一个泛在的学习环境或者学习条件。那么，在这样一个新的条件下，学校这种形式还会不会继续存在呢？

朱永新：前两天，袁振国在北京中学做了一个讲演，他讲演的题目就是《未来没有学校，只有学习》。我就跟他补充道，未来是一方面没有学校，一方面到处都是学校，也就是未来没有学校（School），但是有“学习中心”（Learning Center）。传统学校有固定的模型，有特定的标准和模式，但我觉得这些肯定会逐步地消亡，当然，新旧体制可能还会有一段同时并轨的时期。比如，美国现在有200多万人不到传统的School学习，在家里学习，这也是一种新型的学习方式。

未来，学习中心会出现。为什么我用“学习中心”的概念？就是学校可以改造成学习中心，而一个个的培训机构、一个个的教育资源提供方，都可以成为新型的学习中心。那么大学、中学、小学、幼儿园就依然存在，只是不像今天这样批量生产人才了，会逐步改造成以一定特色的教育资源为特征的、新型的学习中心。比如，苏州的某一个学校，今后可能以平台为特色，当然还可以继续提供传统的教育服务。

这样就能给学生更多的选择余地。未来的学生，可能没有文凭，只有课程。

比如，一个学生在这个中心学习数学，在那个中心学习化学，在另外一个中心学习科学，最后构成一个学习体系。所以，未来的知识体系是以自我构建为主体的。未来的大学也是这样，未来的大学生，可能在上海学一门课程，在北京学一门课程，然后在哈佛学一门课程。

其实美国有一所学校叫 Minerva University ，完全是一所新型大学。学生第一年在旧金山学习，后面三年在全世界的六个城市进行学习，而且不学习传统的，即不学我们现在各个专业的知识，学的是方法论。所以这就说明，整个教育已经在悄悄地发生变化。

白丁：那现在就有这样一个矛盾，如果说要学习者自己付费的话，他当然可以在这个学习中心学这门课，在那个学习中心学那门课。但是目前的情况是，我们的教育主要还是一种由财政保障的、社会提供的公共服务，也就是传统的学校。那么，面对这样的一个矛盾背景，传统学校向未来学校的转型，教师以及学校的建设者应该怎样去适应？

朱永新：根据我的一个构想，未来政府会保障公民的基本教育权利。

也就是说，政府要求一个公民的基本素养的部分，会通过教学券的方式给你，以后你在哪里学习，你可以自由选择。给你的这个教学券可以满足你的基本学习要求，就是政府给一个公民定的要求；你要有新的选择的话就自己付费。

但是对于那些困难家庭、弱势人群，政府可以通过追加教学券的方式提供帮助，也就是说，根据不同的家庭，家里有钱你付得起，那就你自己付；家里付不起的，政府来付。

这种方式在国外也有。比如南美的一些大学，不同的学生交费是不一样的。家庭贫困的学生不用交钱，家庭很有钱的，那就根据家庭收入来付学习费用。未来政府可能也会这样，继续提供公共产品，你到政府的学习中心来是免费的，但是你要想去选择自己所需要的东西，那就自己付费。所以我觉得这是很容易解决的。

关键期培养，孩子一生都不用愁了

白丁：教育肯定是学校、家庭和社会三方共同作用的结果。接下来我们转到家庭，我注意到您过去发表的一些文章，包括公开的演讲，提到家长是需要教育的，家长能力的提升也非常重要。

家长的成长包括家长在面对教育问题时认知的变化、能力的提升，那么这对教育的价值，我们应该怎样去看待？请您做个分享。

朱永新：家庭教育和家校合作的问题，是教育里面一个长期被忽视的问题。自从有了学校，很多父母、家庭就开始把教育的权利转让给学校，好像他们跟教育没有关系了。但事实上，孩子从生下来到进入学校，这一段时间内，是他人生成长的关键时期，他的人格特征、行为方式、认知风格、习惯等，基本上在到学校的时候都已经形成。

20 世纪 60 年代，美国非常著名的《科尔曼报告》给大家一个结论：别以为孩子是学校培养的，优秀的孩子其实都是父母造就的，家庭对孩子的影响远远超过学校。但是，很多父母并不清楚，并没意识到自己才是孩子成长中真正的最重要的力量。因此，与其说是不同学校对孩子的影响，还不如说是不同家庭对孩子的影响。

我是中国家庭教育专业委员会的理事长，我们的新教育实验这 18 年以来也一直关注家校合作的问题。新教育有两个重要的研究机构，一个是阅读研究所，我们觉得阅读对人的成长非常重要、非常基础、非常关键。另一个就是新家庭教育研究院。为什么我把这两个研究机构作为新教育研究最重要的支撑？因为我觉得这两块对人的成长非常关键。在家庭中，阅读同样也很关键，所以家庭教育的问题的确非常关键。

我们一直提出家长要与孩子一起成长。父母好好学习，孩子才能天天向上。所以做父母是有学问的，做父母是有责任的，父母也需要不断地学习。我们新家庭教育研究院今年编写出版的一套书，主题是“这样爱你刚刚好”，从 0 岁讲起，一直到 21 岁，也就是一直到上大学。每年，我们把这一年度孩子面临的各种各样的生理、心理的发展情况，孩子可能出现的各种问题，告诉家长，告诉父母亲，让他们知道怎么去应对。

同时，我们还发起了一个家校合作的经验交流会，每年在全国开一次这样的会议，把做得好的学校、做得好的家庭、做得好的家校合作的典型召集起来，延续他们的故事，去分享去交流。

每年，我们还评选“中国新父母”，就是我们认为的那些做得非常优秀的、现代型的父母，请他们分享他们是怎样养育自己孩子的。一些好的经验、好的案例，也让更多人知道。

总而言之，家庭的问题远远没有引起足够的重视。

白丁：我觉得朱副主席的研究非常必要。我们中国的家长天然不缺爱心，耐心可能会各有不同，但是在对待孩子的能力方面，普遍处在一个比较低能的状态。0～21岁，每一个阶段的孩子都有一些共性的问题，这对家长确实是非常重要、也非常迫切的。

刚才提到了家校共育非常重要，家庭和学校肯定不是割裂的。根据新教育的研究，家校共育中，当前普遍存在的一些问题都集中呈现在哪些方面？

朱永新：第一个问题，很多父母亲，只关注孩子的学习，不关注自己的学习，这是一个普遍性的问题。

很多父母亲对孩子提出各种要求，不准看电视、不准打游戏，但是他们自己看电视、玩游戏、打麻将，有很多这样的案例。我记得当时我在苏州工作的时候，当地有一个县就发生了一件事情，一个孩子半夜出走了，他为什么出走？父母亲在搓麻将，第二天他要考试。家里面有麻将声，看书看得进去吗？他就跟父母去求情，说你们不要打了，我明天要考试了。父母亲根本不理他。这样，这孩子当天晚上就出走了。所以，父母亲本身为了孩子的成长，就必须不断地学习，做出榜样。

我曾经提出来，作为父母，有几件事情很重要。首先是陪伴孩子成长，陪伴非常关键。因为孩子很多力量的汲取，来源于良好的家庭关系，这对孩子良好的心态、积极的学习态度，具有非常深刻的影响。所以我们新教育研究提出来亲子共读，亲子共写，亲子一起走进大自然。父母给孩子陪伴的时间越多，孩子的成长空间就越大，这是在很多家庭屡试不爽的一个基本原理。

其次是培养好习惯。因为真正让孩子一生受益的就是良好的行为习惯。我们新教育研发出了“每月一事”的倡导，把人一生的好习惯，分成12个，每个月重点培养一个，然后每一年螺旋式地上升，这件事情我觉得非常重要。

我自己有早起的习惯，这个习惯就是我父亲培养出来的。几十年来，每天早上5点钟左右起床，开始2～3个小时的读书写作。很多人都很奇怪，说你工作那么忙哪来那么多时间看书写作，我就是利用的每天早晨这两三个小时，其他时间我都跟大家一样。工作、上班、应酬每个人都有，但是这3个小时很多人没有，所以我每天比别人多2～3个小时的时间。所以早起的习惯就很重要。我还有阅读的习惯、写作的习惯，比如我每天写日记，从19岁一直写到今天早晨，基本上没有间断，就是有时候有间断也会把它补起来。这样一种坚持的力量，我觉得也是非常重要的。

人生就那么几个非常关键的习惯，我觉得父母培养孩子，一旦养成了习惯，那么他的一生你就不用愁了。叶圣陶先生曾经说过，教育就是培养习惯。比如体育，就是培养孩子运动的习惯、健康的习惯，有了运动的习惯、健康的习惯，体育不就解决了吗？作文就是培养他坚持读书的习惯、坚持写作的习惯；品德就是培养孩子做好事的习惯。也就是说，如果把习惯养成了，教育的基本问题也就解决了。所以我觉得习惯也是非常关键的。

当然还有很多，比如阅读。但是我觉得对一个家庭来说，我们新教育提出，爱孩子，每个人都会甚至老母鸡也会，但是智慧的爱才是真正的爱，像陪伴这种就属于有智慧的爱。

写作对孩子的成长意义不亚于阅读

白丁： 您一直强调阅读，现在国家也是通过制度化在推进阅读，包括提供一些相关的阅读资源。刚才您也多次提到了写作，您自己有坚持写作的一个习惯。在进入互联网时代之后，我们的时间被高度地碎片化，可能写作对很多现代的学生来讲，是一个比较陌生的或者稍微远了一点的事情。那么写作对一个人的成长、发展，会起到一些什么样的积极作用？

朱永新： 写作对人的成长的意义不亚于阅读。当然，阅读和写作本身是相辅相成的，写作是帮助一个人学会反思、学会思考的一个非常重要的行为。为什么清华大学从今年开始，要求所有的学生都必须选修一门必修课“写作与沟通”？

我曾经跟钱颖一教授专门交流过，他认为一个人要训练自己的思维，就要从写作开始，真正的思考一定是从写作开始的。当你拿起笔的时候，当你敲击键盘的时候，你才能真正系统地去思考。所以写作是帮助一个人建立理性思维、学会自我反思的非常重要的基础。

在新教育早期的时候，2002 年我曾经发过一个帖子叫《“朱永新成功保险公司”开业启事》，我就跟那些年轻教师们说，你每天坚持写作，每天写 1 000 字记录你的课堂、记录你跟孩子的故事、记录你每天的生活、记录你的阅读，坚持写十年，我保证，要是你不成功，我以 1 赔 100，你给我 1 万元，我赔你 100 万元。虽说这是一个玩笑，但是又不是一个玩笑，的确有大量的教师来投保我的新教育成功保险公司。

后来我经常会收到很多老师的来信，感谢“保险公司”、感谢写作，使他有了更好的人生成长。写作倒并不是为了发表，为了出版，出版只是副产品，最重要的是真正帮助他们更好地去反思自己的教学行为。

我经常打个比方，很多不写作的老师，就是拿着一张教育的旧船票，每天重复着昨天的故事，教了一天，重复了 30 年。但是写作的教师就不一样，今天教了，把它写下来，写作的过程就会反思好在哪里？败在哪里？问题在哪里？怎么改进？明天，就会以一种新的方式去进行。明天再写，明天再反思。所以写作是一个不断反思、不断进步、不断提升自己的过程。

不仅仅是做教师，像我在今年两会期间，出版了一套十卷本的《见证十年》，就是我当人大代表、政协委员这十年的经历。有人说朱老师可能在全国人大代表和政协委员里面是最认真的一个，从来没有人像他这样把人大政协的每一件事情都系统地记录下来，写成十本书。

将近 70 年以来可能还没有人做过。

在一定程度上，你要想写得精彩，首先要活得精彩、做得精彩。只有活得精彩、做得精彩，你才可能写得精彩。所以写作不仅仅是反思，其实写作也在帮助一个人成为一个更好的人。

白丁：这种大部头成果的产出，应该说跟您 19 岁就已经养成了写作的习惯高度相关。我们注意到，现在的微博、微信、抖音、各种直播的平台，让很多成年人，包括一些社会青年、一些学生，用短视频、小短文的形式记录。把自己的时间搞得支离破碎。很难见到有反思、有自己见解的一些长文章。

那么这个社会现象，是不是跟没有形成写作的习惯有着极大的关系？或者是我们忽视了教育本身，忽略了对孩子写作的培养？

朱永新：其实也未必。我觉得互联网的发展、自媒体的发展倒是为写作提供了更大的空间。现在为什么出现那么多的网络写手？为什么会出现那么多的草根作家？因为在写作面前，大家都是平等的，发表的机会都是一样的，只要写得好，总会有人追，总会有人看。

而且，尽管网络有碎片化的缺点，但是它也有极大的优点，就是你可以随时随地做记录，所以现在我日记的初稿是在网络上写的，在我的微博里写。

我的微博就是我日记的素材。我看到了什么、想到了什么，我就在微博里写。

2008年商务印书馆出版了我的三本书，全是我在微博上写的。一本叫《人生没有最高峰：朱永新人生感悟》，一本叫《梦想因阅读而生：朱永新阅读感悟》，还有一本是《让孩子创造自己：朱永新教育感悟》，都是我关于人生、阅读和教育的一些思考，完全是我每天早晨在网络上写的一些东西。

每天早晨，我有个"新父母晨诵"，给父母亲写一段文字，是我跟一些大师们的对话，比如我读杜威、读蒙台梭利、读陶行知有所感悟，然后我就写一段文字，和那些大师的文字放在一起，跟它进行对话。到目前为止，这些文字可以整理出十本书。

我觉得在碎片化的时代，如果做得好的话，你会更有效地利用时间，要是你做得不好，那就是把时间给割裂了。所以，最关键的因素并不在于网络。

当然，整本书的阅读还是需要的，我出差的时候，在飞机上、在酒店里，我的包里往往会有一本或者两三本书，那些随时陪伴着我的大部分的书可以慢慢细读。

白丁：通过您的分享，我们意识到，完全可以用碎片化的时间，做一个系统性的工程，这也是非常有价值的。

朱永新：比如，我读《杜威教育文集》，已经读到第四卷了。每天早上，读了以后在网上和大家分享，已经持续了两年多。《陶行知全集》的12卷全部读完了，《叶圣陶教育文集》也全部读完了。每天读一点，把碎片化的时间利用起来，系统化、整体化，也是可以的。

美国著名中学的学生70%的时间在社会

白丁：谈完了学校，谈完了家庭，我们接下来谈一谈社会。社会在教育变革的过程当中，为了回应人民对美好教育的诉求，应该有什么作为？有什么担当？

朱永新：家庭、学校、社会本身是一体化的。我们讲家校合作，其实应该是家校社合作，是包含社会的。社会的教育资源怎么被有效地利用？这在我们国家也是一个大课题、大问题。

我刚刚从南美回来，从河南转飞机，顺便看看那些美术馆和博物馆。

这么多年来，我每一次到国外去，到任何一个国家，几乎在所有的博物馆、美术馆、科技馆里，都会看到老师和孩子们利用当地的博物馆、美术馆和科技馆进行教学。在中国就很少看到这样的场景。在国外，社会就是最好的教育资源。像剧场、剧院，国际上都有专门为学生定制的学生场，更不用说像美术馆、博物馆这些，本身就是为了和教育联通，本身就具有社会教育的功能。

所以，从未来这个角度来说，我觉得我们各种社会的教育资源会跟学校进一步地融合，学校也应该更好地、主动地介入社会中去。因为未来学生的学习不是在教室里，而是以社会为课堂的学习。

前两天，我和美国一所非常著名的中学 High Tech High 的校长 Larry Rosensrock 进行了一次对话。他们的学生 70%的时间是走向社会、走向生产、走向一线，去做实际课题的。比如，学生用半年的时间去研究当地的一条河流，研究河流的水质，研究河流里各种各样的生物以及生物活动，研究河流的历史，研究河流两岸的植物。学生就把社会、河流作为他的课堂，用半年的时间写了一本书。未来像这样的研究会越来越多，所以社会将会成为教育的资源，会成为教育的一种场所，也会成为教育的一个不可分割的重要组成部分。

白丁： 社会将来可能会成为一个主要的学习场景，从传统的学校，过渡到社会的各个学习的分队。

朱永新： 所以未来，从时间上来说是时时在学习，不限于上课时间和下课时间，没有上课和下课的概念，也没有毕业的概念，因为学习是终身化的，那么从时间上来说，是处处可以学习，处处是课堂。所以，未来不再说学校的课堂才是课堂。那么，时时、处处、人人皆课堂，未来的学习是全时空、泛在的，是学校、社会和家庭完全融合的一种新的教育生态。

状态大于方法，“六字诀”建构自己的人生

白丁： 在学习朱副主席的这个观点的过程当中，我注意到您特别强调的，就是学生应该是一个自然和幸福的学习过程、学习状态。您有一句话叫“状态大于方法，方法大于苦干”。特别想借用这个机会，请您对这句话，再展开做一些分享。

朱永新： 网上曾经流传我的所谓九大教育定律，其中有一个定律就是“状态大于方法”。为什么这样说？因为现在的整个教育首先要求学生勤奋，讲究的是

苦干。反复的练习、重复的练习，其实这是最低效的。

那么，好的方法就是，能够用最少的投入得到最大的效果。比如练题，不是题目做得越多越好，能够做对题目才好。我昨天到一家教育科技公司去访问，他们的总裁跟我介绍，他们的作业量比传统教学的作业量减少了20%～30%，但是学习效果提升了20%～30%，这就是方法，所以方法比苦干更重要。

但是，状态比方法更重要。为什么？因为方法还是在一个区、在一种外在的压力下，去寻求更好的方法。但是，一个人如果有了良好的精神状态，他就会主动地去学习，积极地去学习。这就是为什么积极心理学很重要，包括我们新教育实验提出“过一种幸福完整的教育生活”。其实是非常有意思的事，同样是在2000年，美国人提出了积极心理学，中国人提出了新教育，共同点都是强调幸福，强调良好的精神状态，强调积极的心态。所以，积极的心态会帮助你调动所有的资源、所有的身心力量来进行学习，你会有兴趣、有毅力，会给自己提出很多新的挑战。所以，状态是非常重要的，不仅仅是对某一个阶段的学习。生活中有一些人总是精神饱满，总是乐观地去面对各种各样的困难，他们总是能够超越自己。所以我觉得状态对一个人来说的确是非常重要的一件事。

白丁： 应该说，每一个孩子出生之后，本身是一个很天然、很自然、很放松的状态，但是随着他的成长，一些现实的压力，可能让他的状态越来越差。学生有一个好的状态非常重要，那么，什么样的状态是一个比较理想的状态呢？另外，家长、学校怎样为孩子创造一个好的环境，让他有一个比较好的状态？我们的家长、我们的教师，他们的状态应该作出什么样的调整呢？

朱永新： 一个良好的精神状态我觉得基本上可以用六个字来概括，就是信、爱、望、学、思、恒。我把这个称为“成功六字诀”，当然也包括方法。因为一个良好的精神状态，首先要“信”，就是对自己的一种信心，对人生的一种信念，要相信自己。很多人的自卑感很强，一碰到事情就认为是挫折，所以“信”是一种非常重要的精神状态。

从教师、父母的角度来说，要培养孩子的信心，不能老是打击孩子，老师跟学生说，“你不行”“你这么傻”“你这么笨”“你什么都学不会”“你天生就是扫地的命”，很多父母也这样去教育孩子，那么孩子整个的人生信心就不行。

卢勤老师说，好孩子是夸出来的，当然这样讲可能有些绝对。但是我的九大定律里面就有一个定律叫树立信心。也就是说，作为一个学生，自己说自己行、自己相信自己，他就不用担心了。为什么有些人在学校里面，很普通、很一般，但是后来他的人生路走得比那些尖子学生还要好？就是因为他有自信心，他不断地努力，日积月累，总能走得更远、走得更好。

“爱”当然也很重要，“爱”也是一种状态。对自然、对科学、对学习有一种热爱的情感，就是一个良好的精神状态。这种爱从哪里来？其实是从最初的好奇心来的。孩子生下来，对事物总是充满好奇的，总是喜欢提各种各样的问题，关键是他提出来以后，大人不搭理他，或者是大人去骂他，“你怎么提这么傻的问题”，慢慢他就不会提了，也就不会爱了。

“望”就是希望、理想，就是人生有目标，不断地去追寻自己想做的事。我们新教育提出一个生命叙事理论，就是每个人的生命其实就是一个故事，那些优秀的人、优秀的教师，就是把自己的故事变成了一部传奇。怎样把自己的故事变成传奇？其实，你生命故事的主人公是你，作者也是你，所以你的故事写得怎么样，就取决于你作为作者有没有用心在书写。怎样用心？我们提出“望”，就是为自己寻找一个生命的原型，你希望像谁那样活着，希望像谁那样做老师，希望像谁那样优秀，为自己寻找一个人生的榜样很重要。寻找人生的榜样，也是在为自己设置一个人生的目标。所以我觉得信、爱、望就是良好的精神状态中最重要的部分。

另外三个字在前面已经讲过了，一个“学”，就是学习，阅读是学习的核心，要能够不断地阅读，不断地和那些经典大师进行对话。

“思”就是写作，通过写作不断地反思。真正的思考，从写作开始。

“恒”就是坚持，一种非常重要的品质，也是属于良好精神状态的一个重要组成部分。从生命叙事理论来说，如何面对困难是很重要的；从人类学的角度来说，人类的遭遇往往也是人类的机遇；从个体来说也是如此，你碰到的困难、问题、挑战以及矛盾，其实都是你成长的重要的契机。如果你把它看成负担，那你就会被它压垮，就像一块石头，背在背上，但是你把它放在脚下，它就会成为你的阶梯。所以关键是学会坚持。

其实在很多情况下，人不是被困难打倒的，是被自己打倒的。所以在面对困难时，你要学会咬紧牙关，和困难去斗争。如果这条路走不通，可以走另外一条路；今天走不通，可以明天再去闯闯。总有一天，这扇门会被你打通，这条路会被你走远。

白丁: 这实际上也是您的人生的一种总结。我觉得您不单单是一位教育家、一位思想家,还是一位实干家。新教育的实践,包括您个人的诸多实践,我们都在讲身教大于言传。您早起,将碎片化的时间聚集利用、形成一个系统化的工程,以至于这么多年来一直有伟大的作品产出,我觉得都是非常好的教育素材。这期节目,听到的不单单是您的观点,您这样一路走来的过程,对我们来讲也有非常重大的参考价值,非常大的启发。

用刚才朱副主席的观点"生命叙事"的概念来讲,我们每一个人都是自己故事的编剧和导演,我们写什么样的脚本、用什么样的框架,怎么样去坚持,最终就能够活出怎样的精彩人生。无论是成年人,还是处在学习阶段的学生,按照生命叙事的理论,去建构自己的人生,都是非常有实用价值的。

(本文根据 2019 年 1 月在朱永新《白丁会客厅》视频采访整理而成)

刘可钦：教育信息化建设，永远在路上

人物简介

刘可钦，北京市中关村第三小学校长。

“永远在路上”，这是刘可钦此次采访留给我们的“金句”，一所不断迎接来自世界各地参访团队的名校，却在教育信息化建设的路上没有丝毫懈怠。

在2020年的疫情期间，刘可钦校长做客《白丁会客厅》，分享了他们如何探索信息化以更好地服务于学生和教师发展的过程。

技术+内容+形式，支撑学生居家学习

白丁：今天非常有幸能够请到当代教育名家刘可钦女士做客《白丁会客厅》。

这次疫情给教育带来了比较大的冲击，前两天，我看到中国新闻网有一篇报道，说“停课不停学”全世界没有几个国家能做到，中国恰好做到了。

这说明我们的信息化在教育领域当中，还是相对来讲做得比较好的。但是从整个教育阶段来看，像中关村第三小学(简称中关村三小)属于小学段，由于小学生处于特定年龄段，受用眼健康、学生自制力偏弱等一些特别因素影响，在这次“停课不停学”期间，相对于中学、大学，会更难一些。想请刘校长谈一谈针对小学生的特点，中关村三小在这次疫情中是如何开展线上教学的?

刘可钦：大家好，很高兴有这个机会跟大家交流。面对疫情，我们教育工作者都在用自己的聪明智慧为教育教学模式的变革做着不懈的探索和尝试。这次疫情实际上让所有人看到了我们国家的进步，包括现在科技力量参与抗疫，真的和“非典”的时候不一样了。全国各地都延迟开学，学生居家学习，这么大的教学模式变化，好在我们现在基本上实现了网络覆盖，只要孩子拥有一个智能终端设备，就能够进行必要的线上交流。

延迟开学期间，我们也看到全国各个学校都有非常好的方法来应对。我们也在向其他的学校学习、借鉴。在疫情期间，中关村三小的应对还算比较从容，因为过去就一直在践行真实的学习，同时着力打造具有自身特色的网络学习环境。

这样的理念带给我们的是，学习不再局限于教室、学校的围墙之内，学习将发生在学生的足迹所至和人际关系所在。对应到今天的居家学习，我们要去提供符合居家学习条件下的必要技术支撑和服务支持。

我们当时和学校老师讨论最多的就是几个变化。一是时空发生了变化，当师生、生生之间不能面对面交流的时候，以及有家长陪同孩子学习的时候，我们的教与学的方式应该有什么样的变化?二是要进一步考虑，孩子在居家学习时，每一个家庭氛围不同，我们希望家庭能提供良好的氛围，这是居家学习很重要的一个因素。

三是当小学生独立面对我们这些终端设备的时候，他的自控能力怎么样？这和在学校时有同伴、有老师引导的情况不同。所以我们想围绕这些变化，再看居家学习的背景，给孩子提供一个延期开学的学习指导和支持。

也有一种观点说，孩子的自控能力不够，自主学习能力不强，所以我们要用真实学习的理念去引导，其实就是我过去一直说的“学习”这件事是需要学习的。学生的这些能力不是天然来的，也不是在脱离了他的生活背景之下就能培养出来的。所以，自控能力也好，自主学习能力也好，老师和家长都要意识到这也是难得的培养时机。

有了这些好的想法和一个共同的认知理念之后，我们把学习的内容和学习的方式都定位在这样一个大的现实背景之下综合考量。我们不主张把居家学习完全打造成学校的样子，这样不现实，也没有必要。

基于这样的考量，从居家学习的内容来说，要围绕孩子自控能力、自主学习能力的培养，以及用眼健康，还有孩子的各种身心健康、家庭关系的培养来展开。因此我们从形式和内容上都在想办法吸引学生，加上任务的驱动。小学生还是要有学习任务的，这也是他们的责任，再加上个性化的学习指导。有了这些基础性的思考之后，我们主要考虑的是从三个维度去为他们提供帮助，一个是技术，一个是内容，一个是形式。

“多样＋唯一”的技术支持，
摆脱选择焦虑

刘可钦：在技术方面，我们采用的是多样与唯一相结合。现在的各种技术产品、APP 太多了。如果学校不提供一个相对的单选，家长会盲目地跟风，甚至会陷入选择焦虑之中。但是太单一了也不行，居家学习强调的是个性化，每个家庭、每个孩子的背景不一样，所以我们就采用了多样与唯一相结合。

在多样方面，家长有一个多选通道，我们及时提供了国家云课程资源平台、北京市数字学校资源平台，还有海淀区自己的资源平台。

这些资源平台，每个孩子通过自己的 ID 账号就能登陆，你可以选择，但是选什么，这个内容又需要老师经过筛选和推选，按照不同年级介绍给孩子们。所以我们将公共平台，再加上中关村三小自主研发的魔法课堂平台，嵌入我们的数码学校。

在紧急应对疫情期间，我们开发了一个魔法课堂平台，用多种平台技术的融合，助力师生，尤其是对家长提供教育指导。学校的自主平台使用比较简单，家长用企业微信号，一个学生一个码，就可以进去。基本上也实现了上传、下载、互动等主要功能。

北京目前不讲新课，一直谈的是假期属性。所以所有的学习内容可能和外地不太一样。我们也不要求老师直播，尽管我也看到一些直播平台还是很好用的。

在平台的使用上，我们既提供了多种平台的资源，又将各个平台的登录与使用融合到魔法课堂平台上来，这样既简化了多平台、多账户的繁琐，又为家长和孩子提供了多样资源的选择权。而单一的账号使用，加上线上的师生互动，为学生提供了一种如同线下课堂般的学习情境。

“多量”与“可选择”的内容平衡

刘可钦：形式上我们叫多样与唯一的结合，内容上我们希望的是更多量的内容与可选择的平衡。第一，得让内容比较多，第二，得让家长能从中去选择，而且内容不是单一的量“多”，而是丰富性的“多”。

我们的基本原则是趋于平台的内容精选。刚才我介绍了我们市、区各有的一个资源平台，还有国家的云课程资源平台，加上中关村三小特有的以当下为主题的项目学习类综合型平台。中关村三小在过去也是有综合任务解决类的项目化学习方式的。

截至目前，疫情期间我们的孩子已经做了四个以疫情为主题的项目了，再加上一个亲子互动。亲子互动里我们有健康主题——包括孩子的体育锻炼、健康生活、家务劳动，这种亲子互动的内容。还有一个自主安排学习，包括个人兴趣爱好、自主阅读、阅读积累方面等。老师也会让学生从相关的内容里面选择，我们的原则就是超量供给、自主选择。这样基本上，每周一个长作业，长作业一周一更新。

学生学科类的知识、学习能力、学习素养方面，我们也会提供教育资源。我们会借助三个平台，尤其是海淀区的资源平台，结合实际情况和学生所生活的背景做到每日一更新。

还有一点，孩子们称中关村三小是魔法学校。我们新校区的墙，是可以灵活组合的。孩子们觉得教室可以变大变小，像个魔法学校。这次老师变身，多了一层身份叫魔法师。魔法师们就在魔法讲堂里讲课。在这里，我们以视频、音频为主，孩子们大多时候能看到老师的样子。有各种技能、兴趣爱好、孩子们喜欢的以及老师认为可以教给孩子的，包括科学类、科目学习类、游戏类、生活类的方法和技巧等。

魔法讲堂里边有学生、家长、老师提供的素材。从第二个月的第一天开始，每天推荐三个，滚动上传，供学生自主选择。我们也是以音频和视频的方式上传，基本上是三五分钟。孩子们通过下载或在线直播可以收听或观看这些资源。

多形式、同要求，满足个性化实践

刘可钦：再一个就是形式，满足多样背景下的不同要求。比如我们推送的这些内容，可以在线看，也可以下载打印。我们有专门的交流答疑时间，每天三个时段，每个时段有老师在线上，孩子们有什么问题都可以问，奇思妙想的问题也可以得到老师们合理的解答。我们通过这种线上答疑的方式来减轻不能面对面交流带来的不良影响，增加线上学习的交互性。

魔法讲堂里还有学生各种作品的分享。在分享的过程当中，又可以产生新的知识，所以我们叫共享、共创。使用推送、互动、共享这样多样而不唯一的方法，目的是让不同的群体选择适合自己的方法。在多样的背景下，才能很好地照顾到个性。

我想技术的发展给人们带来了便利。什么便利呢？就是各种个性的安排。技术使人们的互动更方便、更多样化、更个性化了。在这次居家学习期间，我们就充分利用了信息技术带给我们的红利。

我们鼓励学生一人一策，即一个学生制订一张个性的学习安排表。一周的学习内容、互动的内容是相同的，但可以根据自己的计划安排不同的内容或是选择不同的资源来完成。这个就是个性化实践了。

对于自制力比较低的孩子，家长可以帮助孩子来下载学习内容，在不同的时间段里，由家长来安排使用手机电脑。家里条件好一些的话，也会把手机电脑上的内容，投影到电视这样的终端设备上，从而更好地解决孩子用眼过度的问题。

我们从这几个方面给孩子们提供可选的学习平台，学习时间基本上在10分钟左右，最长也不超过20分钟。学科学习可能会稍微长一点，但大概都是在这个时间段内。在这个过程当中,应该说从疫情发生到现在,我们生成了一个比较好的共同学习、共享共创的学习态势。

从数码学校到云学校,永远在路上

白丁: 刘校长有一句话让我印象非常深刻,也非常认同。就是学习不一定局限在教室,不一定局限在学校。刚才刘校长用了两句话,一个是足迹所至,另外一个是人际所在。恰好因为疫情,孩子们在线下被“禁足”了。足迹受到了非常大的局限。但是中关村三小通过提供海量的内容,通过与新技术手段的结合,让孩子们在线上有了一个虚拟的课堂空间,学习实际上没有受到太大的局限。

刚才刘校长提到了,中关村三小有一个非常好的称号叫魔法学校。现在每年都会有很多教育同仁,来参观学习校园规划。当时新校区开始建设的时候,刘校长刚好来到中关村三小担任校长。新校区的开建融入了刘校长的思想、教育理念,进行了学习方式的变革,包括打造三室一厅这样一个比较好的学习空间的创设,一些微观学习空间的特殊设计,还有一些信息化的安排。

我想问的是:为什么当时会有这么超前的校园规划设计?结合小学生教育、学习,想请您谈谈信息化的运用和投入在这个空间当中、在日常学校环境中发挥着怎样的价值。

刘可钦: 孩子们称中关村三小建的新校区是魔法学校。我们在进行信息技术建设的时候,其实对一些基础性的工程做了比较多的考量。那个时候才2013年,共享云、大数据这些概念都还没有,至少我们接触的时候还没有。

在那个时候我们希望学校能够有比较多的储存空间,直到现在我校的储存空间还是有一定容量的。在线路方面,能够形成一个比较好的网络,同时想通过网络管理学校的楼宇,实现智能化。这样就能掌控楼宇的整个能源使用情况,比如说水电等。这些都比较好地实现了,在建设当中也还可以。我要给大家分享的是怎样来围绕信息化进行教育。有了这些基础性的网络之后,它怎么支持学校的师生生活,以及学校的管理。对此我有一个体会是“永远在路上”,就是你永远在去做,永远不可能完成你想要的那样东西。

建这个魔法学校的过程,大体经历了三个阶段。我们当时设想,要建一个数码学校、一个实体学校、一个云学校,这些也写进了学校发展纲要。我们希望能够实现实体学校、数码学校、云学校三种不同形态学校的有机融合。这是我们的一个目标,这个目标永远在路上。

初期我们围绕数码学校开始建设,回顾这 8 年的历程,应该走的是三个阶段。初期的想法就是硬件的搭建,我们希望将原来的 OA 平台,拓展成一个大管理平台,让其功能更多样,数据的读取和存储更加便捷,为我们师生日常教与学提供全面的、现代化的信息技术支撑。这是初期,经历得比较快,很快就实现了。

到中期其实很难,直到现在我们有很多还在路上。中期我们是希望数码学校能够形成学校管理的“最强大脑”,为学校的管理提供实证和数据的支撑。

我们当时做了两条线,一条线是大课程。不单一地把学校的课程说成语文、数学学科课程、三级课程,我们强调大课程,就是刚才说的——真实的学习。我们希望通过大课程,加上云实践这两条线来实现大数据的贯通。

云实践是什么呢? 云实践有人物、时间、事件、空间、资源、评价六个要素。就是什么人在哪个地方,什么时间干什么,需要什么资源,最后做得怎么样做个评价,通过这六个要素来实现大数据的贯通。在大课程里边,这些数据的贯通生成每一个人的专属界面,也是支撑我们实现现代学校管理运营的“最强大脑”的基础。这是我们的设想,并在这几年一步一步进行了实践。

还有就是技术的支持。有的时候技术支持了这一块儿,那一块又发现接口不对应,如果要对接上就要再投入一笔钱,但是现在不可能再去那么做,那可能在这个时间段,它就变成了分支。所以我们想现在能用就行,随着未来人工智能、5G、区块链的发展,也许今天的问题再过几年都不是问题了。

“想、能、用”结合,
信息化是不断迭代升级的

刘可钦: 我们现在要做的是尽可能地想,但是要有效地用,这是我们今天的观点。比如,今天线上教学的管理很多都实现了,如学生的选课、家长引导孩子选课、选课痕迹的记录、教学资源的存储和共享等。主要是能够提供数据决策信息,包括场馆预约等,在预约当中通过评价又生成了每个人的信用记录。

在校务管理方面,我们想的也是推送、自助、共享。也就是说,我们希望不是放在仓库里你来领,而是通过推送一些内容然后你自己去处理,尽量减少工人、后勤为你服务。

还有共享,我们没有哪一个东西,或哪一个空间,只属于某些人某些事儿,更

多是从多功能、共享的角度规划设计的，也是从这个角度出发，才有了现在的“魔法学校”。中期有数码学校实证和数据的支撑，开始形成学校管理大脑的外脑支持，后期就是我们现在在做的云学校。

我们想想云学校再想想今天的居家学习，实质上云学校就是用来支持师生的云端学习的。如前面所说的，学生的学习发生在学生的足迹所至和人际关系所在。今天的足迹就是居家，我们就要思考怎么给他提供随时随地的学习，以及通过授权，实现更大范围的资源共享。

所以在这期间我们需要对更多的大数据进行记录和系统的分析，通过支撑平台来记录老师和学生每天的生活和学习，然后生成各种痕迹。每一种痕迹能够被检索到、被记录，同时被分析。当然，这部分我们尚在想，还没有完全实现，仅实现了一部分，比如每年的毕业生，多的年份有 1 300 名，少的年份也有 700～800 名。六年级的学生写的毕业论文，我们会上传到学校的数据库当中，后续的学生可以检索到。

我们做项目学习的项目处发现，老师在家里要做一些内容，需要很多技术支持，一种技术是实现不了的。我们也看到一些老师在家里想了一切办法，我觉得创新都是逼出来的，当然老师也特别好。未来我们希望通过云学校来辅助老师备课，比如各种插件、PPT、录屏，又如各种互动数据、APP 软件，甚至于人工智能的课堂教学的应用场景，我们可以选择比较好的，集合在云学校里，让老师能够更便捷地使用。

这些可能是我们后期着力要去建设的更大的云学校。但是不管怎么说，我自己的一个感觉就是信息化是迭代升级的，我们学校的三个阶段也是迭代升级的。不是说完成了这个才能完成那个，每一个阶段和每一种形态都是迭代升级、相互交错的。

学校开展教育信息化，其实也有比较多的考虑。一个是想，一个是能，一个是用。

想，就是我们的想象力有多大。我们希望在信息技术的角度上做乘法，想象力要尽可能地去延展，而不是被限制。想象力不是一个校长去想的，因为要服务师生，更多的是要让老师尽情地去设想他需要什么样的场景，需要什么样的支持。所以我说没有完成的那一刻，永远在路上。

能，就是想象力实现要考虑能不能落地。这时我们要脚踏实地做好减法。有的是碍于经费，财力不够，有的可能是技术实现不了。比如刚才说的，很多接口，它既不是标准接口，也不便捷。所以有些不能落地的，短时间就放弃了。但是，过一段时间能实现了，我们再把它拿过来。

用，就是尽可能地提高信息技术的应用率。这时我们要结合实际应用做做除法。就像买手机，你花4 000元买个手机最后应用率只有30%，投入和产出是不匹配的。毕竟国家在学校的投入建设上，每一分钱都来之不易，我们也希望在用的方面，能够形成习惯。习惯去用它，使用率就会很高，变成我们师生生活当中的一部分。

我认为，只有想、能、用这三方面结合起来，我们的信息技术才能够在信息化之路上走得稳、走得长远。今天可能有很多专业人士在场，我们也希望大家能够给我们创造性地提供一些助力。

如刚才所说，可能随着5G、区块链、大数据的到来，我们今天遇到的问题，比如说接口不一样、平台不一样，老师需要记好多个密码、多个登录账号，在明天就都不成问题了。因为技术发展，有的时候一夜就"解放"了。

在想、能、用三者中，我觉得想是第一位的。信息技术实际上激发了人们对美好生活的想象力、美好教育的想象力。所以我们也要在这条路上一直坚定地走下去。

信息化对教育的最大支撑：资源共享+个性化学习

白丁： 您在《教育其实很美》这本随笔集中写到过要让学生站在学校的正中央。我知道中关村三小的规划设计在空间打造方面比较好地满足了学生在最中央的位置。那我们的信息化在中关村三小的普及、应用，与您的这个理念之间是一个什么样的逻辑关系？

刘可钦： 我刚才强调信息化带给我们教育的支持，一个是资源更多，一个是学习个性化的体现，信息化就是要把这两方面匹配好。我想作为校长，办学理念也好，创造美好教育的使命追求也好，学生的发展显然要有足够多的教育资源做支撑。

我们的老师能够通过网络获得更多的资源去上课，而不是一根粉笔、一本教材。并且不仅仅是我们学校的老师，很多专业人士也能通过技术的手段，走到学生身边来。如果现场教学当然更好，不能现场也可以。所以资源共享是第一个方面。

比如,我们学校有班组群的大厅,虽然我们没有在所有的地方都摆上电脑,但是三室一厅的厅里有一个大屏幕。这个大屏幕推送了很多的 APP,孩子们可以下课当玩具玩,也可以尝试在模拟的环境下制作一个电路,拉一下线,灯泡就会亮。这种学习也带来了正式学习之外的非正式学习,可以达到我们所说的混合式学习。我想这都是信息技术给我们教学工作的一种支撑。

再一个支撑就是个性化的学习。我们所追求的最好的教育,就是以私人定制、量身制作的方式来规划孩子的学习,给予其更具针对性的指导。现在课堂教育很难实现这样的理想,那我们就通过信息技术来实现。比如,我们学校有一个中央图书馆的阅读系统,孩子有一个手环和对应码,他就随时可以去借阅图书,后台会按班级生成班级的数据,既可以记录某个孩子平时都在阅读哪一类书,也能生成学校的哪些书是被经常借阅到的。我们的图书管理员,就会通过这些信息来调整学校图书。

又如,我们围绕建国七十周年推出的阅读红书的图书馆计划。图书管理员把相关图书放到了图书馆推送位,通过阅读系统就能看到我们做的这个工作有多少人在关注,我做的和最后实现的差距到底有多远。我想这些都比较好地支撑了学校的办学理念。

信息技术永远是一种辅助教学的手段,我们要为学生提供的是更加精准化的信息化服务——数码即平台,即云服务。

互动交流环节

最好的教育是拥抱无限可能

网友提问: 网络的发展,特别是现在小视频软件的兴起,催生了很多还在上学的学生类型的网红。刘校长怎么看待这个现象和问题?

刘可钦: 现如今无论是出现的老师网红,还是小学生网红,我们都要用欣赏的眼光去看待这个事情。因为网络技术带给我们的更多是让每个人都能找到存在感。所以我对这个事还是比较包容的,这是其一。

其二,我觉得家长也好学校也好,不要因网红而让孩子向单一的方向发展。因为未来的可能性还有很多,我们不希望在这方面揠苗助长,我们希望让孩子未来的路宽一些。我们学校也有孩子愿意唱歌，他们会在网络上发布自己录制的音乐视频，我觉得这都是作为孩子成长助力的一种手段，而不是他的终极目的，尤其是对小学生来说。

这时候他要做网红做什么的，都要用欣赏的眼光看待他的成长，而不是把它当一个结果。什么神童、什么天才呀，我觉得不要给孩子挂这些标签，标签对孩子不利。他现在只是一个小学生，未来拥有无限可能。所以什么是好的教育，好的教育就是让他对未来充满期待，同时为他的发展创造无限多的可能和机会。你如果制约了这一块，他就不长了，不长了，他就停止了。如果这样的话，我觉得他的人生未必精彩。

影响国计民生的，必然会进入教育

网友提问：目前火热的新技术，像 5G、人工智能、区块链技术，这些未来是否都会应用到小学的建设当中？学校的教育应该如何与这些新技术结合？

刘可钦：中央这一次也在讲新基建，那么像这样将来可能会影响我们国计民生的东西，一定会进入教育。它会不会用到校园里呢？这是肯定的，教育会受社会形态的影响。另外我们学校在雄安有一个校区，所以我们在和雄安的建设、信息的交流上，就会相对多一些。

在雄安建设当中，每一块砖都有它的 IP 地址，都可以溯源。如果这样类推到学生的话，一个学生一个 IP，一个老师一个 IP，那也是可以被记录的，从而生成一些资源或资产，我觉得是有可能的。

线上教育带来的是挑战，而非冲突

网友提问：这次疫情让我们反思，过去觉得学生只有在学校才是学生，或者说学生是离不开学校的。但是疫情下，无论是大学生还是小学生，或者是幼儿园的孩子，居家学习都在正常地进行。从某种意义上来讲，他学习的能力可能还得到了更好的发展，那么我们学校的价值何在？对我们学校的价值，会不会产生一些冲击，或者动摇？

刘可钦：线上的学习始终无法代替线下的学习。另外，学生现在居家学习，也是在跟同学之间、老师之间互动。这样一种互动，给学校带来的不是冲击，而是挑战。学校的管理方式，老师与学生的互动方式，在这样一种居家环境下面临挑战。各种技术让教师与学生、学生与学生实现了跨越空间的互动，单在这样的一种线上互动模式下，怎样去更多地增加与孩子的黏合度，是我们在线教育亟须解决的问题。

为什么是挑战而不是冲突呢？我觉得学生的生活、成长，不仅仅是学点知识和技能。作为一个社会人，更需要学会怎么处理关系，而他必须在真实的场景中去处理，而不是在书本中，所以我觉得学校还是永远会存在的。

前一段时间，我见了一位朋友，她说她朋友的孩子就没有上学，虽是小学段。我就问她，"孩子没有上学，他的小伙伴怎么办呢？"她说给他找各种各样很有品位的夏令营，让他去参加、去交伙伴。

我当时在认可的基础上，又给了点建议。去参加夏令营也好，去参加各种演出的社团也好，几乎没有利益冲突。即使有利益冲突，顶多一个月就结束了。比如我参加社团，篮球队也好，合唱团也好，就这一段时间。

但是孩子从上小学开始，都有一个班级，这个班一般来说要陪伴他们六年。在这六年当中，孩子面对的是这个班里的每一个孩子以及每一个孩子背后的家长。家长面临的也是这么多人，这是非常好的学生学习社会化的过程，这里边有利益冲突、有利害关系，也有长期在一起相看两厌的情节，有在一起相互鼓励支持的各种各样的场景，也有包括几年来教师的更迭。

我想这样的一种学习，恐怕线上教育短时间是代替不了的。即使我们创造了具有人工智能的"艾米丽"，那么像人，但是她终究不是人，对不对？我想孩子在这个过程当中需要真实的生活、真实的场景，去让他的社会化进程有更好的发展。同样我们即使进入了全新的信息社会，技术在今天充斥，但人的伦理，人与人之间的合作性，还是要靠人和人之间的互动才能够完成。

(本文根据刘可钦 2020 年 3 月在《白丁会客厅》的视频采访整理而成)

刘长铭：教育 4.0 时代，观念进步重于技术应用

人物简介

刘长铭，北京市第四中学原校长、北京金融街润泽学校总校长。

刘长铭在 2020 年初写的一篇文章引起了很多关注，题目是《教育即将进入 4.0 时代》，什么是教育 4.0？在教育 4.0 的世界里，学校、老师、教学、理念会发生什么样的变化？

从 1.0 到 4.0,教育将更追求人本价值

白丁: 前段时间刘校长有一篇文章,阅读量非常高,题目是《教育即将进入4.0时代》。当教育目标、教育学方式、组织形式都发生根本性变化的时候,一个教育的新时代即将宣告到来。那么在疫情期间,这一次教育 4.0 的预演,目前来看您认为它的结果是否令人满意?

刘长铭: 我很高兴看到全国人民在党中央、国务院的领导下,抗击疫情的战役取得了初步的成果。我觉得我们对未来还是很有信心的。

在 2020 年春季开学之前,我给我们学校的家长写了一封信,其中提到居家学习实际上是未来学习的一种方式。居家学习,对于个人的学习能力、学习习惯,对于个人的时间规划、自我调控的能力都提出了很高的要求。

教育 4.0 其实是最近很多学者提出的一个概念。

1.0 主要指人类早期渔猎、采摘的时代。那个时候还不能够说有非常正规的教育,主要是为了生存去学习一些技能。那个时候教育的方式或者说学习的方式,可能更多是一种示范、模仿,小孩子看成年人怎么做,那么他也学着做,更接近于动物习得形式。

2.0 指的是农业时代,那个时候有了私塾、官学,学习方式更多是一种讲授,因为在原始社会,没有文字,没有纸张,更没有印刷术。所以那个时候,基本都是靠模仿、示范、耳提面命、口耳相传来学习。到了农业时代,学习的方式有了一些变化。

我个人认为教育从 1.0 到 4.0 不仅仅体现在学习方式上,更多是一种教育价值的发展、变化。一开始为了生存,到了农业时代更多的是为了进入社会,获得社会的行为规范和一定的社会地位。这一点在中国的传统文化中体现得更为明显。中国有 1 000 多年的科举历史,实际上这个时候学习的目的,更多的是为了通过科举获得一定的社会地位。

到了工业时代,学习的方式比过去更丰富了。这个时候学习更主要的目的是为了进入组织。因为工业社会形成了大量大规模的社会型组织,比如大的工厂等。我们今天基本还处在这样一个时代,这个时候教育教学的组织形式主要是学校,学习更重视人的工具性属性,因为要进入大型的社会组织,进入工厂、公司去工作,就更多强调的是标准化。这个时候的学校更像一个工厂。

未来,我觉得学习的方式可能要更丰富了。未来的4.0我们追求的价值是什么呢?简单地说就是追求一种人本的价值,追求一种心智的发展,这也包括自我约束、自我激励、个性化、创造力、领导力、沟通技能等。教育4.0的发展是一个必然的趋势。

教育4.0下,先进的技术未必带来先进的教育理念

刘长铭: 为什么说是必然趋势?因为这些年,随着人类社会的不断发展,我们社会的组织结构已经发生了很大的变化。这两年,根据国家统计局公布的数字,我们现在个体工商户、法人注册的主体,差不多有7 000万家,小微企业4 000多万户。过半的小微型企业是一个什么概念呢?我们国家14亿人口,从16岁到60岁,工作年龄段的人口差不多是9亿,9亿人、4 000多万个企业,平均每个企业、每个社会生产组织是2~30人。这和工业时代大的生产模式相比,有了很大的变化。4 000多万个企业,就得有4 000多万个CEO、4 000多万个财务总监、4 000多万个各种各样的职位。显然,这种变化对教育提出了新的要求。所以这些年来,我们的教育提倡沟通的技能、组织的技能,都是为了适应未来社会发展的大趋势。

另外,随着技术的发展,我们的地球也变得小微化。所以在未来教育中跨文化意识也是非常重要的一个发展方面。我想,为了适应未来社会组织小微化运行,以及地球小微化的趋势,未来我们的教育就要突出个性,由他组织过渡到自组织,自适应、生活化。所谓的生活化就是我们今天学生学习的过程应该更加接近、贴近未来的职业生活。这些都是给我们的教育提出的新问题。

这次疫情期间,孩子们用大量时间居家学习,这就是未来学习型社会一种非常重要的学习方式。这给我们提出的要求就是,要培养学生自觉学习的意识,保持一种独立学习的热情等。所以未来社会,就是这样,依靠着自组织的形式,采取自适应的方式,寻找自己感兴趣的问题,围绕这些问题去学习,去构建自己具有个性化的知识与能力体系。我觉得这是进入4.0时代非常重要的一点。

此外,我个人认为,今天之所以谈到4.0,可能是由于技术的进步,技术给我们提供了很多新的学习手段,但是先进的技术其实未必能带来先进的教育理念。我们今天的教育,基本上还可以说是在用比较先进的技术去支持比较落后的教

育教学方式。

比如,我们有了很多电教设备,但我们灌输式的教学没有得到根本的改变,只是由过去的人灌变成了机灌,我们把抄黑板变成了用 PPT 一页一页地翻。表面上看,老师展示、提供信息的效率提高了,但是学生接受这些的效率是否提高了呢?

我们的确也看到了一些用先进技术,比如人脸识别、定位的技术,对学生实行的更加严格的管理。其实最后得到的结果就是学生自由活动的空间更小。说到底,现在的技术还是为了培养一种标准件,主要用在了提高传统课堂的效率上,我觉得还不能说适应了未来教育发展的大趋势。

白丁: 刘校长分享了一组数据,这个数据特别有意思。昨晚我刚好听了一个分享,也讲到了一个数据,我们中小微的企业实际上承担着80%的就业。刚才刘校长提到了 4 000 多万户的小微企业,就意味着需要很多专业人才。还有一个数据,就是我们有 7 000 万的个体工商户,从某种意义上来讲,对个体工商户业主的要求就更高了。他可能要具备各种各样的知识,因为他不大可能负担得起太多专业化机构提供的专业化服务。我觉得这个可能也是教育进入 4.0 后,未来的组织形态、企业的规模对教育的一些特别的要求。

教学技术选择,要顺应趋势也要灵活

白丁: 刘校长刚才特别提到了技术,提到了技术怎样才能够更好地提升学生的学习,而不是用一些新的工具,重复过去的学习行为。接下来这个问题想请刘校长谈一谈未来的教师,疫情推动着学校熟悉并使用教育信息化的产品,推动着教师提升当前教育信息化水平,但是要想应对教育 4.0,当前的教学方式、教师能力,还需要如何转变和提升?

刘长铭: 这个问题比较急迫地摆在了我们面前,这次疫情,我们大量采取了网上的教学,这种居家学习需要老师和学校不断地提供一些教学资源。教育部提出不能讲新课,我理解的所谓不能讲新课,就是不要按照课本的教学进度往下推进,这个我非常赞同,因为这样推进效果也不会太好。我们金融街润泽学校在这一阶段教学是非常繁忙的,我们提的要求就是绝不能讲新课,这是一个非常重要的原则。但是我们可以通过各种方式让孩子们拓展知识、开发兴趣、学出新意、学得开心等。为此老师们也付出了很多的努力，体现了润泽学校老师具备的创造力。

这里我想谈一个个人观点，技术的确在进步，技术发展得很快，但是在技术进步的同时也会留下一些新的空白。这次居家学习，很多学校想到利用各种平台让老师讲课，这个是很好的选择，但不一定是唯一的方式。

我发现，老师在利用网络组织学生学习的过程中，积累了很多非常好的经验。比如，我们的老师大量使用微信上课，微信是一种很常见的手段，老师想到这个办法是很有道理的。我们平常在公共场合看到很多人拿着手机在低头看，看什么呢？当然有看电视剧、小视频的，但是更多的是浏览一些微信里的文字信息，说明人都有这种拿着手持移动设备浏览信息的欲望。

润泽学校的老师这段时间采取的是通过微信进行教学。一个单元的教学差不多是30分钟，老师的课件播放要10～15分钟，也就是还有15～20分钟是由孩子根据老师的课件内容进行的各种表达。老师要在微信上和一个班(不到20人的小班级)的学生互动300～400次。我这一段听课主要在微信上，分析得很累，一节课几百个往复的微信，我把它们都给截屏拷下来，之后，再进行非常细致的数据分析，发现了很多重要的规律。

比如，语文老师准备一些课件，然后让孩子阅读，阅读之后，孩子们围绕这个主题用微信来回复语音，实际上这相当于上课举手回答问题。一般来说，孩子们回答问题的次数在300～400次。平均每个孩子要举手十几次。把语音全部展开的话，时间差不多在一个小时。也就是说我们30分钟的时间里边，差不多有60分钟的信息量，一倍以上的内容。英语课，学生和老师在微信上的交互更多，常常是一节课下来六七百条，学生操练的密度是非常大的。所以上课的效率得到了极大的提升，这是老师们上课非常好的创造。当然，老师们准备课也是很辛苦的，比常态的教学要多付出两到三倍的时间。

当然现在是探索阶段，熟练了可能会好一些。材料和课件积累得越来越多了，将来工作的强度会降下来一些。但是从目前来看，探索的过程是非常艰苦的，对老师的要求确实非常高。

虽然我们没有采取特别尖端的技术，只是用这种传统的、常见的方式，但也获得了很高的教学效率。所以将来对于技术的运用，还是应该根据我们的教学内容灵活地去选择，也不一定像今天这样都用直播的形式，什么形式好我们就用什么。

这次可能对家长也是个考验，过去家长不愿意让孩子用手机，但现在都用手机、电脑来上课，我觉得在这一点上也应该突破一些观念，手持移动设备也应该作为一种学习的工具。

4.0 时代的教师培训：浸润、平等、交互

白丁：教育部学校规划建设发展中心“未来学校研究与实验计划”已经开始了未来校长相关的培育工作，最近也在策划未来骨干教师的培养。刘校长在骨干教师培养这方面非常有经验，想借着这个机会请教一下，教育 4.0 时代，教师的思想观念、必备知识和教学技能这三个方面，相较过去会发生怎样的显著变化？

刘长铭：我确实参与了一些教师培训工作，跟各地的老师做了一些交流。每次交流，我也能从其他老师那里学到很多东西。我感觉，未来教师培训确实是一件非常艰巨的工作。我们传统讲大课的方式，效果被认为是最差的，比较有效的方式是浸润式的，老师到某个地方、某个学校去体验一段时间。

过去，北京市第四中学(简称北京四中，四中)在外地也建过几所学校。在这几所学校建设开办之前，会让招来的老师到四中进行一个学期的浸润式培训。这些老师回到新建的学校去确实发挥了很大的作用，他们有了一些新的教学方式，很快成了当地具有影响力的老师。但是今天更多的培训方式可能是请专家做报告、讲大课。

我做乡村教师培训的时候特意到网上收集了一些关于教师培训方面的研究资料。在调研的资料里边发现，大家可能都有共识，认为听专家讲课的方式效果是最差的，更希望用讨论、交流这样的方式来学习。我觉得将来适应 4.0 时代的培训，更多的会是一种平等、交互的方式。

国内教师的两大缺陷：读书少、经历少

刘长铭：此外，我觉得目前老师有两大常见的缺陷，甚至可以说是中国绝大多数老师存在的两个短板。第一，老师们的经历基本上都是先在学校上学，然后考师范院校，从师范院校毕业之后又回到中小学去做老师。绝大多数老师的从业经历都非常的单一，这是老师的不足。同事中有几个老师有其他行业的从业

经历，由于有不同的经历，他们对教育教学的理解，对于人的发展的理解，对于人的成长规律的看法就跟没有其他工作经历的老师不一样。他们在教学中采取的一些方法、组织的一些活动也和别的老师不一样。

第二，我觉得中国的老师读书太少。反思自己，我读书最少这段时间，实际上是当老师，特别是教学特别紧张的这二十多年。我想这可能是一种普遍情况，因为我教物理，需要大量做题、做实验，所以读书就相对少。

所以，我认为不断增加、丰富自己的经历，不断地通过读书来充实自己，是老师成长两个很重要的方面。还有非常重要的一点，就是老师应该不断地去总结反思。如果一个老师坚持几年，每天写一些教育的反思的话，那这个老师的成长一定是非常快的。过去在四中的时候我们特别提倡老师写一些教育故事，就是在和学生接触的过程中发生的一些事情。落实到文字的过程中，实际上是对这个事情进行更为深刻的反思。特别是从教育者专业、教育者理论的角度来对事情重新进行分析，是非常有利于老师的成长和进步的。

我们谈到了未来教育、教育4.0，知识的教学可能在一定程度上可以用一些技术手段来代替。在这种情况下，老师更重要的角色可能是一种生活的指导者、成长的引领者。所以老师在如何当好学生人生导师方面，可能是将来需要进行培训和发展的非常重要的一面。

我反思自己，这么多年做老师，参加了那么多的培训，但是对于教学方式、教育的方式，对于如何去指导、引领学生成长，这些方面应该说培训的量是不够的。

过去几年我在很多地方和老师们交流过，其中一个话题是师生关系。有一次，我与一位师范院校的校长聊天，我说工作了几十年，临退休的时候发现，其实当老师非常重要的一门课学校从来没教过，到现在可能师范院校里也没有，这门课的名称就是师生关系。其实教育说到底就是我们人和人之间发生怎样的关系，在这些联系的过程中怎样去施加影响。但是今天在师范学校的课程里边，这样的课程是严重不足的。我们基本上在这方面都是无证上岗。

白丁：刚才刘校长提到教师因为繁忙的教学工作限制了读书的时间。这也可能是我们一线教师所面临的关于成长非常重要的一个问题。

刘长铭：确实是要处理好这个问题。我原来的同事，一位非常有名的老师，在多年前我们开他的教育思想研讨会，他给大家列了一个书单。在两年左右的时间里，他读了70多本书。像这样的老师，怎么能够不成长为一个特级教师呢？

他的成长是有目共睹的,他也是一个非常受学生欢迎的老师。其实,老师们很晚还要备课,并不能说明他们就没有时间读书,也可能他们在别的时间读书,更多的是在工作中作为一个资料的引用来读一些书。总体来说应该文科老师要读书更多一些。

乡村教师要善于挖掘教育资源

白丁: *刚才刘校长提到了对乡村教师的关注。接下来的话题跟乡村教师有一定的关联。知道您一直致力于教师培训,特别是乡村教师的培训。但疫情和网课,让我们再一次看到了中国贫富差距所带来的教育风波,乡村教师该如何适应未来,这是否会带来新的教育不公?*

刘长铭: 这个问题确实不太好说。这两年我接触了非常多的乡村老师,也参加过一些乡村教师培训。我在和这些老师交流的时候总谈我的一个观点,学校的办学条件当然是非常重要的,但有的时候也不是唯一的决定一切的东西。我觉得更多的时候老师可能要善于挖掘,在这样的学校环境、教育环境中自己有哪些资源可以利用。

有一次我和小学希望工程的老师们交流,谈到这个话题,我说在一所乡村学校,在一个条件相对来说很差的学校,在没有高精尖、豪华的设备,没有高级的实验室的条件下,我们能不能培养学生的创造力?能不能够培养出富有创造力的学生?

那天跟老师们交流的时候我带了几个吹肥皂泡的玩具,我说我们今天就讨论、研究一下,看这肥皂泡里能出现个什么样的话题。所有参与研究的老师们那天讨论得非常热烈,立刻产生几十个话题让孩子围绕着肥皂泡来进行探究式、研究式的学习。所以我觉得我们还要努力地去挖掘一些自己可利用的条件。我觉得每一所学校都是可能有这样的条件的。

我前几年去温州拜访一个老师,这个老师很了不起。他所在的学校就是一所农村小学,23 个学生 6 个老师,其中 22 个学生是留守儿童。他在这个学校里开发了山水田园课程。他说在我们这里所有的东西都是课程,你看远处那座山,其中有一个课程就是登上最高的山来回望自己的校园。登山的过程中,一花一木都是他们学生学习的内容。所以我觉得乡村的学校也有可利用的资源,只是需要老师更多地去把这些资源利用好。

确实有的时候我们要改变方式。我走过很多乡村学校,还有乡村的教学点,有些教学点只有一两个学生。我看到有一所两个小孩的学校,上课的时候老师站在前头也写黑板也讲课本,讲台就和我们教几十个学生的那种班级一样。其实我觉得这样的学校,干脆拿几个小板凳坐在大树底下,老师带着孩子们走到大自然中去学习各种东西,这就是很好的一种学习方式,所以有的时候我们的观念确实需要有些突破。

越薄弱的学校,越应该多样化发展

刘长铭: 当然我知道,作为乡村老师,压力很大。一方面是生活的压力,另一方面,我们的评价方式也极大地束缚了老师潜能的发挥,比如,他们也面临达标考试,要分数排序,要去关注学生考试的情况。教育4.0中有一个非常重要的点就是从标准化走向多样化。

我们的社会组织逐渐小型化了,我们已经不是为了进入某些大企业组织中工作而去学习了。进入企业需要标准,所以过去工业时代的教育我们都需要达到一定的标准。典型的代表就是学历证书。有了学历证书就说明达到了标准。我们现在招聘公务员就是典型的这种情况,但是实际上未来的社会是非常多样化的,人的需求、社会的需求也是多样化的,所以我们更应该看重这种多样化的发展模式。

农村孩子其实更需要给他多样化发展的条件。四中的学生过去每年都要到农村去支教,这些学生也大量接触农村的孩子。有一次,一个同学回来跟我说,农村的孩子拉着他的手,说:“大哥哥,你以后还来吗?”“你明年还来吗?”“你到我家去玩吧。”那个农村的孩子是个初中的学生,他说:“我们家就是开农家院的,你来就到我们家吃到我们家住,我准备毕业了就去开农家院。”其实一个孩子能够把农家院开好了,也是对社会的贡献,为什么非得让他去学那些东西呢?当然,我们国家的义务教育法有规定,必须要达到什么样的标准。

现在我们考试出现的问题是太热衷于排序,我在很多的文章里都谈过这样的观点,用考试排名来管理学校是最简单,但也是最落后的方式。

教育未来一定是走向多样化的,我读过一本书,说罗伯特·斯滕伯格在巴西、肯尼亚,研究怎么去评估农村孩子的智力。他发现了一个非常重要的现象,有一些孩子的社会技能非常强,在社会上处理各种事情能力非常强,但是这样的孩子往往学校考试的成绩很差。学校考试成绩非常好的学生,社会技能、能力很差。所以他提出了一个问题,我们应该怎样评估孩子的智力?他提出了三元智力理论:分析性能力、创造性能力、应用性能力。

我们现在用工业时代一刀切的方式来要求所有的孩子确实是有问题的,这也造成了很多孩子不能适应这种学习,最后变成了所谓的“差生”,使得他们的精神和心理都受到了很大的打击,最后出现一些其他的问题。

白丁: 我今天在学习中共中央、国务院发布的关于劳动教育的意见的时候,里边有几个字印象比较深刻,叫“宜农则农,宜工则工”,就是刚才刘校长所讲的反对一刀切。其实我们农村的学校、乡村教师,是有很多非常好的能够就地取材的教育资源可以利用的。

实践经验影响着教师教学

刘长铭: 今天郑院长提到了教育 4.0,随着技术、教育的发展,教学的方式、学习的方式都有了很大的改变。但是每一次教育的进步,每一次划时代的教育进步,实际上都是在原有基础上发展的,它并不是和原有的教育方式完全脱离。即使我们今天有大量信息化的教育手段,原始社会师徒影响式的、示范模仿式的学习也将永远存在。

我们平时和人交往的时候,比如聊一次天、吃一顿饭,如果你遇到了一个非常有智慧、非常有学问的人,你在跟他交流的过程中,就可以学到很多东西。这些东西就不是书本上的学习,不是读书、读屏的学习。这种示范模仿,除了模仿人家怎么做事情,还有很重要的一点就是你在跟人谈话的过程中,模仿怎么去思考,怎么去看问题。有的时候我们跟一个有学问的智者聊天,感觉真是胜读十年书。实际上就是在跟他聊天、接触的过程中,我们模仿到了他的一些思维方式和看问题的角度。所以我说哪怕进入教育 4.0,以前那种模仿式的学习形式仍然都是存在的。

民办学校的痛:教师流动频繁

白丁: 从公办学校到民办学校,这两种学校的教育信息化建设需求方面应该是有些不同的。那么对于润泽学校教育信息化建设方面您有哪些规划和设想？它是如何与教育4.0的趋势配套的？

刘长铭： 我工作了40多年，前面绝大部分时间都是在公办校工作，进入民办校，我感觉确实有很大的不同。这个不同，不是信息化建设的水平。

和公办学校相比，民办学校承担着不同的社会功能。公办学校主要承担的是普及、推进公平、推进均衡发展的社会功能，所以公办教育主要承担的社会职能是促进社会教育公共资源均衡化的配置，所以我们今天大力推进教育公平。

民办学校的社会功能是给社会多样化的教育需求提供一个选择的机会。从长远的社会发展来看，应该尊重民办学校对教育提供个性化选择的规律和事实，他们承担着不同的社会功能。

与一般的公办学校相比，民办学校更加注重理念构建的系统性、时代性、开放性，更注重办学特色的打造，与家长地位上也显得更加平等。民办学校对于学生管理的精细化和个性化也更好、更突出一些，校园生活一般更加丰富，教学的方法也更灵活多样。中等收费水平的民办学校可能更注重国际化特点的打造。民办学校运转的效率要高一些。

但是民办学校也存在着很多的问题，我觉得最突出的问题就是教师的流动比较频繁。不少民办学校的举办者有一种老板的心态——只要有钱就不愁没有好老师，其实这是很糟糕的心态。另外，老师也免不了怀着一种打工的心态，这就使得老师在工作的过程中缺少了意义。

教师流失造成的损失是非常大的。我记得一份研究报告中写道，员工流失对公司造成的损失差不多是员工年人工成本的5～10倍。所以作为一个民办学校，想办好就要想明白怎么让老师稳定。这是我们在接触家长的时候，家长问我比较多的问题，他说你们的理念非常好，但你们怎么能够保证你们的老师是稳定的呢？

教育4.0时代，观念进步重于技术应用

刘长铭： 所以教育信息化水平，我认为不是公办学校与民办学校的差异，甚至我都不认为是教育4.0与其他时代教育的根本区别。今天我们手头没有计算机了，是不是就没有教育4.0了？就不可能谈教育4.0呢？其实不是这样的。教育4.0更多体现在教育价值、教育价值观的进步。如果用一句话来说教育4.0的

价值观,我认为就是要回归人本的价值。

在金融街润泽学校,我们怎么去体现回归人本的价值呢?

我们提出一个概念叫 OPST。我们要促进人的四个方面的和谐发展,包括生物性构建、人格性构建、社会性构建和工具性构建,我们把这四个方面的构建概括叫做 OPST。实际上,即使我们不用特别现代的技术来进行教学,仍然能够打造出 4.0 水准的教育,我觉得这里更多的是一种观念而不是一种手段、一种学习的方式,当然,学习方式也是 4.0 时代的一个很重要的方面,但不是全部。

白丁: 刘校长刚才提到了一个民办学校的共性问题,教师的稳定性,很多民办学校校长也都探讨过这个话题。那么结合教育信息化,结合人工智能在教育领域当中的应用,是不是信息化的水平或者说人工智能的运用,能够相对地弥补民办学校师资缺失或者说缺陷?

刘长铭: 美国某大学做过一个报告研究,研究儿童语言学习。最后的结果就是我们采取信息手段教学的效果,总体来说无法与真人相比,这个结果是非常明显的。我们可以用信息手段来提升各种各样的内容,比如非常好的画面、非常标准的发音等,但是最后的结果都没有守着一个实实在在的人对促进儿童语言能力的发展效果好。

将来人工智能到底在多大程度上能够取代老师?我觉得这个问题,我还没有充分考虑好。当然在很多地方我也在谈,技术的发展使得技术今天既能够提供标准化的知识,又能够为人提供个性化的知识,这是毫无疑问的。这种知识传授式教学可能会被越来越多的技术替代。但是一个老师所起的作用,至少在目前来看我不认为能够用机器来替代。

资源多样化难掩评价单一弊端

白丁: 刘校长在前面分享当中,提到了怎么让学生学得开心、学得高兴。因为学习可能是让人觉得比较辛苦的一件事,那么根据您的教育实践,结合着教育 4.0 的判断,您觉得怎样才能够让学生学得开心,喜欢学呢?这其实也是一直困扰着教育行业的一个非常大的问题。

刘长铭: 这是困扰着全世界教育者的一个问题。怎样才能让学生开心地学?我觉得今天学生不开心,其中一个原因就是我们提供的教育内容和评价方式过于单一，它不能够适应所有的人。我们今天给学生提供的课程和评价的方式可能能让一部分学生开心，但是确实有一些学生不愿意学这些，他可能更愿意学其他的东西。我们现在就有这样的情况，比如这个孩子痴迷音乐，他就特别想多学音乐，但是你非得让他学数学，这个就有点“强他所难”了。

我们今天给学生提供的教育资源还不够多样化，确切地说，其实我们可以给学生提供非常多样化的资源，但是我们现在评价的手段过于单一。学生可能学了很多东西，但是我们并不承认，我们承认的是课程考试的分数。就如同吃饭，我们都知道吃饭是为了让身体获得营养。中小学给学生提供由专门的营养师来配置的各食材的营养餐，但是有一个前提条件，就是营养餐得做得够好吃，学生得吃到肚子里才能获得这些营养。如果你做得不好吃，学生不吃到肚子里，营养也就根本不能获得。

还有另外一个问题，只有营养餐才有营养吗？我吃我认为更可口的东西，是不是就没有营养呢？我举这个例子的目的是说今天学习这个课程、那个课程来提高学生这方面、那方面的能力，能不能通过学习其他学生更感兴趣的内容，也达到可以提高相应能力的效果或者目的呢？

比如，我们认为学习数学能很好地开发智力，其实学习语言、阅读甚至儿童之间玩游戏，在玩的过程中增加社交活动同样可以开发智力。有一项脑神经科学结合古生物方面的研究发现，动物的脑容量与其所在的群体有很大关系，而与其食物的构成和生活的环境没有太大关系，脑容量的大小只与群体的规模有非常直接的联系。所以科学家提出了一个社会脑假说——人之所以能够发展到今天，是因为有大量的社会活动。由此引申的一个推论就是，儿童广泛地参与各种社会活动也可以很好地开发智力。

所以如果我们要培养学生某种能力，完全可以用不同的知识作为载体。但是今天我们不行，我们只要求学生学习这些知识，认为只有学了这些才能够适应未来的社会，这是典型工业 3.0 的标准化教育模式的观念，在 4.0 的时代不应该是这样的。

白丁： 好的，非常感谢刘校长给我们带来这么精彩的分享，还有很多小故事，这些小故事都非常有价值，非常有意义。

（本文根据刘长铭 2020 年 3 月在《白丁会客厅》的视频采访整理而成）

深圳红岭教育集团：办一所看得见孩子童年和未来的学校

人物简介

张健，红岭教育集团校长。（左）

臧秀霞，红岭实验小学执行校长。（中）

董龙龙，红岭实验小学课程协调员。（右）

什么样的实践才能拉近我们与未来教育的距离？深圳红岭教育集团从方方面面做到了这一点。建筑空间、体制机制、课程变革……或许它真正地打造了一所将会在国际上占领一席之地的未来学校样板。

传统教育与未来教育的区别：高阶层思维逻辑

白丁：今天我们对话的是著名的深圳红岭教育集团。张健校长曾经说，到2025年，要让红岭基本实现教育现代化。后边还有一句话，要建成世界一流的设施环境，形成全国领先的办学体系。张校长能不能为我们介绍一下红岭目前的教育现代化进展？为了这样一个目标，学校做了些什么？对未来有怎样的规划？

张健：主持人好，各位校长、各位同行、各位关心教育的朋友们，大家好！近几个月，我们一起经历了一场百年难遇的新冠肺炎疫情的暴发。随着疫情不断演变，我相信它必将给整个世界带来很多动荡，无论是政治、经济、文化，还是教育、军事、科技等，各行各业都将在这场疫情之下产生变化，重新适应和发展。

我们教育工作者在这场疫情当中，从寒假就开始准备如何落实好停课不停学，老师从讲师变“十八线主播”，学生也经历了居家学习，经受了自我管理、自主成长的考验。其实这段时间，在疫情下，组织教学各项工作，应该说确实不容易。从匆忙的应对，到逐步的适应，再到现在高效的运转，也确实体现了各个学校老师的智慧。所以在此，我其实也想在疫情这个特殊时期，向用生命守护我们健康的医务人员表示敬意，同时也想向用智慧开启了空中课堂的广大的教育工作者表示敬意。因为在我们共同的努力下，实现了停课不停学，让整个社会的教育正常地运转，达到了预期的一些目标。

这场疫情其实给教育也带来了很多变化。我们学校信息化的运用，包括智慧校园的建设，应该说也更显重要和迫切。从这个角度讲，我觉得疫情对我们的教育也产生了很大的刺激，引起我们的反思。今天您给我出的这个题目是“我们与未来教育的距离”，红岭教育集团的高中、初中、小学，在各自学段的教育实践当中，是怎么思考的？在疫情的背景下，我们又应该怎么思考呢？

第一个思考，关于学校教育和学生成长，其实这也是我们对未来教育的思考。为什么这样说呢？我们一直在实践学校教育，而学校教育可能更多关注的是办学质量、办学水平。换句话说，就是老师的教育水平、学生的学业水平和学生的现实表现。传统的教育可能更关注课堂，更关注学业考试、成绩、奖项、学生的表现。这是因为我们要面对家长，面对中考、高考和社会多方对学校的评价。

在这样一个学校教育的大氛围中，我觉得教育的实施路径，包括课堂教学，可能关注的是记忆，因为要考试；关注的是理解，因为要解题；也关注应用，包括学生的能力，技能水平的提高。但是，技能水平的提高是不是未来教育所要关注的？我觉得还有差距，而且差距还比较大。

学校教育和学生成长有什么区别？

学生的成长，真正呼唤的是未来的教育。学生的成长或者说真正的学习的发生，应该是学生主动地钻研、兴趣导向、个性化地成长，如果是这样的教学定位，我们应该关注的是什么？是兴趣、体验、学生的合作。因此，学校在实施课程、实施学生教育的成长路径时，关注的重点就不是记忆、理解，也不是运用的技能，而应该是分析、反思、评价和创造。

所以我们在了解未来教育或者我们在期待未来教育的情况下，让孩子主动地学习、主动地成长、主动地产生兴趣和愿望，这些着力点就要求我们关注高阶层的思维逻辑：分析、反思、评价和最终的创造。这就是现代教育，或者说未来教育和传统教育的区别。

通过这次疫情，也可以看到现在的传统学校教育和未来的学生学习，在目前状态下，理解是不同的。传统教育是我们给它的：规范、要求、规定、流程。但是我们所期待的未来教育，学生的学习是自主、自觉、兴趣导向、个性化的，是个人综合素养的提升。所以我想，在疫情下我们反思的第一个问题就是传统的教育、传统的学校教育和未来教育、学生真正的自主学习、个性化的成长，它们之间的区别和我们的期待。

线上教学带来了特别效应

张健：第二个思考，大家可能都很关心，就是线上和线下教学到底有什么利弊？线下教学就是平常的学校课堂教学，其实习以为常。线下教学的好处很多，看得见、摸得着、把得住、控得紧，学习按照学校的制度发生。其余的好处也不用去罗列。

再来看一看线上教育。通过这一段时间的线上教学，它有什么特点呢？我感觉课堂组织形式发生了变化。我们在课堂上看得见学生，虽然现在通过屏幕也能看见，但这个看得见，跟我们真正面对面的情况截然不同。所以我们的组织形式、讲课方式、作业练习的方式、师生的互动、学生的交流和体验都不同。那课堂教学、主播老师，怎样调整自己的课堂组织，以及教学整体的课堂安排、课堂流程和整个的教学过程呢？

所以第二个思考，我们更加重视的是课堂教学的流程变化。也就是经常说的教学方式的转变。传统的教学方式，老师就是备，备学生、备教材；讲，讲重点、讲难点；练，让学生反复练，也可以通过对学生的考试来加深。当然还有其他的方式方法，包括对学生的辅导，通过各种已有的信息化的一些形式，也可以通过学生和老师的互动，学生和学生的互动来改变。但是在线上教学的过程中，其实更容易颠覆传统的教学流程。

创新流程，我觉得有这样几个方向。一般的教学都是先讲后学。线上教学其实也可以先学后教、不学而练。可以让学生分享、表达。在这样一个状况下，我们可以通过这样的形式和信息化的通畅连接学生，而且在这种状态下，学生可能显得更加活泼。

所以，第三个思考，就是线上教学还有一个特别的特点。这段时间很多老师跟我交流，我们师生的距离，其实产生了效应。这个效应表现在哪呢？就是减轻了学生的压迫感。在这种情况下，我感觉线上教学，似乎更能达到班级的教学均衡，或者说平等。因为很多孩子在线上学习的时候，没有同学在身边，没有老师给他压迫感，他的学习、提问、在课堂上的表现就更充分。最近线上教学，我们用问卷跟家长、学生沟通的时候，发现了这种特别的现象。当然，无论是老师和同学还是同学和同学在一起，可能他的表现和他独自在书房里、在电脑前都是两种不同的状态。我觉得这也是我们在线上教学过程中关注到的。

线上线下的教学其实各有利弊。线上教学没有校园的平台，没有一个实实在在跟学生交流能够实现“把得稳”的平台。我们有的老师也很着急。学生在线上就像风筝一样，你可以收但是你抓不住。我觉得疫情过后线上线下教学应该不断地整合，共同优化。老师们在这个问题上，一定会有很多自己的理解和体验。这一次疫情下，我们逼着老师尽快地熟悉信息化、智慧校园的一些软件应用，这也促使我们能更好地建设智慧校园、更深入人心地让老师、学生、家长感受信息化教学。我们把这两种优势整合好，对我们下一步的教育、未来教育，也就是要改进、关注、提升的教育，是有很大好处的。这是我今天想表达的第一层意思。

红岭的教育现代化：环境、体制、课程

张健： 刚才您问我们的建设目标。我们有一个想法，这个想法也是基于对未来的思考。党的十九大提出新时代中国特色社会主义的战略安排，到2035年基本实现社会主义现代化，到21世纪中叶把我国建成社会主义现代化强国。在我们的教育工作会议上，党中央或者各省市对教育发展的规划当中，明确指出要实现社会主义现代化，教育现代化必须先行。只有实现教育现代化，才能够培养更多的人才去建设社会主义现代化。

红岭在深圳经济特区，是特区政府于1981年建立的第一所学校。经过39年的发展，从创业初到规模不断扩张，到规范办学，到现在基本上拥有了一个卓越的绩效。应该说各项办学水平都有很大的提升。那么，在这个基础上红岭往哪儿走？我们通过集团党委班子、广大教师集思广益，提出：红岭能不能提前十年，到2025年基本实现教育现代化？我们要基本实现的教育现代化，刚才郑院长也谈到了，就是建成世界一流的设施环境、形成全国领先的办学体系、打造深圳排头的发展目标。

红岭实验小学，其实是2019年新办的一所小学。我们就由红岭实验小学最先开始，逐步让整个集团的各个校部都实现这个目标。大家从屏幕上可以看到红岭实验小学的建筑。学校育人的环境，从建筑开始，从每一个学习的空间开始，都要体现出我们整个课程的理念和学习的要求。红岭实验小学就是这样一种建筑设计。去年，几大网站在评选世界最佳建筑的时候，它作为教育学校的建筑入选，它的设施环境就体现了这样一个育人的理念。我们的高中和几个初中也在改扩建，我们还新建了红岭中学九年一贯制的深康校部，也是一个全新的非常现代化的学校。

形成全国领先的办学体系。改革开放40多年，各行各业可能变化都很大，但是教育变化不大。应该讲整个教育的体制、机制，都没太多变化，包括政府办、政府管、政府评，乃至整个的人财物。其实这么多年来，我们都在积极推进，很多兄弟学校也做得很好，推动课程改革、推动教育学方式改革、推动学校整体的创办新理念。但是从改革的角度来看，要形成领先的办学体系，体制机制可能最重要。所以在2015年我们成立红岭教育集团的时候，在市、区政府的大力支持下，开启了学校整个集团的管办评分离改革。这是一个重大的制度改革。其实党的

十八届三中全会的公报里面谈到很多教育改革的内容,谈到了高考改革、制度改革、课程改革,但是还有一个很重大的问题,就是学校的办学体制改革。教育部出了管办评分离的指导意见。管办评分离其实就是一个对学校办学体制的改革的探索。

红岭教育集团在这个基础下,做了几个层面的改革。第一个层面,成立了红岭教育集团的理事会。这个理事会干什么?理事会承担了政府、教育局对教育管理的部分责任,聚集了教育专家、社会贤达,既体现出政府在主导,也体现出社会各界的参与。理事会对学校的办学目标、办学的实施过程、整体的投入,一些学校具体的目标性的事务,都可以参与决策,督察。

第二个层面,成立了红岭教育基金会。在 2016 年的时候,政府出面,我们和万科集团签署了一个合作协议,叫做推进红岭中学集团的改革。我们成立了红岭教育基金会,万科集团捐赠了 5 000 万元,政府又配套了 5 000 万元。它能够推进我们在人财物上的改革。人财物的改革,一定是在政府的主导下,且要获得社会各界的支持才能进行。红岭基金会目前通过以万科为主的这种捐赠、政府的配套拨付以及其他方式,已经达到两亿元的基金规模。它是个独立法人,通过基金的管理条例来支出,专项支持我们在体制、人事制度和学校内部管理方面的改革。

第三个层面,找到一个抓手。新开办的红岭实验小学,就是我们推进改革的一个集中体现。您也来红岭实验小学指导、视察过。政府对这个学校的建设、投入跟公办学校是一样的,同时,政府也分配了学校人员编制的划拨,虽然红岭实验小学目前有编制,但我们没有使用。红岭实验小学目前在人事制度、财政拨款,包括学校的发展目标、课程的定位等各个方面都在推行新的改革举措。

红岭实验小学实施的是公立委托管理。公立就是公办,就是政府主导、政府财政拨款,但委托给红岭基金会来管理,不再按照传统的公办学校的人财物来管理。红岭实验小学在这个基础上,实现了新的人事制度。我们通过 4 种聘任方式招聘教师,以短期的聘任来考察选拔人才,以固定性的聘任来培养人才,以长期的聘任来留住人才,以特别的聘任来招揽高才。而与这样一种人事制度对应的工资制度,在财政拨款的大的体系下,基金会又给予了大力的支持。在这样一个新体制下,学校老师的薪酬完全按照绩效考核的方式来定,应该讲是企业化的考核,完全是定量的考核。上一次,在跟有些专家探讨的时候我说,就是记工分的方式,我们的工作在整个学校里面,都能够体现出每个人积极性和创造性的发挥。

红岭实验小学还有一个很新的课程。我们把完整的国家课程与我们传统的各学科的课程，通过课程体系的构建，整合成一个红岭自己的课程。这个问题一会儿请臧校长来分享，她作为执行校长比我理解得更深刻，所以能讲得更清楚。总而言之，我们想通过这样一个过程或者通过这样一个规划和设计、这样一个实施方案，完成环境设施一流的建设目标，这是教学的基本环境，也是未来学校需要的场景。它一定是孩子们非常喜欢的，只要孩子们喜欢你的学校，就会喜欢这儿的老师、喜欢学习、喜欢这里的一切。环境建好了，就一定要建设一个好的制度，从体制到具体的人财物的管理制度，再到学校里面整体的现代学校物理体系。如果有这样一流的设施环境，有孩子们非常喜欢的场所，又有一个比较完备的现代学校管理制度，或者说新的体制，当然，核心还需要有孩子们特别喜欢的课程，我想这样一所学校，一定是现代的学校，一定是未来的学校，一定是离未来教育最近的学校。

生活即最好的教育

白丁： *在红岭实验小学规划设计阶段，我在深圳和臧校长有过一次线下的交流。当时臧校长讲了过去在山东教育创新的实践，我记得非常深刻。我现在也经常跟我的同事、一些教育战线的同行讲您过去说的“没有铃声的课堂”“没有铃声的校园”，这都是非常好的实践故事。这些理念或者方法，有没有带到红岭实验小学的课堂当中？也请臧校长花一点时间，为我们呈现一下红岭实验小学的课程之美。*

臧秀霞： 很高兴有这样的机会和大家做交流。应该说我从山东来到深圳福田区红岭实验小学是一个非常大的跨越，但是对课程的探索和分析，是没有改变的。您刚刚说的“没有铃声的课堂”，孩子上下课的空间怎么建？对于我来说和过去是一样的事情。也就是说，我在山东摸索出的理念方法，在红岭实验小学进行了更深入的探索。在探索的过程当中，我们结合着张校长提出来的理念，形成了红岭实验小学以概念为本、跨界融合、深度探究的课程体系。

课程体系的形成是基于我们对“什么样的地方是学校”的理解，也就是基于我们对教育的反思。什么样的地方是一所真正的学校？可能很多人会说，如果提到学校的话，就是孩子端坐在教室里听课，老师在讲台上讲课。老师是引领者，学生是知识接受者，学校是传递知识信息的场所。

但我们是这样认定的——学校就是孩子生活的一个地方。这并不是我们的独创，而是杜威老先生的独创，“教育即生活，学校即社会，教育即生长”。就是基于这样的理念，把儿童本位放在办学的哲学基础上来设计课程。在这个过程当中，我们把原来山东的实践成果带到这里，在探索的基础上形成课程体系，可以说现在已经生根发芽了。

包括在疫情期间居家学习的过程当中，我们也是这样去做的。用大概念引领，然后深入探究，用生活的情境、用真实表现性的任务，进行整个主题活动的设计，最终让孩子们认识到当下生活即最好的教育。在这个过程当中，我们探索的主题是疫情，有好多活动都呈现出了非常好的效果。我想请董老师给大家介绍一下这个主题。居家学习期间，我们的课程是怎样的。

白丁：好的，董老师的身份是课程协调员，我对这个身份特别感兴趣。在董老师做分享之前，想请我们的臧校长解读一下，如何理解课程协调员？

臧秀霞：课程协调员是这样的，我们学校有一个结构组织的设计，这个结构组织是根据学情需要设计的。我们的组织架构是扁平化的，学校只有我这个执行校长，我下面有一个教育中心、行政中心，其他的全是一线老师，这两个中心做的工作也是服务于老师的。

董老师所做的课程协调员就是研究课程是不是最适合这种环境的工作。她要带领课程组的老师一起设计课程、设计孩子们的学习。作为课程的组织者和指导者，或者说引领者，当然，同时也是一位真正的主班老师，也就是实践的老师，我们给她的定位是协调沟通每个学科学习内容的主题活动的人。由此可见，她组织的课程是跨学科的，即我们说的跨界融合，对各学科之间的备课与协调进行组织和研究。这样的人员我们称为课程协调员。

白丁：好的。董老师的姓氏非常应景，我们只有“懂”了然后才能协调，才有协调能力。那么请董协调员给我们讲一讲，居家学习期间，红岭实验小学的课程是怎样的？

董龙龙：好。刚刚张校长和臧校长都提到了红岭实验小学是基于对未来教育的一种追求还有生活教育的落实而设。因此在执行教学过程中，比如眼下的疫情中，就是基于这种周围生活的真实情况以及对疫情的研究开展的。一、二年级，基于孩子的年龄特点，我们进行了跨学科的项目化学习。中高年级，则是学科内的项目化学习。在对疫情研究的过程中渗透了一些德育的内容，人生观、价值观，还有关于大自然的一部分内容。

对一些身边的人或事的研究，也让孩子们对疫情有了更深刻的认识，比如，我们会让孩子们研究今年春节跟以往春节的不同，在对比的过程中了解周围的生活。学生通过了解疫情数据，学习数学统计学知识，就匹配了数学思维的落实，还有语文学科中的语言表达、信息文本的收集和整理，会话和口语交际等，这些都是疫情下学科知识和生活情境相结合的一种探究方式。如此就把生活作为学习内容，从生活中获取了相关的学科知识。这样孩子既对学习内容感兴趣，又能够很好地落实学科知识。

线上的学习过程实际上是我们上学期一个探究题的延伸，我们在线下的时候也是这样进行的。

比如，上学期孩子们对校园进行了学习。在观察校园的过程中学习科学的观察方法。通过数一数校园的人、事、物等进行数学知识的落实，介绍校园、介绍自己，锻炼口语交际能力，逛完校园之后绘画作品，提升艺术修养。这些既是学科知识的运用实践，也是表达对校园的爱和理解的方式，同时通过了解学校的功能、学校的部门，学生也形成了对学校情况的总体认识。所以，线上线下可以实现融合教育的新模式。

白丁：我还想再追问董老师一个问题。刚才臧校长在对您进行介绍的时候提到了实际上您也是班级的主班老师，但是用了课程协调员这么一个名字，那么协调员的称呼是淡化、弱化了您的权力还是强化了您的权力？因为臧校长说过你们是一个扁平化的管理模式。我想知道您这个协调员的权力有多大？

董龙龙：是这样的，其实我是一个双重身份。我是二年级的主班老师，也是课程协调员。实际上，我们在进行这样一个主题探究的时候，需要老师进行协同备课，有横向的全年级老师的协调，也有纵向的，比如语文学科组。在这样一个过程中，老师就需要协调整个二年级学区的学科课程，所以说有这样一个协调员身份，可以更好地做备课方面的准备。

50 佳最美建筑，服务于课程体系的学校空间

白丁：好的，谢谢。接下来请张健校长为我们回答下一个问题。新建的红

岭实验小学在2019年度建筑行业网站评选当中被评为全球50佳建筑,是一所对传统学校形态完全颠覆的现代化、国际化的新学校。在整个规划设计阶段,我也有幸参与了论证,看了学校的一些展示。建成之后也到学校学习过,学校的建筑对人的想象力来说确实是非常大的一个颠覆。那么学习空间的创新与改造,对于教育教学来说意味着什么?红岭如何在空间当中体现我们的教育理念?

张健: 关于未来学校或者教育现代化,我们也在想:什么样的学校能够体现出这种特点?从开始来讲,我们感觉就是学生喜欢的学校。刚才我也提到了这个话题,学生喜欢学校,他可能就会喜欢这里的老师,喜欢这里的课程,喜欢学习,喜欢活动。所以儿童的心理,就蕴含了整个空间的影响。我记得当时我们学校申报了一个课题"未来学校空间的应用实践研究",一边是课题性的研究,一边是设计各个方面的影响,最终这所学校达成的就是我们理想的水平。

说实话,对于未来学校我们没有非常清晰的概念或者模板,所以我们在规划设计红岭实验小学上花了很多心思。之前我也跟建设单位包括国土、发改、住建谈过:你们怎么想这个话题?原来学校建设一般都是政府工程,政府有政府的要求。近几年有一个非常好听的词,叫"交钥匙工程"。政府通过自身的理解设计学校,根据建筑师的建议完成学校的设计,通过招标,工程队进驻完成装修,最终请来校长和老师,说学校建好了,钥匙交给你。

但是这个学校建成以后,一是有传统的建筑格局,有的时候很难打破;二是建筑师本身对学校的理解。他不一定非常了解学校的需求、孩子们的渴望、老师们对学校的思考。这一次红岭实验小学在我们跟政府立项的时候就有非常清晰的定位,就是学校在立项和设计,包括前期的科研、整个项目的推进过程中,我们都全程参与。而且我们整个班子在学校的设计过程中,对学校整体结构的想法,对设计师的影响也是很大的。国土部门、发改部门、建设部门、教育部门都给了我们很大的自主权利。

红岭实验小学在立项的时候,由国土局主导,全国的专家、设计事务所,还有从美国、新加坡来的设计事务所共同参与了一个展览性的建筑设计方案展览投标。就是你来展示你的方案,专家来评估,评估入围后,我们再一步一步地看你的方案是什么,这一步就是要先看设计师、建筑师事务所的水平。

定下事务所后,就要从学校的角度出发,看学校对建一座未来学校是怎么思考的,我们如何通过课程这个核心来建构。刚才臧校长和龙龙老师也谈到了,我们的课程是一个理解力本位的课程,是一个跨学科整合的主题单元教学的课程。

换句话讲，在我们这里，目前低年段不再分语文、数学、英语、科学等学科来教学，而是通过一个班级的主班老师、副班老师、协作老师集体备课，围绕生活主题进行探究学习，在探究中融合各学科知识。

刚才说了课程协调员会协调老师共同针对国家课程的要求、标准，高度融合各学科的知识体系完成教学。比方，我们一年级开学的第一个单元就叫“校园”，这个“校园”的课程就整合了语文、数学、英语、德育的内容。所以我们在设计这个学校的时候就在想，既然要设计这样的课程，那就需要一个灵动的空间来满足这个课程的状况。

走进红岭实验小学，我想大家都有感觉，它跟传统的学校完全不同。它不再是大门，不再是教学楼，不再是行政楼，不再是图书馆，不再是实验楼等，它就是一个完整的，从负二到正六的综合体。当然这个设计也跟我们的占地面积有关。在深圳，土地资源确实非常紧张。我们这样一所 36 个班学校的规模，占地面积只有不到 1 万平方米。在这不到 1 万平方米的面积中，要满足课程的需求，我告诉设计师必须给我设计出 3 万平方米以上的建筑面积。最终这个学校的建筑面积是 36 000 平方米。

我们的很多空间都是打开、交错的。给大家举一个例子，大家可以看到田径场是架在学校三楼的。当三楼架起来以后，田径场就打开了学校整个学生活动的空间。在田径场下面有游泳馆和室内体育馆，还有报告厅、演艺厅、多功能室，这些功能室又是互相交错的。大家可以在我们背后的这些照片上看到，我们通过大跨度的钢结构，让这个教学楼的教室和学生的活动空间，包括功能室、体育、艺术室都处在交错当中，所以我们把它称作一个灵动的空间。学生在学校里面，感觉像在儿童乐园。有的时候，一些建筑专家，包括政府、教育界的同仁过来看，说你这个学校，给人感觉像个展览馆，也像一个购物中心。学校整体的连通、交通和结构，是一个特别整合或者特别通畅的空间，能够适应学科统合教学。

我们的教学因为是主班负责制，所以是没有铃声的。课程的整合通过协作，通过主班老师，决定这个主题要上多长时间、要在哪个地方跟学生一起进行学习和活动。这样的一种要求，就不再像我们传统学校工业时代的整体的上下课。它的楼道、操场，整个学校的空间，是个性化的。通过你的课程、你的教学、你的运用、学生的需求来综合管理。这样就把一个整体的课程核心、课程理念，以及我们对现代未来学校的定位体现出来了。

办一所看得见孩子童年和未来的学校

张健: 上次您来的时候,在学校的门口看到几个大字,一个是"童年",一个是"未来"。有一句注释,叫"办一所看得见孩子童年和未来的学校"。这话是什么意思呢?其实也是通过课程理念体现出来的。因为传统的学校、传统的教育,它可能关注的是孩子的学业,关注孩子的表现、规范。不管是小学、中学,家长都很喜欢问,我孩子考多少分啊,我孩子获了几个奖啊,我孩子今年有没有获得三好学生的奖状啊。由于我们的评价,由于社会对教育的这种期待,这多少有点功利性。

我们看得见孩子的学业,看得见孩子的规范,看得见孩子的表现,但是我们能不能看得见孩子的内心世界?看得见孩子的童年?看得见孩子的未来?那就要通过这样一种课程体系,通过这样一种管理体系,通过在这样一个灵动的空间去实施,去完成。同时,孩子们在自己的兴趣下,在自己的快乐学习当中,在和同伴的交流当中完成个性化的、全面素养的提升。

刚才龙龙老师谈了一个观点,我们今年的线上教学,通过疫情这个主题,研究今年的春节和往年春节有什么不同,在这个不同里面,去比较去寻找。包括一些涉及语文、数学、英语或者其他各个方面的问题,都可以让孩子们通过自己的研究、比较、分析来完成个性化作业,而不是传统认为的语文就是拼音就是读写就是背诵就是默写,数学就是算算数。

这样我们就在一个总体的课程整合当中,在一个灵动的空间当中,在一个学校当中,把未来的教育,包括整个我们所期待的教育,逐步地打造成我们所能够认识到,或者说我们能够实现的模样。

回到我们的话题,说实话这样一个建筑,当时在设计的时候,国土部门给了很大的支持,因为它很多地方是突破了规范的,发改部门和政府给了很大支持,因为它有很多大跨度的钢结构,造价是不菲的。这个学校运营造价也是不菲的,教育部门、政府、其他的组织人事部门都给了我们很大支持。因为这个学校是在新体制下运营的,工资体系完全绩效,且支持课程的开发。

刚才说课程协调员负责课程的开发和研究,相当于普通学校的教科室的作用。要完成课程的研发、课程的协调、课程的实施。上面给了我们一个机会,我们才能够建这样的学校,既能够规划成,也能够建成,能够在新的体制下运行,还能够研发出适合学生主动学习,个性化成长,综合素养提升的一种未来教育……

智慧校园建设的三个层面：
互联互通、智慧教学、智慧评价

白丁：各位朋友可能不知道，张健校长到红岭中学做校长之前，是福田区教育局的副局长，我想红岭实验小学能有这么多的突破，不单单跟张校长曾经在教育局任职有关系，更重要的是其思想观念的解放，还有一种坚持不懈的精神。

最后一个问题想请张校长结合着红岭实验小学谈一谈，一个小学段的未来学校，信息化占据着什么样的地位？它的价值何在？您是怎么规划展望的？

张健：其实在红岭实验小学最早规划和定位的时候，我们也谈到了关于智慧校园和信息化在校园应用的场景。目前学校的智慧校园或者说信息化应用，已经完全超出了普通学校的标准。

比如学校整体的安防监控、人脸识别、教学网络系统、各个班级配备的信息化教学平台，也包括老师。刚才说协同备课，因为备课量很大，且有别于传统的备课，这些课程应该说都是一边在研发一边在实践。他们所使用的平台、使用的体系都在逐步地完善。

这次访谈本想通过视频会议的形式来进行，但是后来我觉得可以把我们学校的平台用起来展示一下，在我们这边看，您也在我们对面的大屏幕上，这就相当于在会议室的一种轻松的对话。

平时学校的信息化，我们首先要满足基本的标配，或者说在这个标配基础上，满足整个教学的需要，这是我们最简单或者说最基本的认识。但通过这次疫情，我感觉下一步，关于整体的教学一定要把这一次在线上教学所积累的、所传递和普及的，老师们对各种软件、各种平台的运用的热情、运用的习惯和运用的效果整合起来。

下一步，就想把线上和线下作为红岭实验小学教学的两条腿来走。在这个架构之下，我相信原来的基本设计、学校整体的智慧校园和能够真正实施的智慧教学就完成了整合。

当然，我还有更远一步的想法。最近也在跟一些相关的智慧校园开发公司，以及深圳大学、华南理工大学的信息化专家在讨论。我感觉对于学校智慧校园的建设，有三个层次可能要特别注意。

第一，学校智慧校园的管理指挥体系。我们想通过物联网的方式，把整个学

校的数据集中地做一个采集，做现在人工智能的一种智慧的推送、分析。我个人的想法跟他们也谈到了，在近几年，可能在学校的某一个地方，实现智慧校园的“智慧大脑”。在这个地方，你可以看到学生学习的状况、学生学习的数据现状，包括学校在运营过程中，老师们协同备课的状况、信息化设备使用状况，学校日常的各种各样的资源，包括资金、水电、信息化装备的使用情况。我觉得这些东西都可以通过物联、大数据的互联来最终实现学校智慧的交汇。

这次疫情促进了大家对智慧校园建设的更高热情，我们把教学的问题先解决，下一步，就可以在原有的基础上，通过物联网的方式，完成学校的整个的互联互通，和整个的大数据的运用。

第二，我也经常谈到，要在学校里最终实现智慧教学。智慧教学，当然也有很多链条，教材、老师智慧备课协同软件、各种各样的课程资源，这是一个层面。同时，课堂教学，通过信息化的方式实现智慧的教学、互动的教学，这又是一个层面。刚才我谈到教学流程的改变、学生学习过程的改变和学习整个效率的提升，我们可以通过课堂互动教学的方式来做到。

课后还要对孩子所学的东西，有一个巩固提高的过程，包括精准教学，或者说智慧教学的链条，从资源到课堂到练习再到现在新出现的问题，我们目前应用比较多的是错题本。这个错题本就是对过去错误的理解、学习、应用，也包括对错误的评价，这是你的积累。

第三，就是智慧的评价。孩子在红岭成长的过程，是不是要有一个智慧的记录？你离开的时候，我是不是可以给你做一个光盘？或者说可以给你推送一个你个人的空间？把你自己学习的过程、活动的过程，在这里成长的过程，以及个人的综合实践记录下来。我们也谈到了以后让孩子们在走向更高年级，比方小学升初中、初中考高中、高中考大学过程中，都有一个综合实践报告。那我能不能通过智慧校园的方式来呈现你的个人成长报告？

我想这件事情做完了，最终完整的智慧校园一定是一个比较完善，而且能够反映学校在这方面建设成果的案例。

疫情后的教学改革
线上、家庭、学校教育应完美融合

白丁： 刚才张健校长提到了，我们要智慧的管理、智慧的后勤、智慧的能源、

智慧的课堂、智慧的学习、智慧的记录，智慧的评价等。我还是比较关心董老师，因为她太辛苦了。不光要做主班老师，还要做课程协调员。想请臧校长在刚才张健校长分享的基础之上，关于智慧的备课和智慧的教学方面再做一个补充的分享。

臧秀霞：疫情期间，线上教学是我们普遍使用的一个手段。疫情总要过去的，孩子们很快就要回到学校上课，我所想的是如何把疫情期间老师们积累的经验用到疫情过后，真正地实现线下教学和线上教学的相融。疫情过后，我们的教育教学应该有什么样的变化？

我想线上教学和线下教学相融合是非常重要的。原来我们线下教学的时候，线上的东西有是有，但是资源不够充分，也就是优质的资源相对缺失，老师们对这个手段应该说也是非常不熟练。所以在这期间，线下的教学活动多一些，线上的少一些。通过疫情期间的居家学习，我们有很大的收获，就是充分认识到线上教学有这么多的好处。疫情过后，在学校教育教学改革方面，应该把线上教学和线下教学完美地整合，把优质的资源引进来给老师们运用。

疫情过后，教育教学改革应该还有个变化，就是把家庭教育和学校教育更好地融合。原来学校教育是帮助孩子成长的主要阵地，家庭教育虽也重要，但是我们把管理学生学习的责任大部分都交给了学校。在居家学习线上教学期间，我们把孩子学习的管理责任交给了家长，家长也体验到了管理孩子的难处。我想疫情过后，线上教学、家庭教育和学校教育如何完美地融合，也是接下来要认真去研究、探索的一个方向。

还有课程，我们的课程基础理念就是“教育即生活，学校即社会，教育即生长”这样的儿童本位理念。那么这个理念的实现，就像董老师疫情期间所做的一些课程，还有我们的校园主题、植物主题的课程，都是利用生活主题的线索让孩子进行学科逻辑和生活逻辑融合的学习。生活是孩子教育的目的，孩子学习的目的就是为了生活，我们学校的教育和生活结合得越密切越好。

疫情过后，我们会进一步探索校内的教育和社会生活相对接的方式。在孩子居家学习期间，我们发现孩子们的自主学习能力得到了梯度式的提升，这和我们学校运用的任务群、大概念、大单元的学习方式密切相关，教学让孩子们自主地去确定学习的时间，同时协同备课、协同上课的方式，让孩子们的品格、学习能力得到提升，所以疫情过后我们可能要去探索，孩子自主学习和老师教学完美融合的方法。

总而言之，我的观点就是，线上教学、信息化作为一种手段进到我们的学校教育教学当中是非常重要的，也是吻合或者适合时代发展的，我们要跟随时代的步伐，把这件事情做得更好。

白丁： 谢谢臧校长，谢谢张校长，谢谢董老师。关于学习教育生活，家庭、学校和社会如何融合，怎样通过信息化的手段去实现，这里边的理念也非常重要。让学校、家庭和社会，成为儿童成长一致行动人，其实是摆在教育工作者、摆在这个社会、摆在家庭面前的一个非常迫切、非常重要的问题。

感谢张健校长、臧校长、董协调员为拉近我们和未来教育的距离所做出的点点滴滴、实实在在的贡献。

张健： 好的，谢谢郑院长也谢谢各位老师、各位校长、各位朋友们。欢迎大家来深圳来红岭实验小学给我们指导，我们共同交流，一起提高，一起走向未来教育。欢迎大家。

（本文根据深圳红岭教育集团 2020 年 4 月在《白丁会客厅》的采访整理而成）

曾宪一：疫情是教育信息化的试金石

人物简介

曾宪一，上海市徐汇中学校长、特级教师、正高级教师。

2020年3月，上海市徐汇中学被评为上海市科创特色高中，以5G+MR为特色的各种科技创新实验室在这里也逐渐走向常态化应用。在这所有着“中国各种学堂之标准”美称的学校里，关于教育信息化建设，还有很多值得学习和探索之处。

反对一讲到底，主张强交互

白丁： *在疫情期间，各大学校都采取了线上教学方式。作为科创特色高中，上海徐汇中学在线上教学方面有什么经验可以分享？*

曾宪一： 2020年2月17日，我们的毕业班开始进行网上授课，3月2日，上海所有其他年级，包括我们学校也都进行了网上授课。在这个过程中，我总结了两点经验。

第一，整合多家平台，提高稳定性。我们学校的初中使用了腾讯进行线上授课，高中使用了电信和钉钉。如果只靠一家平台，没有备用，很难保证不卡顿断线。

当然，老师们更是神通广大——小黑板、钉钉云课堂、各种微视频、慕课、微信群……他们都进行了有效利用。所以我认为，提高稳定性是第一位，稳定性保障是前提。

第二，我比较反对“一讲到底”，主张“强交互”。即我们的各种活动，我都希望能有一些互动。

因为我们学校正好在研究构建认知启动式学堂，就是鼓励老师少教少讲，学生“兵教兵”。引领服务学生自主命题自学自育，自主自觉，所以这次(线上授课)也是一个机会。

在自主命题自学自育方面，我们倡导老师发挥问题留言板的作用。我一直认为，教会孩子提出有价值的问题比教师自己提出有价值的问题更有价值。因为学习，说到底是孩子自己的事情，老师是学生学习的助学者。强交互要求老师既要关注及时互动，还要关注延时互动，即课下的互动。所以现在老师其实更累了，作业要当天批阅完成，及时反馈，甚至还要给学生分层布置作业，及时让学生加强训练。

这引起了我对三个问题的思考：第一，面对面的实时互动其实难以实现，课上有这么多孩子，画面上却只能出现6～8个；第二，如果学生缺失思维参与，线上教学很可能只是教师传道，而不是学生真实的学习；第三，越来越大的生生差异，加剧了大班授课与个性化学习之间的矛盾。这三个问题，我有些担心。

所以，我也提出两个策略。

第一个策略针对的现实问题是：怎样把学习者逼上舞台？

我号召老师大胆地放开，从“预见”到“遇见”，即从老师“预设的看见”到学生之间“遇到的看见”。一是从梳理知识、讲解例题，向分享作业的讲评方法转变。有些孩子可以自学，那么怎样让他来分享他的东西？哪怕是个错误答案，其他孩子如果能帮助纠正或研讨，也可能是个有意义的分享。

二是实现从一维到多维的、从解题方法的线性呈现向多角度思考归纳的转变。所以我倡导线上教学多用归纳法，少用演绎法。

三是从班级授课到小组学习的转变。我鼓励班级成立一些学习小组，就像线下平时的前后桌，学生在线上也可以设立个小组群，实现从知识讲授向基于异步达标的跟踪检测的转变。孩子的学习水平肯定是好中差都有，怎样实现异步达标，我们想的第一个策略就是不能让灌输变成主旋律，一定要让互动变成主旋律。第二个策略想实现的效果是：希望老师能关注学生们共同关注的问题。这个也有点难，因为它指向课程背后的课程逻辑。

现在很多课程，孩子们在线上也可作为课程构建的主体，甚至课程的参与者。那么这个逻辑关系——学科的逻辑、学习的逻辑，以及强交互的逻辑，该怎样思考？

还有就是人机交互背后的人人交互，以及技术手段背后的育人品质，包括诚信、分享等品质也是我们关注的。所以，我很欣赏上海市教委副主任李永智倡导的“四全”，即全天候、全融合、全育人、全个性。虽然这很难做到，但我认为这个方向正是我们所追求的。

疫情是教育信息化成果的试金石

· 信息化潜能需要激发和倒逼

白丁： *曾校长刚才提到“老师们更是神通广大”，那么我们的老师是原本就神通广大，还是在疫情之下被逼得神通广大？*

曾宪一： 疫情是教育信息化成果的试金石。我认为这次疫情引起的最大变化，就是逼着我们的老教师不得不使用信息化技术了。我非常感慨，我们有一个58岁的教初三毕业班的物理老师，他的研究和命题水平比教研员还厉害。以往他是不太用信息化的，但是这次，他打电话让我派人解决宽带升级问题。他现在已经“上网”了，我认为这非常好。

此外，2019年我们建立5G+MR教师团队时，我成立了一个60人的课件制作组。让我很感动的是，有一位即将退休的教师也参与了。

白丁：我们还了解到，徐汇中学和上海九所非常好的大学一直有紧密互动，很多家长是大学教授，学校所处的位置也方便孩子从小接触信息化产品。所有这些基础，会使我们疫情期间的信息化更轻松吗？

曾宪一：现在5G时代，我们学校周边有5个基站，并且和上海交通大学只隔一条马路。我们有一位家长是上海经济和信息化委员会办公室主任，他帮我们对接了上海高水平的科技公司，现在看来，不管是孩子还是老师，信息化的潜能都是无限的，就在于如何激发和倒逼，这一点我体会很深。

· 家长引领孩子学习可能越俎代庖

但这次线上教育也让我思考了几个问题。

第一，信息化的教研培训需要同步。我们请了电教老师利用教工大会进行全员培训，讲常见问题如何解决、大家用不同的平台和群如何沟通交流……我们也请了网络平台的老师来培训，而且建好群，实时培训，实时提问。我认为这是一定要加强的，要解决我们想不到的网络突发问题。

第二，学生在线教育的自主学习能力相对不足。老师指导学生的线上自主学习能力好像方法也不多，这是我最担心的。

其实这次疫情，我认为是所有孩子在家里自主学习的良机。可惜的是，我们家长、社会还是不放心，还是要引领孩子学习。一引领，就可能是“告诉”，一“告诉”就可能越俎代庖。这也是一个难题。

第三是在线教育软件的网络稳定问题。我们缺乏对学生的有效监管手段，软件与实际应用还有差距，即目前在线教育软件提供的应用与义务教育和高中阶段学校的需求有差距。比如，现在上海的空中课堂已经做得很好了，但我认为，至少要开发三个层次的空中课堂，低的、中的、高的，满足不同学习程度孩子的不同选择。因为“选择”是全世界教育改革最大的核心词，如果只有一个层次的空中课堂，肯定只能适合部分孩子。如今大部分的在线教育软件是按照培训机构的需求，而不是针对义务教育和高中教育需求开发的，因此显得有点薄弱。

此外，还有课程规范化与学生认知个性化之间的矛盾，还有能与各年级教材结合的优质慕课相对少的问题。怎样设计一种合作化学习，或活动化学习，或参与式更强的学习？可能是更值得去研究或创新的。

如何实现线上线下混合式教育

· 把学习变成游戏

白丁： 您刚才提到疫情对师生信息素养的倒逼，开学之后，老师重新站在讲台上，您预测，老师和学生的自主性、互动性关系，包括对信息化手段的应用，会不会“开倒车”？

曾宪一： 其实我们的毕业班已经回到学校将近一周了。为了在开学上体现科创兴校，校友捐了一个价值十几万元的机器人。这是一个测温消毒仪器，可以自己爬楼消毒，测温也比较准确。此外，我们有 11 门慕课上了上海的“学习强国”，课程数量在整个上海是领先的。所以，第一，我们是以高科技来迎接开学的。

第二，回到线下，这也是我最想说的——怎样把线上和线下相结合进行混合式教学。线上的一些好做法，像针对性作业、批改作业的反馈效率、学生学习程度的及时诊断，效果都非常明显，我们要坚持。所以我们鼓励老师不留纸质作业，还是留线上作业。

还有对部分学困生，我们也很快安排了诊断。究竟线上学得怎么样？不考吧，心里没底，学习和复习也没有针对性。考吧，说心里话，还是担心的，万一有学生心理压力大怎么办？所以我们下定决心，简单考，把题目难度降下来。然后成绩不公布，也不排名，只供老师诊断用。

我认为这次信息化最大的好处就是我在网上可以巡视所有老师的课堂。比如每个孩子听课的时间，确实有很多大数据可以研究。这些数据将来的开发利用，如评价、及时检测、反馈，我们现在还不是很专业，怎样利用好这些数据，为精细化教学提供科学依据，是我们要思考的。

第三，我也正在对线上教学开展研究。我们做了一个课题，刚刚上报，关于线上线下融合的人工智能+混合式学习，我称之为“全息学习模式实践研究”，有人也叫它 OMO 教育模式，这个模式将来肯定是一个趋势。

首先，我有一个“汇学”理论，就是让学生学出智慧，其中，发展学生思维力是关键。我鼓励老师们在线上用游戏化的思维，把作业、习题这些好东西做成游戏。孩子都愿意玩游戏，不让他玩儿我认为不现实，把手机都收掉也不对——现代化来了,你让他回到“原始社会”肯定不对。我们怎样通过一些学科团队和科技人员的帮助,把一些学习的障碍点、关键点变成阶梯式的、游戏式的、有积分的,让孩子们不仅玩得开心,还有学习成就感?也就是说,怎样把学习变成一种玩儿,或者说变成游戏,这可能是将来我们结合线上线下需要思考的。

比如,开发高效率的智慧学材迫在眉睫。我们现在很多学科的学习内容,可以说真的有点面向过去了。比如语文,近二三十年的当代作家、现代作家的时文几乎不见;数理化生,近二十年获诺贝尔奖的能进小初高教材的,恐怕也几乎没多少。正好线上学习材料到处都有,利用线上优势,师生一起高效率地开发新鲜的智慧学材,我认为这是一个机会。

其次,科学地制作高质量的多媒体课件。比如我刚才提到的游戏式的、一些走心的创意设计,还有提高学生的注意力和思维力的课件。如今有了网络,学习的供给侧已经改变了,客观世界和网络世界都是大教材、大学参。因此随着学习资源转型,我们的评价方式、学习空间也要改变。在这种超时空的全息学习模式下,如何引领老师先思考起来做有益的尝试?我们作为校长,应该给老师们提供平台,做督促,做服务。

最后,我想尝试推动骨干教师课程的慕课化、微课程化,形成线上线下结合的混合学习模式,满足学生的个性需求。

这个尝试在很大程度上是基于我们学校的拓展课和研究性课程:初中方面,我们每个年级有5个科技班,上学期已经做了440个课题,课题质量非常高;高中方面,我们的高中生已经四年全员做课题,真的都是跟着我们的课程做课题,包括32门科技、24门艺术、20门体育和90门跨学科融合课程。好多孩子进入了研究状态,我很感动。

所以我会思考,怎样把这种主题式、项目式的,甚至跨学科式的学习内容通过线上进行整合?怎样把学生的核心素养和学校的人文科技艺术特色相结合呢?

我一直认为,数理化生都应该在实验室里学,不应该坐在课堂里学。那么我们高端实验室里的内容,哪些需要学生来实验室做实验,哪些可以放在慕课中让学生在家里利用休息日学?这就需要我们去考虑了。当然,可能还有更多新生事物的制度值得探讨,我们想象力有限。

减压的最好方式是搞科艺体

白丁：作为任职多年的校长，在您看来，学生承担压力的正常幅度应该是怎样的？孩子们该如何减压？

曾宪一：我认为孩子减压最好的方式，就是去搞科艺体。搞科技就会研究，会研究就会学习，因为学习的终极目标是研究——在研究中学习，在学习中研究，一定是这样。而且搞科技、搞发明创造，他会更有成就感。搞艺术，这是一种美育，会让一个人欣赏美、创造美、传递美。他活得很美，心里美滋滋的，他就很快乐。体育——身体好比什么都好——身体健康、心理健康、道德健康，健康比什么都重要。这些课程是在用一个人一辈子真正的核心素养给孩子减压。

至于学习上的压力，我认为最关键的是要看他有没有良好的学习习惯，以及有没有主动学习超越自我的意识。

一个班无论多好，第一名都只有一个。所以学生需要培养良好的心态，心理健康非常重要。我的目标一直是引进 6 个心理老师。现在一些人都有心理问题，问题解决了心理就变得阳光，变成阳光少年就好多了。

我认为一个孩子最大的学习压力，应该是学会命题，即自己学会研究命题、原创命题、解答命题。如果一个孩子总是被动地刷题，我想他将来很难有大的创造力，也尝不到学习的快乐。但如果他有一些想法，进行研究了，哪怕研究过程是失败的，我认为也是很有意义的财富。

我一直在倡导做到三精：学生精练题目，老师精讲题目、师生精命题目。因为我是教研员、中考命题组的组长，所以我认为学习最核心的关键词是题目。一个孩子能把研究命题搞到家，自我命题研究透，我认为他就已经是会科学应试了。就像我们一些考上清华、北大的孩子，肯定比老师厉害。你无法辅导他，只能组成团队，让他去研究命题。他会怎样命题？怎样破解？我认为这可能是一个瓶颈的突破。

我之前也信奉“年轻时不吃苦，老了会吃更多的苦”，现在我有点动摇了。我担心再有 10 年 20 年，孩子不吃苦也会活得很滋润，甚至他肯出来工作，我们父母就要烧高香了。因为现在只有一个孩子，他没欲望了，他有祖辈传承的几套房子，收收租就可以，不需要工作，也不一定愿意出去交朋友。所以我认为，激发孩子的欲望，让他们有激情地活着，也是我们的一个现实任务。

打造超时空的5G+MR，关键在于用

白丁： 在5G开始商用、很多人对此还不够了解的时候，徐汇中学已经开启5G+MR模式，并有了比较好的应用。请曾校长重点分享下，我们是怎么建构5G+MR的？

曾宪一： 我们首先说AR，AR是在真实世界里叠入虚拟的东西。VR和AR相反，是虚拟世界叠入真实世界的东西。

MR是正好把它们两个结合，实现真实世界+虚拟世界的实时互动。打个不恰当的比方，就是你做梦，梦就来到眼前，变成真的，MR具有这个效果，即重点对应人无法看到的、虚拟和现实结合的世界。比如太阳系的真实运动，你无论如何眼睛看不到，但一戴上MR眼镜，你就看到了。包括人体的内脏，你用眼睛去看是看不到的，但是你戴上MR眼镜，通过课件就完全可以看到。这真是我们以前做梦也想不到的事，所以我认为MR非常好。

为了让5G和MR结合，我们配置了智慧黑板、录直播系统、眼镜、服务器和相应的课件，以虚实结合的全新学习方式辅助学习，营造了场景化、沉浸式教学的新体验，真的是身临其境。此外，跨学科、几个老师同时上课等合作化的教学和学习也都实现了。之后我的设想是进行系统开发，我把它的特别之处称作全息，也就是超时空。

白丁： 那么“5G+MR”中的“+”，我们该如何理解呢？

曾宪一： 因为超时空是把虚拟和客观整合在一起，所以需要5G实现网速保障。也就是说，5G主要是提供高速公路般的强网速，防止卡顿。然后，在高速路不撞车的基础上，用新的、科技式、探究式的学习方式把我们思维的高速公路也接上。这是我们的初始想法。

白丁： 那么在教学过程中，5G+MR有哪些具体应用，我们又如何扩大它的优势呢？

曾宪一： 5G+MR对应的课程目前主要在理科、艺术和跨学科上，5G+MR会更实用。比如理科的实验环节，以虚拟的形式呈现，不仅可以反复实验，不需要实体材料，减少耗材，还可以避免毒气泄漏、腐蚀性液体伤害等事故的发生。

又如线性代数等难以理解的知识点，以虚拟场景展示在学生面前，将有利于学生真实地感受、理解和把握。这让我真切地体会到科技来了，科技真的能让我们的学习甚至生命插上翅膀。

至于常态化的使用，有几个关键。第一，课件的开发制作。目前我们遇到的一个大难题，就是科技公司会技术却不是教学专家，科技公司的产品恐怕还达不到我们的要求。所以在课件开发方面，我们主张老师作主角，技术上有不会的地方再去请教技术人员，这样的结合一定是特别优秀的。尤其是上课好的、能发动学生主体作用的优秀老师，让他们来做课件创造者，更有意义。未来学校的一流老师不一定在一线上课了，很可能是优秀课件、学材的开发者、制造者、专利所有者。

我一直认为，不管什么线上媒体和设备，毕竟还是辅助手段。人工智能还是要靠人，这个定位首先要明确。以往我认为无论什么辅助也不能喧宾夺主，但现在可以看到，有些辅助为我们带来了比想象中大得多的飞跃。

第二，多用。我们做了校园一卡通，孩子们课间或周六日想进实验室，刷卡刷脸就可以，这就提高了利用效率。这些高级设备是越用越好用，越不用越没用，不用就浪费。因此，以后如果技术好的年轻老师有时间，我们可能会发起一个团队，大家集体备课，然后给团队奖励。我的奖励很少给个人，都是给团队，尤其是毕业班团队。我们学校已经成立了一个 MR 科创团队，共有 60 人，进行了多次培训，疫情之后我还想再加强培训。组建队伍非常关键，没有队伍是很难做成事儿的。

第三，5G+MR 在校园里的应用，如何多发挥正面效应，减少负面效应。这就需要考虑很多地方，一是刚才提到的课件开发，就像先锋队去冲锋一样；二是与校园一卡通整合，引进校园智能化的高科技管理，包括我们在“五一”期间要安装的人脸识别测温设备，把它们和机器人都用上；三是实现高端实验室联动，因为所有的实验室都是以信息化为基础的。

从三年前开始，我们学校给六年级和十年级的学生开设编程课，让计算机成为主课。我们新生开学前有两天的补课时间，补的就是编程。我们所有的计算机都有编程软件，即便一款编程软件要 2 000 元，我们也把它装好，来提高孩子的能力。

在之后的日子里，我们的 5G+MR 会与腾讯、电信、钉钉这些平台做有效对接。我们有三个校区，外地还有一些姊妹校和城乡帮扶学校，我们也会尝试让远程学习跨区发挥 5G+MR 效应。

第四，把质量抓好。我把学习效率称作生本学堂，如果从管理角度来讲，我称它为品牌学科建设和原创题库建设同步。一所名校一定要有自己的原创题库和自己的品牌学科。

还有一点很关键，就是培训教师信息化的运用能力——结合慕课建设，鼓励老师自我提升和自我培训，同时培养学生线上自学能力。我主张课堂上“学生自己干，老师身边站”。

在拓展课探究式学习方面，我们已经做得比较好了。比如学驾驶高铁，老师不要教他怎么开高铁，而要调动孩子的自学兴趣：首先，告诉他禁止事项，哪几个键不许随便乱动，乱动可能会出事故；其次，把孩子们组成 5 人一组的学习小组，每人发一本驾驶操作说明书，让他们自己讨论、摸索，犯错也没关系；最后再去操作驾驶。考核也很简单：一是用专业软件考核，二是画一个高铁驾驶操作流程图。

我一直鼓励研究性、拓展性学习，我上课的最后环节一定是孩子的自我命题。不仅如此，我还鼓励所有学科老师上课的最后环节让孩子自我命题。

所以我做了一个全息学习模式实践研究，它有三要素：第一，它是基于学科知识点进行的 3D 建模；第二，它是基于 3D 学堂的交互式学习；第三，它是基于学生学习内容的实时发展生长。

我也在努力实现三个交互，即人与人交互、人与场交互、人与物交互。我认为这是将来真正线上线下学习强交互的一个重要方向。

白丁：针对这些研究内容，您的预期目标是什么？

曾宪一：我定了 7 个方向。

第一，构建线上线下大数据智慧赋能的学习模式，也就是刚才提到的全息学习模式。

第二，构建面向人人的、泛在学习的自学系统。

第三，建设体现信息化特点的学材资源，即新鲜、强交互、与时俱进的学材。

第四，提升师生的信息化创新素养，把创新作为一个任务。

第五，运用大数据构建学习质量监控和评价体系。

第六，提升学生自控自律的管理能力研究。

第七，构建家校联动，甚至跨区域学习的学习群。

当然，这 7 项内容也不成熟，我们能力有限。

但是我认为，如果能下决心把全息学习模式研究下去，有所成效，它有可能会实现三个“面向”，也就是邓小平说的教育面向世界、面向未来、面向现代化。

面向世界，以往很多人认为把孩子送出国就是面向世界，但我认为全息超时空这种虚实相生的世界，才是真正的面向世界。

面向现代化。第一，我们的校园一卡通打破了时空的管理网、学区化的跨校，实现了管理现代化；第二，师生都喜欢的、新鲜有效的学习材料，实现了学习内容现代化；第三，从 MR 课件到我们的品牌学科原创题库，学习工具越来越实用，实现了学习工具现代化；第四，我们对学生自我管理能力、学生信息的安全保障，以及一些网络安全防护，实现了现代化的网络安全保障。

至于面向未来，我认为体现在两方面。一是跨学科的融合教育、高端实验室创新教育、职业生涯导航的五育并举。因为职业生涯导航一定会成为孩子将来兴趣、情趣，甚至志趣的生涯导航。

二是正好和我们学校的四个“HUI 学”联系起来。第一个“荟学”是荟萃知识博学，网上更能荟萃知识。第二个“会学”是掌握学习规律方法，学会学习。第三个“慧学”是智慧地学，学出智慧，养成智慧人格。第四个“汇学”是古今传承、中西汇通，要求学生不仅要学习，还要做一个立体、全面甚至面向未来发展的人。

如果 5G+MR 学习模式的探索能有所发展，取得一定的成绩，我将非常开心地看到，教育的三个“面向”真的有可能实现。

（本文根据曾宪一 2020 年 3 月在《白丁会客厅》采访整理而成）

肖远骑：灾疫带给教育发展的哲学思考

人物简介

肖远骑，中国人民大学附属中学原副校长。

一场突如其来的新冠肺炎疫情突袭了全球的教育：无论是中小学，还是大学，无论是中国，还是欧美。于是就有了停课不停学，就有了线上学习，就有了云端学校，就有了空中课堂……

对于教育来说，这是机遇更是挑战。关于这场灾疫带给中国教育发展的思考，肖远骑接受了《白丁会客厅》的采访。

用顶层思维面对灾疫的“危”与“机”

白丁：本来阳春三月，正是新学期开学的季节，但疫情打乱了所有的计划，面对灾难，教育实践怎么样？这些学习方式学生满意吗？家长接受吗？社会认可吗？效果如何？这是留给我们每个教育人思考的问题！今天我们很高兴，请来了中国人民大学附属中学原副校长肖远骑，请他谈谈：灾疫，带给中国教育发展的思考！

肖远骑：新冠病毒灾疫，冲击着全球人的生活，当前全球累计185个国家出现了疫情情况，据不完全统计，全球新冠肺炎确诊病例累计超过55万，累计死亡超近3万例(截至2020年3月底)。全球已经有8.5亿学生无法上课或者只能在家中上课。

中国是最早一个实施学生在家学习的国家。现在两个多月过去了，这场灾疫，带给中国教育发展哪些深刻的思考？这是我最近一直在思考的问题。

我是一个教育实践工作者，但工作之中我喜欢用理论思维来审视，喜欢从哲学层面来分析。我曾经在多个场合讲过一个观念：教育工作者，尤其是教育管理工作者，一定要有理论思维！以前，可能很多听众听我讲过关于“教育均衡问题的哲学思考”“教育减负问题的哲学思考”“国际教育中的中国精神问题的哲学思考”。我们有了顶层思维，站在一个高处，就会看清楚我们该怎样去面对。

同样，面对这场突如其来的新冠肺炎灾难，在没有任何准备的情况下，我们如何迎接灾疫的挑战，实践过程中我们出现了哪些问题？这些问题如何克服？灾疫之后，我们的未来教育怎么走？我觉得，灾疫是危机，更是挑战，危机、危中有机。我们如何运用这样的机遇，在这里想谈三点个人的体会：

灾难，反思我们对教育技术的理解；

灾难，反思我们对教育本质的认识；

灾难，反思我们对未来教育方向的把握。

疫情下的线上教学：喜忧参半

肖远骑：首先谈第一点：灾难，反思我们对教育技术的理解。我想用一句歌词：星星还是那颗星星，月亮还是那个月亮。

我认为，这场灾难，对我们当下的现代教育技术推广、教育现代化的推进，是一次很好的检验。教育部原副部长刘利民先生说，灾难，推动了一次意想不到的，丝毫没有准备的线上网络教育大实验。的确，灾难给每一所学校呈现了一道难题，“停课不停教、停课不停学”，线上教学、网络课堂，教师该怎么教，学生又该如何学？一个多月的实践，现状如何，效果怎样？

我的感觉：喜中有忧，喜忧参半。喜的是：全国的学校、学生、家长能热烈响应，宅家学习，线上教学，如火如荼，教学秩序，有条不紊。一个有两亿多学生的庞大的教育大国，一下子开通了线上学习，这是很了不起的。这不是一件简单的事情，所以，一时间，老师们忙碌地做课件，网课采用直播＋课件的形式，家长们陪着孩子看视频，全程陪同学习。多么可喜的学习情境。但我认为，它带给我们的教育意义，更在于冲击了我们原来固有的教学观点，大大拓展了我们的教育空间，推动了教育现代化发展的进程，真正实现了世界教育2015年卡达尔峰会的话题——重塑，我们的现代教育！

当然，我们也看到问题的另一面，网上教学、宅家学习出现了一些问题。这些问题主要在以下方面。

一开始学生、家长还有热情，可十多天以后，不少学生在家出现烦闷，学习的时候出现注意力不集中、静不下心来、学不进去的现象。事实告诉我们，网上学习，让学生从愿学到会学，再到想学、真学，可不容易，在这当中，教师既要面临本学科知识的教学，还要学习心理学的问题，更要面对灵活运用教育技术，以及教育的艺术问题。所以，我们的老师也疲惫不堪。当然最感困惑的还是我们的家长，有的家长说，再不开学，我们就忧郁了……网上、空中、云端，多么充满诱惑的教学场景，怎么就这样使人失去耐心？缘何如此？我以为有三个原因。

一是我们的现代教育技术不现代。好多学校现代教育技术平台用的是张三的软件，李四的平台，互相不兼容。没有一条现代教育技术的公共高速路，学校各自为政，钱花了不少，用起来很困难，再加上，我们学生家庭的教学技术准备，也不统一，因为没有一个大家都可运用的或者说可切实共享的教育资源和平台，于是通往宅家学习的教育公路上，轿车能上，卡车则不能上，拖拉机就更谈不上；要把教育技术傻瓜化，能共用、通用、好用，这是技术的最佳状态。现在即使是我们的教师也为技术问题所累。

二是技术先进了，教师培训不到位，教师无所适从，讲课时顾头顾不了尾，导致教学效果大大地打折。我们的老师不可能人人都成为优秀的网络主播。本来就很紧张，再加技术不熟练，难怪教学效果就大大地打了折扣。尤其是我们的一大部分老教师就更显得被动、茫然。我们有多少老师、多少校长知道市场上有多少直播软件，如斗鱼伴侣、虎牙直播、优来直播、快手直播、爱奇艺播播机等，哪家更适应我们的教学？我们的老师，在做课件时，用视频剪辑软件，是快剪接好，还是编辑星、拍大师、会声会影更方便？说实话，我们很多老师不了解，所以我说，网上教学，成功与否，教师能否适应是关键！

三是线上教学资源缺乏，由于没有充分的准备，各个学校的资源得不到共享，有些技术力量单薄的学校，就力不从心，有临阵仓促上马之感。也就是说，我们网上教学公路有了，可是没有车在跑，我们的资源平台有了，仓库里没有货。所以，好多地方规定，网上教学，仅仅是复习，不要开新课，就是没有教育资源。所以我说过，教育现代化技术不成问题，问题是内容，我和腾讯公司的老总也说，我不担心你的教育技术与手段，我担心你的内容现代不现代。换汤不换药，这是很大的教育浪费！

四是教学管理的失控，"停课不停学"的网络学习形式，在监控上有一定困难，学生的学习从学校回到家庭，一下子从专门的学习环境回到家庭的生活环境，这意味着教师对学生学习的控制性，相比于学校教学环境下学生的学习而言大大降低了，学生是否都能够按照老师课程计划按时参与学习活动，完成学习任务，学习的效果如何，有无以学习为借口在手机、平板机或电脑上做其他事，这些都是很难进行全方位监控的，仅仅依靠打卡，作业完成，有限的交流互动很难掌握，需要家长的配合才能更好地保障学习效果。所以，网上教学，真正能得心应手的教师不是很多。

我担心老师把教室里的知识教学，搬到了线上，新瓶装旧酒，最终导致"重复老办法，只能得到旧结果"。就是学生和家长感慨的"星星还是那颗星星，月亮还是那个月亮"的结局。这样学生的厌烦感有了，教师的疲劳感有了，家长的郁闷感也有了。

那怎么办？方法总比困难多。我的意见：先人后网。先培训我们的老师，改变他们的教育行为，让他们学好现代教育技术，学会怎么用耳麦，怎么做视频剪辑、怎么用好几何画板……

先合作再独立。学校以年级组、备课组为单位，用大家的智慧，做好微课，到一定时候，老师再独立做。

先方法后内容。网上教学，要先教给学生学习的方法，在方法的指导下，再过渡到教学内容的讲解。

先明情况再考虑教学。网上教学,更要有提前量,要了解学生准备得如何,网卡的速度如何,家长参与度如何。搞清这些,再思考我可以用什么样的技术开展网上教学。教和学互相配合,才有效果。

老师在网上教学的过程中,要做到三性:开场的互动性,热场;中间课堂的留白性,让学生思考;教学过程中的互动性。

我以为,网上教学,越简单越好,少用技术,多用艺术。越短越好,尤其是小学生,让他们听了还想听,学了上节盼下节。多互动、多讨论,多演示,老师要精选教学内容,讲清核心知识。我期待教师能娓娓道来,有情景,有悬念,有理有据,这就如同开一个视频会议,大家发言,千万不能教师自话自演,这样教学效果就不会很差。

本来这个特殊时期提供了训练学生进行自我管理的绝佳机缘,可以说"机不可失,时不再来"。从网上教学的困境告诉我们:教育中要有实时的生成感,要有师生实时的情感互动。所以我断言学校教育不会消失!

教育的本质:人性、爱与善

白丁: 肖老师,您讲得很全面,有理有据。不仅谈到了问题,也讲了方法,我想,对全国的教育工作者都有指导意义。您刚才还说,灾难,能反思我们对教育本质的认识。您再说说。

肖远骑: 好的,这也是我要讲的第二点:灾难,反思我们对教育本质的认识。我移用一句歌词:窗外一只"蝴蝶",你从哪里来?

我在前面说过,从哲学的角度说,任何事情都有两面性。这次灾难带给我们的教育意义,在于冲击了我们原来固有的教学观点,大大拓展了我们的教育空间和教学内容。灾难发生后,大家最关心的问题是:新冠肺炎病毒,它从哪里来?钟南山院士在一次新闻发布会上说,新冠肺炎发生在武汉,但来源不一定在武汉!这两天,一则消息惊动了世界:美国疾控中心主任雷德菲尔,在美国国会听证会上说,美国一些死于流感的病人,实际上就有人可能死于新冠肺炎。还有俄罗斯科学家、韩国的医学工作者、日本的朋友,他们也认为:病毒可能最早来自别的国家。当然,我们不是科学工作者,我们不需要让学生研究病毒从哪里来?但它会告诉我们道理。

一是病毒无国籍，灾疫是人类的共同敌人！这就是为什么中国强调当代社会共建人类命运共同体的时代使命，这就是我们时政课要讲的道理，思考人类命运共同体这一深刻的话题。二是灾疫时期，全球信息量大爆炸，如何从众多的信息里分辨出真伪，这就是我们教育为何要培养学生的思辨能力。三是从如何讲科学，讲群体防控，讲流行病的传播途径中，增强我们学生的科学精神。四是从一个个医护工作者逆向而行中，理解我们育人的目标，国家本位，民族气节，让学生思考国是最大的家，家是一个国，从钟南山、李兰娟这些科学家身上，思考人生的价值。

这就是我们教育的最生动的内容。世界就是一本很好的教科书！如果我们由此而发，启发学生关注我们世界发生的一切，认识世界中什么是真善美，就是非常好的教育！由此，我想到了一位纳粹集中营的幸存者，他当上美国一所中学的校长后，每当有新老师来到学校，就会交给老师一封信："亲爱的老师，我是一名纳粹集中营的幸存者，我亲眼看到了人类不应当见到的情景：毒气室由学有专长的工程师建造，儿童被学识渊博的医生毒死，幼儿被训练有素的护士杀害，妇女和婴儿被受到高中或大学教育的士兵枪杀。看到这一切，我疑惑了：教育究竟是为了什么？我的请求是：请你帮助学生成长为具有人性的人。你们的努力绝不应当被用于创造学识渊博的怪物，多才多艺的变态狂，受过高等教育的屠夫。只有在使我们的孩子具有人性的情况下，读写算的能力才有其价值。"这就是教育的本质！

爱和善是生命的种子。爱孕育了天地万物，延续着人类社会。善良的心地就是黄金。真诚地善待自己，善待众生，一定会得到美好的福报。我们要热爱生命，热爱自然，热爱真善美，热爱一切崇高而伟大的事物，热爱伟大的祖国和人民。诗人艾青说：为什么我的眼里常含着泪水？因为我对这土地爱得深沉。所以，这次疫情可以给我们的学生上三堂课：生命教育课，科学教育课，公德教育课。一方有难，八方支援，文明从我开始，让每一个学生都增强社会责任感，才能更好地树立起"每个人是自己健康第一责任人"的意识。

教育即生活，社会是教育的大课堂。这次灾难，我们可以让学生明白：人与自然的关系不能失去平衡，失去平衡后没有赢家！病毒提醒我们，我们的命运是连在一起的，影响一个人的事情同时也会影响另一个人。病毒提醒我们，健康多么珍贵。病毒提醒我们，不能妄自尊大。病毒还提醒我们，无论你觉得自己多伟大，也无论别人觉得你多么伟大，一个小小的病毒就能让整个世界停摆。病毒提醒我们，自由掌握在我们自己手中。我们可以选择合作互助、分享、付出、互相支持，我们也可以选择自私、囤积和自顾自。只有在困难的时候才能看出一个人的真面目。

未来学校建设两大变化：空间再造、课程重构

白丁：肖校长，您讲得很深刻，太好了！您能说说大灾之后，我们如何思考未来教育吗？

肖远骑：好的，在去年的校长大会上，我曾经讲过这个话题，也是今天要谈的第三点：灾难，让我们反思对未来教育方向的把握。我也移用一句歌词：前方的路虽然太凄迷，我会勇敢地走下去。我想从两个维度去分析，也就是教育的内外两大环境。

先说教育的内环境。我还是这样认为：未来教育发展的方向要在坚守中创新！有几点基本共识。

教育现代化也好，教育国际化也好，我认为，中国教育要坚守中国教育的经验，国际化课程的引进要走“引进与融合”“坚守与创新”双线推进的策略。引进国际化课程，要定位于从国际课程中找到一些有价值的先进课程元素，将它迁移、改造、植入适合于我国学生培养的课程体系中来。那么如何引进？引进什么？

引进科学的人才观，我们要统一到提升我们对未来人才的核心素养价值观的认同上。

引进优秀的资源平台，加强国际间的教育交流。

引进科学的课程体系，让课程适合学生的发展，适应人类前进的步伐，适应国家发展的需要。对未来学校的建设，我认为要改革创新。具体地说会有以下变化。

第一，学习空间的再造，注重学习场景的创新。表现为：

(1) 灵活的教室布局，桌椅设施可移动、可变换，便于开展多样教学活动；

(2) 充分利用人工智能、大数据，为学生定期提供学习状况报告；

(3) 学校公共空间可重组，学习区域、活动区域、休息区域相互转化，正式与非正式的学习融合在一起。

第二，课程体系的重构。适应时代发展变革，实现课程现代化。

国家必修课程分层走班——水平分类；学校选择性课程分类走班——志趣分类；研究性课程按照学生的特长，定制走读——个别服务。面向未来社会，学校课程应该逐渐走向个体式课程。面对同样必修的课程，让不同水准的学生学习不一样层级的课程；让理解能力不同、学习效率不同的学生用不同的时间完成必修的课程；让不同兴趣的学生，选择不同的选修课程；对有特殊天赋、特别潜质、特殊兴趣、特别需求、特异才能的学生，为之量身定制开设特需课程，给予特定的时间空间、特殊的教育资源、特别的教师指导。

从分科式课程走向整合式课程。这就是我们通常所说的PBL（项目式学习）课程，STEAM课程。现行的分科教学有利于系统知识习得，但不利于综合能力培养。近年兴起的STEAM教育和创客教育，都把跨学科学习作为重点，强调通过不同学科的交叉融合，培养学生的创新精神和实践能力。这样的课程也不是现在才有，我们十年前开展的研究性学习，就是这样的整合课程。在整合课程的教学中，出现大概念、大问题、大任务、大单元、大练习将会是一种常态，不能仅仅以知识点、碎片化、零散化的知识来要求学生。实践课程项目整合，产品就是依据。项目课程制作产品，让学习真实地发生。这样的整合需要对教材内容进行优化和改造，彰显本土特色和学校价值主张，满足学生的个性化；需要学生与自然、社会以及个体经验进行关联，通过校内外课程资源的整合，让知识回归生活，加强各学科之间的融合，形成一种更加全面、相互衔接、融会贯通的课程结构。

从闭合型课程走向开放型课程。现代中小学教育，要做到三个面向：面向大学开放；面向社会开放；面向世界互动开放。

要向大学开放，将大学的人力资源请进学校，比如把博士、教授、院士请进中学，也要带着中学生走进大学，让大学向中学生开放，让中学生参与大学的课题，参与大学的学习，听大学的报告。

面向社会的开放，学生作为学习者必须“真正进入真实情境”，参与解决真实的问题。或企业，或农村，或社会；或实习，或调研，或考察。到国防基地去，看看现代技术；到华大基因去，参与基因分析；到腾讯去，学习游戏制作；到大亚湾核电站去，了解核电生产原理；到大疆公司去，学习无人机的制造与使用；到红树林自然保护区、香港米埔自然保护区去，研究湿地课题；到海南中部的山区去，了解橡胶林的种植，参与水稻的种植；到贵州山区去，与那里的孩子结对学习、劳动；到陕北去，体会黄河边上的生活，去找找路遥家乡的感觉等。

面向世界开放，与世界其他国家的学生一起学习，一起研究项目，一起制作产品，一起探究课题。和国内外学校建立友好学校，互相访学，中外汇通，培养有世界视野，民族情怀的新型人才！

再说教育的外环境。我总是有一些想法：我会感到，未来的教育，会有重大的变化，可能有许多的企业家、金融家、经济学家，乃至于科学家做教育！《人类简史》的作者尤瓦尔·赫拉利曾经说："21世纪全世界最重要的产品：不再是工厂车辆武器，而是人体大脑思维——所以世界的重心，将逐渐从跨国公司，转向那些杰出的学校。"未来社会将发生巨大的变化，社会一个重要的反应就是把重心投放到学校，期望能够促进学校的改变。不少有识之士希望帮助学校发生变革，他们当中有些人甚至干脆直接进入学校，亲自主持学校变革，事实上欧美发达国家就有许多来自学校以外的金融界人士、经济界人士、企业界人士亲自办学，办一些全新理念、全新课程设置的学校。

国内也同样出现教育以外的有识之士亲自下水办学这种现象。世界银行发布旗舰报告《2018年世界发展报告》，其中用一个章节谈教育，这是世界银行第一次把目光聚焦于教育，针对教育发展展开专项讨论，这个章节的标题叫《学习以兑现教育的承诺》，其中提到"如何确保学校教育带来真正的学习"。"学习以兑现教育的承诺"其潜台词是说现在的学校教育没有兑现教育的承诺，"如何确保学校教育带来真正的学习"，其潜台词是说当下的学校教育在一定程度上没有带来真正的学习。这显然是金融界对学校教育表达了一种不满，也是表达了一种期许。

未来学校，未来教育一定是以育人为根本目的，以网络为基础，通过资源整合、学习中心的建设，倡导独立学习、团队合作等教育方式变革的教育立交桥工程。未来教育要培养具有主动性学习、批判性思维、富有创造力的，拥有世界眼光，爱国情怀，知识渊博，科技素养，身心健康，有责任担当的孩子。未来学校要建设成为学生精神成长的大森林！

朋友们，最好的答案永远在现场，让我们在教育的山顶拥抱，认真思考中国教育发展的话题！愿大家共同思考！谢谢大家！

（本文根据肖远骑2020年4月《白丁会客厅》视频采访整理而成）

校企协同，新技术与教育融合有道

陆云泉：校企融合协同创新，为国育才不分体制内外

人物简介

陆云泉，北京一零一中校长、未来智慧校园研究中心主任。

“人工智能或者信息化技术，在医疗系统用得非常好。那么在学校里面，为什么就感觉技术没有很好地跟我们的课堂教学、教育教学，特别是跟‘育人’紧密地联系起来？”陆云泉在本次采访中抛出了这样的问题。

这个疑问，或许也是很多教育者共同的疑问。

在第五届中国教育智库年会《白丁会客厅》现场，中国教育智库网总负责人、未来学校研究院执行院长郑德林（白丁）对话北京一零一中校长、未来智慧校园研究中心主任陆云泉，围绕着“校企协同的开放融合之道”，为大家带来一场精彩分享。

从“买卖关系”到“协同创新”

白丁：陆校长提到过，当前教育中很多的改变往往是由外界推动的，就是通过技术引领教育变革。但是这一过程中极易出现供需不匹配。如果想以“解决教育中的实际问题”为导向，实现以教育引领技术发展，从学校、企业、教育生态层面，应该如何实现？

陆云泉：您这个问题其实挺大的，以前我们交流的时候有这么一个观点：在整个技术推动教育的过程中间，这个速度相对其他行业来讲是比较慢的。比如，人工智能或者信息化技术，在医疗系统用得非常好。那么在学校里面，为什么就感觉技术没有很好地跟我们的课堂教学、教育教学，特别是跟“育人”紧密地联系起来？这里面可能就是教育的一个特殊问题。

这个问题我想讲两个方面。第一，现在整体来讲，教育的技术推动主要还是从教育外界向内部来进行渗透。因为这里面有大量的企业，技术研发是他们的专长。但是从基础教育学校来讲，可能我们关注点主要还是在基本的课堂教学上。

当下我认为已经到了一个比较全面、相对比较成熟的时代，教育的内外都有这样一个动力，特别是从基础教育系统来讲，相当一批校长对教育有很多的想法。所以实际上从校长层面来讲，已经提出了我们怎么通过技术手段提高育人质量的问题。在这个过程中，“内外”的结合就能够很好地使技术和教育融合。

这次疫情，实际上加快推动了教育 4.0 时代的到来。为什么今天有翼鸥教育宋总和我们两位校长一起坐在台上？实际上我们已经携手在做。

特别是我现在有个观点，这个观点我跟宋总也交流过，原来从技术层面来讲，他公司卖东西、卖产品，我是一个买方，我们是买卖关系。这样的买卖关系不行，因为硬件可能很快就淘汰了，所以我希望我们之间是一个共同合作、开发的过程，只有这样，我们的智慧教育才能更加有生命力。

“不求所有，但求所用”

白丁：您之前其实也提到过，除了跟 ClassIn 的合作，跟字节跳动也构建了实验室，应该说一零一中在教育创新的过程当中，跟外部的合作是非常高品质也非常紧密的——从传统的买卖关系，变成合作开发这样一个更紧密的伙伴关系。

我们国家要求进一步激发中小学办学活力，但是我知道很多一线校长还是有很大负担的，这个负担可能更多的是一些机制、政策等方面的负担。那么我想请陆校长分享一下，您跟企业、跟外部开展合作，甚至是更紧密的进一步的结合，有没有这方面的顾虑，您是一个什么样的心态？

陆云泉：这个问题挺好，也是我最近跟一些朋友，包括跟非教育界的人士在商量的问题。

其实，在党的十九大报告当中已经很明确地指出了。习近平总书记强调“党政军民学，东南西北中，党是领导一切的”。不忘初心，牢记使命，我们都讲“不忘育人，立德树人”的初心，牢记“为党育人、为国育才”的使命。

所以我们不管是体制内也好，体制外也好，不管是基础教育学校，还是企业、大学、研究所，我们干的其实都是同一件事，在为党、为国家、为民族发展的事业上，我们都在一个平台上，所以就没有你我之分。

第二，我的想法是“不求所有，但求所用”。举个例子，我们跟清华同方合作，清华同方的人工智能鹰眼摄像头在学校操场上布置了 4 个。这应该说是现在国际上最顶尖的鹰眼摄像头，它可以群体识别。几千个学生在操场上，我们立马可以知道谁在操场上，谁不在操场上。现在智能人脸识别是一对一的，而鹰眼摄像头是可以同时识别一群。

这个产品是很贵的，也是最高的技术，清华同方作为一家上市公司，它把东西给我，也有体制机制障碍，但是我想，我们只求所用，不求所有，东西是它的，它只是没有放在仓库里而放到了一零一中的操场上，但是我能够给它提供什么呢？提供我的需求！

举个例子，比如，要求一个学生每天下课以后跑 5 000 米，原来的班主任在那盯着、看打卡，现在不需要，人工智能摄像头已经记录了他的运动轨迹。从这个角度来讲，它非常好地促进了教学，但是从一所学校来讲，我们没有经费去购买最顶尖的技术，所以我们现在是和企业共同来做。

对企业来讲也是这样，它把平台给我们使用，如果我付钱买的话也挺贵的。但是我想我们来共同开发，我给它不断地提条件提要求，这个产品就能不断地完善。从这个角度来讲，其实一零一中就变成了它的一个“研究院”。这就是共同利益之下，我们做的是同一件事——育才育人。

（本文根据陆云泉 2020 年 10 月在《白丁会客厅》采访整理而成）

陈慧：在变革的时代打造教育创新之“链”

人物简介

陈慧，上海市实验学校党委副书记、国际部校长。

校企协同创新已经成了当前教育发展的新趋势，如果说企业是掌握技术的话，那么学校掌握的是什么？陈慧说：是内容。现在这个时代“内容为王”，那么怎样让技术和内容两者之间更好地衔接？

在第五届中国教育智库年会《白丁会客厅》现场，中国教育智库网总负责人、未来学校研究院执行院长郑德林（白丁）对话了上海市实验学校党委副书记、国际部校长陈慧。

世界在变，教育也在变

白丁： 上海市实验学校由于特殊的办学历史、办学定位和学制，一直以来做了很多的创新工作。请问陈校长，上海市实验学校在教育创新，尤其是跟技术结合的教育创新方面，都做了哪些工作？有哪些亮点？

陈慧： 上海市实验学校是一所集教育、教学、科研为一体的实验性、示范性学校，学校通过对学制、课程、教材、教法、教学管理等方面的整体改革，早期开发儿童智慧潜能。学校学制比较特殊，实行小学、初中、高中十年一贯制弹性学制，也就是说我们学校的孩子完成所有学业升入大学，比其他学校的孩子少了两年。正是因为这种独特的学制，使得实验学校在人才选拔、课程改革、教材改编、教学实验方面做了一些有益的探索和创新的工作。

实验学校秉持“教师专业发展、学生展能成志”的办学指导思想，三十多年来，一直坚持对学生进行个性跟踪记录，这个项目也曾荣获国家教育教学成果一等奖，我们设立核心课程、学养课程和特需课程三大课程体系，开发 TFT(Ten for Ten)十个年段，每个年段设十门涵盖人文、科创、思维、体育、艺术等领域的学养课程，设立教师专业发展“五课制”平台等，这些都是我们在教育实验的道路上做的一些探索。

回到您刚才提到的“跟技术结合的教育创新”问题，我觉得当今时代，世界在变，教育也在变。有些方面我们要“以不变应万变”，比如对于教育规律和核心价值的把握，有一些方面要“以变应变”。我们看到现在教育领域也在深刻地发生变化，为了使教育技术更好、更广泛、更深入地融入我们的课堂教学和学校管理的方方面面，上海市实验学校也做了很多的尝试。比如我们在学校国际部，在原有实验教材基础上对数学教材进行了整体的重新打造，目前在做一个尝试，即现在我们国际部的学生没有纸质的数学教材，我们给小学国际部和初中国际部分别开发了两个名为“MathTopia”和“MathPlato”的 APP，把原有纸质教材转变为中英双语的数字教材，全部上线在 iPad 当中，学生“一人一终端”。有了这个基础保障后，我们想教材上线只是第一步，在教材上线以后，可以依托学生手头的终端设备做大量的数据挖掘和追踪。以前有一种说法叫 IT 时代，IT 就是 Information Technology，即信息技术，现在的话语系统叫 DT 时代，DT 就是 Data Technology，即数字技术，强调算法、算力，万物互联，借助技术用数据来驱动产业转型和行业变革，在这个浪潮中，教育变革从属于社会变革，而学校变革是教育变革的核心。这个也让我联想到最近OECD(经济合作与发展组织)的一个未来学校联盟项目，当中有个主题：通过信息化、数据化来驱动学校和教育环境的变化。现在我们在不断地迭代这个数学APP，未来我们打算利用在线的数字化数学课堂，对学生的数学学习行为进行跟踪，我们在做数学知识点的编码，在建立一个可以自适应的题库，为每道题目所属的知识领域和难易程度进行“打标”，真正实现因材施教，因材施测。我们也在录制老师教学视频，为翻转课堂提供素材。我们也想减轻老师的工作压力，有些日常的习题练习可以通过题库自行组卷和批阅，最终让系统出具一个完整的可视化的学习报告。现在很多孩子都是打“题海战”，那是“以多取胜”，今后理想化的状态，我们希望能够走一条“以少御多”的道路。我想，通过教育技术与课堂教学的融合，对学生的学习数据、学习行为进行追踪，也许可以走出一条与众不同的教育创新之路。

除了数学学科之外，我们想下一步在语文学科，英文学科，中英文阅读等方面再做些尝试和探索，除了学科教学平台之外，我们也想在学生的身体素质、心理素质，个性特长，包括创造力方面做些研究，然后把所有采集的数据汇总到数据平台当中，打造一个“数据中台”。在这个大数据中台上，我们还可以做三方面的拓展和服务。

第一个是数据应用服务。比如，现在学生的学习压力都很大，上海学校也同样如此，重压之下，有的孩子可能会出现心理问题。通过数据追踪和指标分析，我们可以开发学生心理预警机制，早发现，早干预，避免悲剧的发生。又如，学生的职业规划，通过大数据记录分析学生的兴趣特长、生涯规划和今后的职业倾向。这些都属于应用服务的领域。

第二个是数据的可视化服务。关于这一点，我前面已有提及，学生的数字画像问题，其实就是一个可视化服务。当然我们还可以通过热力图、能力象限图等进行分层大数据分析。

第三个是数据的协同服务。在北京一零一中有很多集团学校，在上海市实验学校也有10+1的集团学校模式。集团校、联盟校或区域层面可以做大量的数据协同工作，包括课程资源、教师资源、评价资源、家长资源的协同共享。

以上这些是我们打算开展或正在实施的一些跟技术结合的教育创新探索。

这个时代“内容为王”

白丁：请问陈校长，在教育越来越需要和技术融合发展的过程当中，学校是如何和企业合作完成创新工作的？在这一过程当中，当前的教育企业是否有普遍存在的问题？

陈慧：如果说企业是掌握技术的话，那么学校掌握的是什么？是内容。现在这个时代“内容为王”，那么怎样让技术和内容两者更好地衔接，我觉得关键是要对接需求。

从上到下，通过政策层面的变革来推动学校变革是一种系统变革的思维，由外向内，通过企业产品设计和技术研发来影响学校变革是一种产品导向的思维。我觉得还有另外一条路径，那就是通过我们学校内部的需求来撬动外部的变化，影响企业的行为。既然产品的有效性需要在学校场景中验证，那么产品设计的起点最好从学校场景中出发，真正在课堂当中有发言权的是我们的老师，有的时候技术开发得再好，回到校园当中、回到课堂里面，老师说“不行，我用不了”，出现这样的情况，就是技术的场景应用有问题。我觉得教育企业要“问计于师”，我们要问老师的需求、问家长的需求、问学生的需求，这样倒推企业来开发适合学校的产品。当然，每个学校的办学理念和风格特点是不一样的，所以这里就要进行一个充分的需求对接，这是非常关键的。我们常说学生要个性化地学习和个性化地培育，同样，对各个学校来说也要打造个性化的产品，当然，对于企业来说投入成本会增大，模块化组装或套餐选取不失为一个降低成本的策略。

总而言之，天下大事必作于细，天下难事必作于易，所以在一些小的方面，我们可以一点一滴逐步地进行尝试，哪怕失败也是值得的。我想每一个学科、每一个平台、每一个应用，就好比是一颗一颗“珍珠”，如果这些珍珠都打磨好了，当我们用“数据中台”这根线把这些“珍珠”串起来，那将是一根非常完美的“项链”，教育创新之“链”。

（本文根据陈慧 2020 年 10 月在《白丁会客厅》采访整理而成）

往来皆鸿儒

《白丁会客厅》教育访谈实录二

创新成果，未来教育探路者的改革实践

西安曲江南湖小学：未来教育发展核心是教育场的多元化

人物简介

穆怀宇，西安市曲江南湖教育联合体总校校长、西安市曲江南湖小学校长、西安市曲江第四小学校长。

什么是灵巧学习及创新的赋能场？穆怀宇带领下的西安市曲江南湖小学，就在致力于打造赋能场，穆怀宇说未来教育发展的核心就是教育场的多元化，而教师首先要变成教育场的设计者。

实现中国梦，基础教育是基石

白丁：今天的嘉宾是来自西安市曲江南湖小学的校长穆怀宇先生，西安市曲江南湖小学是一所年轻又创新的学校，穆校长是一位非常年轻的校长。我知道您还有一个背景，大学学习工科，学历非常高，还有海外求学经历。回到西安做小学校长，是怎样的心路历程？

穆怀宇：我在德国学的是管理，大学学的是汽车工程，回国后在高校讲管理课，给企业家、企业的管理者讲管理。在这个过程中我发现，在大部分人从小的成长学习过程中都是老师讲的多，自己思考反馈的少，解决问题的能力相对弱一些。

另外发现，在帮助企业进行管理培训时，企业家的思维方式都是先教员工如何做人。实际上如何做人的事情应该是幼儿园、小学教的，结果反过来企业家想提升管理和效率首先要教员工如何与别人沟通、怎样管理情绪、怎样合作。我觉得这些不是企业管理者要做的事，而是基础教育要做的事。

在这个过程中，我和很多做基础教育的朋友交流接触，偶然的机会参与到了基础教育的实践当中。所以在曲江南湖小学办学之初，就提出“回归教育本真，遵循教育规律”来办学办教育，而且是先办教育后办学，同时，还提出要办有教育的学校。在这些理念支撑下，我们坚持基础教育回归初心，坚持立德树人，把孩子的心智健康关注到，把孩子的身体健康关注到。这是我们的使命，也是我们的情怀。

白丁：穆校长的选择让我非常感动，当前的教育存在一个比较严重的问题，最有学识、视野最开阔、学历最高的人不怎么做教育，尤其是学前教育、小学教育。穆校长过去学工程，在德国学习管理，回来之后在高校教授管理，最终选择到一个新办的、体量不大的小学来做校长，这样的故事发生得越多，我们的教育也会变得越来越好。

穆怀宇：现在整个教育体制机制更开放，允许像我这样的人参与到基础教育中来。很多时候基础教育实践，会遇到一些门槛，为此我提前做了一些功课，参加了相关培训，获得了校长任职资格证。因为我确实想在这方面做一些事情，我深深感受到基础教育发展是根基，整个民族国家的原点其实就在于基础教育。

最近比较热的一句话说:“国防是从小学讲台上开始的。”有识之士,包括国家领导人都有非常明确清晰的论述,一个民族的发展,基础教育是基石。

未来教育的发展核心:教育场的多元化与教育实践路径

白丁: 这确实是一个共识。2017年10月10日,教育部学校规划建设发展中心面向基础教育领域发布了未来学校研究实验计划,发布了几批次课题。穆校长所在的学校,承担了一个课题——灵巧学习及创新的赋能场。结合着您的思考,尤其是曲江南湖小学的实践以及课题的开展,这个比较抽象的问题,您是怎样解读的?

穆怀宇: 首先这是一个相对理论化的说法,课题必然承载着很多研究方向,包括对未来教育的思考,但出发点一定是教育实践。在曲江南湖小学的教育实践里,我和我们的老师说,首先要思考我们的教育场,老师首先要变成教育场的设计者。在2019年的培训里,我们甚至提出要做教育场的设计大师,换句话说,我个人认为未来教育的发展,最核心的两个东西,一个是教育场的多元化,即教育场的现代化和面向未来;另一个是教育实践的路径,即针对孩子学习路径手段的变化。

而课题里面的赋能场,一方面是能量,另一方面是能力。能量决定了孩子的走向,孩子有天性,天性本身是巨大能量,如何把它导入学习成长和发展过程当中,是我们重点关注的。人是会受到环境影响的,这在很多教育教学理论中都被验证过,所以我们特别关注我们的教育场。

在曲江南湖小学的教育实践里,我们有四人小组自主合学,很多专家问:是不是每堂课都是小组合学?我的概念是,这是为了让老师打开思路、回归课堂本真,让孩子作为课堂的主体,参与课堂、在课堂上提问,让老师到孩子当中去而不是完全站在讲台上。这个场是给孩子和老师同时赋能,给他们一种机会,让老师与学生灵动、及时反馈,把孩子带动起来,让孩子们进入一个理想的学习状态。

一方面,我想首先是硬件环境的变化带动人的行为思考变化。我们现在鼓励老师走出课堂,结合南湖周边环境进行教学,比如我们有南湖诗韵课程,有曲江古典中国文化学习等。曾经这里是秦、汉、唐大文学家挥洒才华的地方,现在我们要让孩子们在南湖边上体验中国古典诗词歌赋的美好。还有唐城墙遗址公园，里面把唐诗做了一个序列的排列，我希望孩子们能够走进去学习，和学习场景对接起来。

另一方面，我们现在有融合课程。我们做了“蝶之语”生命融合课程，还做了“你好！萤火虫”生命融合课程，让孩子们体验生命的力量。这些实际上都是场在变化，像放飞蝴蝶，一个年级四五百个孩子最终能放两三百个蝴蝶，让孩子们真正观察到，虫子变成蛹后再破茧成蝶在校园里飞，整个过程就是一个综合教育的场；像近距离接触萤火虫，我们专门搭建封闭漆黑的综合厅，放几千只萤火虫在里面，让孩子们去感受生命的力量。南湖教育体系就是希望给孩子们创造丰富多元的教育场景，有对生命的认知，也有知识，有德育。通过融合课程，孩子们学到了很多内容，而且是他们自己感受到、体验到、探索到的，而不是单纯的讲述记忆。这就是很重要的场的变化。

至于说灵巧学习，我一直在思考。未来教育对数字化的应用比较多，但是孩子的学习要尊重认知规律。要给孩子们创造符合认知规律的教育手段和路径，就要强调教具、学具和玩具。换句话说，现在我们经常给孩子一个电子屏让他们去认识正方形，所谓的现代教育或者智慧教室用各种大、小屏幕去展现一个正方形，不是不好，但是不如直接给孩子摆一个正方形或者正方体实物。就像有些专家说，一个卡片画一个西瓜写俩汉字“西瓜”，这不符合孩子认知过程。真正的认知过程是给他摆一个西瓜，更好的认知是给他摆各种西瓜，新疆的、大兴的、海南的，长的、扁的，都叫西瓜。甚至可以把哈密瓜、各种瓜再拿出来，不断延展、拓展、延伸，这种认知过程才符合孩子真实的认知。

这种认知，如果在教育体系里变成真的，就成功了。先探索，再求知、体验，最后归纳总结，培养学习力。学习力真正地激发出来，教育才算回归到本真。否则我很难想象，一个孩子天天看着电子屏幕，学习力会怎样发展。

我们认为教育要回归到本源，讲灵巧学习时，我们更愿意让孩子们动手实践，给孩子搭配一套比较现代化的教具、学具和玩具，来适应不同阶段的孩子学习。我们每周每个班都有一堂思维数学课，孩子们可以动手上，同时有 3D 打印课，通过 3D 打印制作教具。孩子们上课打出来的学具用于数学课，他们自己也很自豪。

所以灵巧学习首先是教具、学具和玩具，其次是所谓的灵和巧。灌输式的学习不是儿童学习的好方法，对于成人来讲，刻板训练、反复记忆、一万小时定律或许没问题。但是孩子有他的天性，孩子的心灵和大脑要有一个同步的过程，一定要激发他的心志和智力。在我们的教育教学环境下，老师一定要多思考如何与生命构建关联，特别是小学到初中的基础教育，要多做一些跟生命有关的教育。

比如数学课，数学背后的逻辑就是生活中发现数学，用数学解决现实的生活问题。如果走进我们的校园，就会看到我们地面上标着一个测量角的刻度，随着门的开合会产生不同角度，孩子们开门关门的过程就会发现数学中角度的问题。一块瓷砖 60 厘米长，那一米大概多少，就是两块瓷砖再少一点，从小构建这种关系，在校园里给孩子表示出来，这就是灵巧。灵巧学习与场的结合，让孩子真正在生命生活中学到知识，而不是单纯地讲述一个长度概念，这就是引申。有些东西一定要在生活中现实中给他，所以我想灵巧学习可以理解为路径。

巧又是什么？应该就是效率的问题。一个孩子只有通过规律、科学的路径学习，才能获得高效率，才能让知识真正扎根到头脑中和生命当中，才会过目不忘。记忆不是死记硬背，而是过目不忘，孩子的记忆是过目不忘的。

灵是个体的主体，巧是最终的结果，这样搭配加上赋能场，就是未来教育所追求的。未来教育场会越来越多元化，学校没有操场也会有很多新的方式和方法上体育课，校园可能没有围墙，也可以进驻高楼大厦，大屏幕小屏幕各种数字化让教育的即时性更强，技术发展也越来越高级。但是最核心的规律没有变，我们一定要思考拿什么面向未来，不是现有的技术应用，而是这种应用服务于教育规律和孩子们的成长与发展。

白丁：非常好，过去对教育场景、教育场所的理解是比较狭隘的。曾经提起教育，就是学校、课堂、教师，但是现在通过对未来教育的思考，尤其是通过曲江南湖小学的实践，教育场赋能场是千变万化、不受局限的。

穆怀宇：我们还有行走中的课堂，每年都有几百个孩子到北京毛主席纪念堂、天安门广场看升旗，还有国际模联课程、走进大使馆，这些都是在拓展孩子的视野。我一直强调，这种行走中的学习要在小学阶段就开始。现在很多人不太理解，担心这不安全。安全不安全是小时候学出来的，越不学长大了越不安全。德国的教育是四岁就进森林进行生存教育，搞一些我们认为很不能接受的事情。相反，我们的孩子拿剪刀，家长可能都觉得危险，但是事实上人家已经开始和大自然对话，进行交互式学习了。所以我想我们的孩子越早走出教室越好，早点出去的孩子眼睛是干净的，心智是干净的。

我们的家国教育、家国情怀、价值观一定是在小学阶段完成的，这样慢慢发展到大学就会不断得到升华，人格更高尚，讲付出、讲奉献，基础的价值观建设一定要在幼小阶段进行。

我们每年也会组织孩子们去不同的博物馆，希望他们对博物馆有尊重感、有真正的认知，不是单纯地讲一讲博物馆课，而是要走进去。孩子们就会知道在博物馆里不能大声喧哗，对历史必须有所尊重，潜移默化地树立人文素养和立德树人的教育根基。

如果孩子 12 岁以后再去，就会看山不是山，看水不是水，因为叛逆期思维方式变化了。但是这也符合孩子的成长规律，这时就让他们多一些思考，多一些辩论，这样他们在未来的包容度、接受度也会更高。

以高质量均衡保证因材施教

白丁：很荣幸听到了曲江南湖小学开放融合多元而且紧密联系实际的办学方法。当下还有一个热点就是——减负，减负也牵动着学校、教育局、家长等多方面的利益和思考。关于减负增效的问题想请穆校长谈一谈您的理解。

穆怀宇：在南湖的教育实践，我们按照一套完整的符合规律的体系办学，即南湖思维课程体系。我们把小学的核心课程全部思维化，因为中国字与西方字母不同，汉字是有起源的，有背后的逻辑和故事，我们希望小学阶段对它追溯本根、追溯逻辑本源，让孩子们认字时不是简单记忆，而是有故事有逻辑的。包括组词造句写文章也是这样，词不是简单地俩字放一起，背后都有深远的故事，所以字词句都要思维化。

语文课每周会上一堂拓展思维课程，通过语文的归纳比较以及学习的过程和手段去上一堂没有标准答案的课，培养未来创新型人才。那么创新能力到底能不能培养？创新基于灵感，在小学阶段特别是幼小阶段，我们要呵护孩子的求知欲、探索欲和创新力。创新力在本质上是保护出来的，在我们的课堂里要能容错，要激发错误，要承认可以没有对错的思考结果，最终真正培养创新型人才。如果教育一定要找到正确答案，是没有办法创新的，创新就是对所谓“正确”的颠覆。

语文每周的思维拓展课程，就通过语文学习手段让孩子最终得出自己的结论。老师得出一个结论，不同的孩子都有不同结论。另外，五年级以后有思辨课程，结合国家的时事，让孩子们通过建立批判性、系统性的思维，从小锻炼孩子的归纳能力和逻辑表达能力。还有课前三分钟让每个孩子轮流独立表达，这是我们很重视的一种能力。

我们在国家教材的基础上做了拓展，让我们的课堂既有深度又有广度。现在的统编教材坦白讲是全国普遍应用的教材，实际上处于中间水平，有些孩子是“吃不饱”的，是就低不就高的。那“吃不饱”的孩子怎么办，就通过我们思维课程体系，让孩子们在课堂上“吃饱吃好”，这就是所谓的高质量，高质量均衡就是要确保因材施教。

白丁：在课堂上“吃饱吃好”，课下的负担自然就减小了。

穆怀宇：是的。现在一、二年级几乎没有作业，因为教会了就不用做，而且不要动笔，因为现在孩子上学年龄偏小，动笔其实对他们成长发育、最终写好字是不太适宜的。一、二年级不做作业不是就放任不管了，爸爸妈妈要关心孩子今天学了什么，会不会，要拉小手在空间比划，孩子会了就做别的去。这是我说的“减负增效”，一定是跟课堂要效率、要参与度。从 2018 年以来，我们提出了“双 80”，即不少于 80％的学生专注参与，不少于 80％的学生掌握课堂重难点。

虽然曲江南湖小学才发展了五年多，第一届学生还没有毕业，但得到了家长的快速认可和高度好评。因为我们不仅有丰富多彩的学习活动，符合学生认知规律的教育方式，还在不断减负增效中减轻孩子的课业负担，提升孩子的学习效率，在学区统考中成绩保持名列前茅。

白丁：穆校长通过分享曲江的实践以及短短的五年取得的成绩，说明了一个非常重要的问题，即学习方式灵巧了负担自然就轻了。如果想方设法不断创新教育场的设计，有更多的赋能场，而不是填一堆知识，孩子负担自然就轻松了；如果有限的教学时间、课堂互动时间是高效的，所有的孩子都能够“吃饱吃好”，我们自然没有必要额外增加课后的负担。所以这是对创新教育，对赋能场的设计非常有效的案例，感谢穆校长。

（本文根据西安市曲江南湖小学 2019 年 11 月在《白丁会客厅》采访整理而成）

保定师范附属学校：传承与创新，让新时代百年名校走向未来

人物简介

王淑英，保定师范附属学校教育集团总校长。（中）

孙宁，保定师范附属学校副校长。（左）

这是一所百年名校，在新的时代背景下，他们肩负起教育扶贫的重任。在面向未来的学校建设过程中，他们兼顾传承与创新，让这所百年名校以新姿态稳步走向未来。

白丁: 保定师范附属学校(简称保师附校)建于1896年,在2017年开始了集团化办学,在集团化办学方面非常前沿,也非常先进。最近教育部等八部委联合印发的《关于进一步激发中小学办学活力的若干意见》当中,特别强调了集团化办学,要更好地把优质资源惠及更多学校。

今年学校参与了第二届教育创新成果奖的评选,贵校申报的成果是"基于未来学校结构变革培养新时代人才的案例研究",那么如何理解未来学校的结构变革?在疫情的影响之下,未来学校的结构是否会发生新的变化,具有新的特征?这个问题主要请王校长做解答。

传承与创新,
让新时代百年名校走向未来

王淑英: 保师附校具有124年的悠久历史,可以说是百年名校,新时代百年名校如何走向未来,是我们近几年一直在思考的问题。我们做这个课题就是希望这所百年名校能够在传承创新中始终面向未来、超越历史。我们感觉,结构的变革首先是思维的变革、理念的变革。

我们在互联网时代、大数据时代,要用互联网思维来重塑百年名校,形成新的生态。同时,重塑教育范式实践来驱动这座百年名校走向现代化的进程。以互联网的思维特征,比如跨界融合、开放体验、数据精准等来构建信息化数字时代的学校教育。在这个过程中,我们梳理了学校的历史,同时厘清了面向未来人才培养的目标、明确了学校未来追求的目标,即"大数据+高品质未来学校"。

我们也提升了原来基于培养"有民族情怀,国际视野,高洁幸福公民"目标的一个未来进阶目标——通过打造"六个高地",培养终生不渝的学习者、独立判断的思想者、责任担当的行动者、国际事务的参与者、未来国家的建设者、全面发展的领导者。这"六者"就是我们面向未来要培养的新时代人才。

在这个结构中,核心就是人的发展,我们究竟培养什么人,这个问题也涉及我们未来学校的教育哲学。其中涉及三个哲学问题:自我追问、思想融合、问题迁移。究竟未来学校为谁培养人,特别是如何落实六大核心素养?未来人才的价值结构是什么?

梳理保师附校的历史以及传承,我们明确了未来"六者"的核心价值,厘清了要为党育人、为国育才。在建构未来学校教育哲学的时候,我们明确了思想,那

就是要契合新时代对人才培养的需求。“培养什么人”永远是学校要研究的命题。在数字时代，我们如何建立和新时代人才的关系，让智慧校园为我们这“六者”的目标去服务，是我们建筑教育哲学中的重点。

如何培养出这“六者”？

首先要形成自己的教育范式，包括课程新样态，为此我们打造了六个“高地”，服务于这“六者”的成长。比如，我们要打造：① 优秀创新人才培养的新高地；② 国际化协同发展育人的新高地；③ 以学习方式变革资源重组来进行的协同全学科育人的新高地；④ 达文化创新 4.0 时代的达文化育人的新高地；⑤ 革命精神传承红色文化，为新时代人才服务的精神高地；⑥ 数字时代未来发展新高地。以“六个高地”作为实质性的教育载体，打造六大教育，支撑起六种培养体系。从未来教育哲学建构上，围绕着这三方面，同时围绕着国家现在关心的问题来助力人的未来发展，培养能够适应国家发展需要的人才。

开放融合的教育新样态需要在传承中不断创新。在做国家级课题“百年名校文化传承与创新的研究”过程中，我们感到文化就是在传承中不断创新的。所以我们一直在梳理自己 100 多年的家谱，同时找到文化元素和符号，特别是用心诠释，在传承中超越历史。在调整结构的过程中，我们依然是在传承中去创新，比如我们的培养目标、教育理念、课程，都是从历史的根基开始传承超越的。

以我们的培养目标和理念为例，现在的目标和理念就是“高洁挺立社会，服务国家民族”。这样的理念，传承的根基在哪里，在于莲池书院 100 多年前提出来的，要培养经世致用的人才。培养经世致用的人才就是要培养能够关注社会，面对社会矛盾，解决社会实际问题的人。这里面既有求真务实的教育追求，同时也有“以天下为己任”的教育情怀。100 多年前的理念和目标，到今天一脉相承，更加突出了面向新中国新时代新未来，我们要培养服务国家和民族的新时代人才的目标和理念。

保师附校在 1922 年的课程纲要里有七大标准，其中就有“适应社会进化之需要；发扬平民教育精神；谋求个性之发展……”这说明教育不能脱离社会而独立存在，要关注国家的发展，教育要适应社会发展需要。同时还提出了“个性教育”“生活教育”。在走向未来的过程中，我们一直在这个基础上传承创新。

学堂初建时成立了直隶省的第一个音乐讲习所，第一个美术讲习所，这说明当时的课程很丰富，而且注重学生全面发展，课程从开始就很开放，注重融合。这种状态传承了 100 多年，今天如何去适应新的国家发展需要，适应每一个学生个性成长需要，如何让课程体系更加个性化、具有联结性，如何让课程跨界、跨学科，甚至超学科?

在打造未来学校的进程中，我们构建了一个“未来荷塘课程”，在国家课程的基础上，进行拓展、延伸和再开发，突出了百年传承的历史，也面向未来。未来荷塘课程，是一幅生态灵动的美丽图画，有莲藕定制课程，荷香广场课程等。这些课程指向的都是文化的传承，面对未来应该树立的价值、增长的能力。在未来荷塘课程体系里，一个高洁挺立的大写的“人”，让它既有自己的发展前景，又把个人与社会国家的发展融为一体。“人”始终高洁挺立在社会，服务国家民族，成为未来国家的建设者。

互联互动，助力教育精准扶贫

白丁： 感谢王校长构建了一幅传承与创新进行时的图景，更让我们看到历史和未来之间的关系，保师附校从 2017 年开始集团化办学，在百年名校的基础上肩负新使命，智慧校园建设和信息化的应用手段在其中起到了什么作用? 尤其是现在疫情带来的冲击，教育已经升级到了一个线上线下融合的大场景，请两位校长简单地介绍一下。

王淑英： 集团化办学是为了新时代适应教育优质均衡发展，我们的集团化是完全为了精准扶贫而成立的。

我们带的六所分校全部都是贫困山区的学校，集团化本身就是提倡一种扶贫的精神，发挥百年老校的价值传承。在集团化办学中提出了“六个协同”，就是从文化、课程、教师、学生、学习方式、资源六个方面协同推进。

在疫情期间，不论我们愿不愿意，都已经进入了线上教学，不得不让我们加快推进信息化进程。在疫情之前我们已经拿了一个方案，通过信息化 2.0 带动教育集团促进六个协同。疫情期间我们又提出了“三互联三互动”。

第一个是“理念互联、管理互动”。在文化协同背景下，帮扶贫困地区首先要扶理念，如果理念不更新，就是在原地踏步。我们通过线上会议分享，借助很多平台进行互联以及管理互动交流。第二个是“课程互联，课堂互动”，课程就是营养，要培养什么人就得有什么课程，比如人吃了有营养的饭才能健康成长。第三个是“项目互联，师生成长互动”，通过项目化驱动，促进师生的综合素养得到提升。

我们重点开发扶贫学校里的课程体系，支撑学校的发展。比如，我们扶贫中有一所学校是新建的，2018 年 3 月才开学，这所学校我们给它打造的是“未来之树”文化。虽然是贫困山区的学校，但也希望其学生像山区的树一样坚韧挺拔顽强茁壮地向上生长。

“未来之树”的课程体系，支撑了未来之树价值课程，让每一个学生都像自己心中向往的希望之树、智慧之树一样去向上生长。这种“达”文化现在已经形成了一个大森林，而“未来之树”就是森林中一棵挺拔的大树。同时我们还有涞水赵各庄学区“生态之林”文化、保定东部“东湖之水”文化、雄安新区的“黄湾之美”文化。

“达”文化系列就像播种一样到了山区，到了贫困地区，而且都有自己独特的文化体系和课程体系。我们的优势课程也会植入山区。孩子们最需要长见识，一些现代化的课程我们都会同步植入山区的学校。

在疫情期间没法见面，我们一方面在集团内主校区成立线上线下两个社区进行分享；另一方面又开了联播课，由主校区的老师主讲山区分校也能听的“双师课”，在互动中相互学习；除此之外还有录播课，有时在线网络不行，老师们就提前录出来，这样山区学生就可以直接点击录播课。资源共享是未来的一个构想，通过互动来实现。

为了达到集团内理念的共识，我们成立了理事会，在决策时通过理事会来决定，实现分校与总校共赢。我们希望分校能够繁荣发展，总校与分校互相借鉴。这种网格化管理模式，有自己独到的地方。比如，“未来之树”文化就是与美国的专家合作，进行的 STEAM 花园项目主题学习，学生自主设计种植，同时多学科融合，所有学科参与。

白丁：我想再重复一下王校长刚才那句话，理念不变，原地转，理念一变，天地宽。通过文化＋信息化，把整个集团学校，打造成一个整体共赢，协同发展的状态。您分享的内容也非常好地回应了教育部等八部委发布的文件当中的融合办学，每个学校都要有自己的特色文化，包括治理结构、民主决策机制等内容。

孙校长对这一问题是否有补充？

孙宁：在集团化办学中，资源分布是不平衡的，我们从具体的操作层面依靠教研的协同来打通各个集团校之间的壁垒。在教研协同上我们做了一系列的探索，得出了自己的“巡、审、改、评”模式。

“巡”，指的是在线巡课。集团总校成立了委员会，其中有两个很特别，一个是质量监控委员会，一个是督导委员会，这两个委员会的作用就是通过在线巡课的形式来看一看，不同的集团校之间，课程改革落地的程度。尤其在“停课不停学”期间，我们建立了线上社区，一个叫作“在线精彩课堂展示社区”，一个叫作“在线互动点评社区”。由委员会的相关专家来观摩这些课，再进行点评，家长和孩子也会看到这些课，可以留下自己的看法。通过巡课的形式保证集团之间大家能够互通有无，共享资源。

“审”，我们在线的所有录播课和联播课都需要一个审核机制，发挥优质资源的作用。以名师为主体，有一个“1＋N”的审核机制。

集团总校各个学科的优质名师是“1”，上课时以他们联播为主，除了联播一定有互动，有线上的答疑，在现场答疑时，所有的学科教师都进入平台，就自己的学生进行个别答疑，针对性很强；另外让集团总校优秀的老师，面向整个集团进行联播，尤其在疫情期间，有的学科没有老师，那么就靠这些优秀的教师把资源带过去，然后辐射到N个校区，形成优质资源项目。就学校整体来说，我们现在是河北省唯一一个在线优质教育资源共同体的协同项目，辐射的都是全国贫困地区。

“改”，就是在线反馈改进。我们有一套反馈工具，比如，我们有基于学生学习小组的每一天的反馈，学生以小组为单位学习，自己进行作业、读书反馈；还有以班主任为核心，面向全体同学的小班会；每个月还有面向所有的家长、学生和教师进行的问卷，基于这些问卷的数据来进行教学行为上的改进，也是基于这些问题给家长开办在线的家长学校，就这些问题集中与家长交流。

“评”，就是整体的评价。依托于两个委员会，立足在线的社区更新教学日志。每一个校区都能够看到教学日志，把一天当中各个学科教学中出现的所有问题和亮点全部反馈出来，在教育日志指导下，各个学校各个分校来改进教学行为。这是教研上的协同，这种协同是我们在进行集团办学时，构建城乡一体化学习共同体的一种很好的方式。

关注爱的教育，用大手拉小手

白丁： 孙校长高频次讲两个字——在线。通过在线的串联，能感受到整个学习形成了一个全流程闭环，这是集团化能够比较好地存在的一种方式。

保师附校教育集团包括了白河、龙泉关学校等贫困山区学校，通过线上线下的互动教学，让贫困山区的孩子享受到优质的教学资源。除了教学资源，OMO模式下的教育教学对学生成长有哪些影响？OMO模式，对学习者的发展有什么独特的价值？

王淑英：在OMO模式下，通过互联能够把资源送过去，但更多的还是一种文化和精神的传输。集团化的过程，虽然要通过“六个协同”，但更重要的是能够让集团分校、贫困山区学校自身生长出植根于自身的优秀文化，这种优秀文化是现在教育更加注重的。比如，“未来之树”白河分校的孩子，现在他们心中都有自我发展的愿景，都植入了一棵“未来树”。

有一个孩子说，“我要变得勇敢起来”。我们很想给这个孩子种植一棵勇气之树，后来找到一次机会让他当了全校的主持人，他主持得非常棒。这孩子平时学习也很好，但是缺少这种锻炼。所以我想优秀的文化应该要植入山区孩子心中、植入他的血液中，才能支撑他未来的发展。

在这种形势下，我们更要关注爱的教育，贫困山区的孩子首先是缺少爱。很多孩子都是留守儿童，父母常年不在身边，所以龙泉关学校的理念就是“人人精彩，爱满龙泉”。

这里面还有一个特别的小故事，有一个孩子从小学四年级开始就要住宿。孩子没有母亲，父亲残疾，一直以来跟着奶奶生活，奶奶又管不了太多，所以就想把她送到学校。孩子第一次进这个学校就不肯下车，撕心裂肺地痛哭，我们的执行校长看到之后就安慰她，把她领进学校。从此每天早晨这位校长都去看她，睡觉时也会去关心她，慢慢地发现这个孩子有了微笑。有一天，校长的办公室多了一张从门缝塞进去的纸，上面画了一个仙女，写了一句话，她把校长当成了自己的母亲，而且当成了像仙女一样的老师，这位校长也非常感动。在爱的教育下，能够让孩子内心绽放希望。后来她又当了体委，在全年级喊队叫操，现在这孩子阳光大气。我想正是爱的教育改变了她。

还有就是课程的影响。从我第一次进龙泉关学校，就先落实“三小课程”，小记者、小科技创作、小项目培养。我们选了一个五年级的孩子做小记者，第二天他就开始采访，变成了龙泉关校园的小记者，后来采访我们省教育厅副厅长时落落大方，还给我提了一个问题，以至于主管局长说，这是龙泉关的孩子吗？我说这就是龙泉关的孩子。孩子从来没有感觉自己是一个记者，但因为有这个课程，稍微培训，他就自信满满地变成了一个小记者。所以我们从小课程、微课程入手,让孩子一天天发生微变化,慢慢就看到了他健康成长的变化。

白丁: 只有爱的教育和励志融合在一起,志向才是健康、安全的志向。王校长还是三句话不离本行,通过微课程的创新,最后实现了孩子的变化,我相信也是通过课程达到了师生之间关系的变化。

感谢王校长。孙校长就这个问题有没有一些补充?

孙宁: 在OMO模式背景下,孩子在学习方式和生活方式上受到的影响比较大。从学习上来说,王校长倡导我们采用一种基于真实生活情境的跨学科项目主题探究方式。比如,龙泉关学校,在总校的指导下,做了一个"未来龙泉小镇"的跨学科项目主题学习,结合河北省旅发大会这样一个关键事件,把龙泉关设计成了一个集绿色、智慧于一体的一个非常现代化的未来龙泉小镇。龙泉关的孩子在这里解说,也设计了智能解说员。这些就是基于孩子学习方式上的改变,基于项目主题学习的探究,孩子们的学习空间更加个性化,也更加灵动了。

另外,从生活方式上来说也发生了很大变化。我们经常举的一个例子就是疫情期间的微课程"七步洗手法"MV。从校长到家长到学生,到工作人员,包括餐厅阿姨、保洁人员全都来拍摄这个MV。拍完以后,就让孩子带动推广至他们的家人中。在贫困地区,生活习惯不是很好,但是我们集团校的孩子们现在大部分都能够用七步洗手法来指导自己。这种"健康小镇"课程,对我们的孩子产生了非常正向的影响。

为时代育良人,为国家育英才

白丁: 教育最终要指向生活,在学校里边大手拉小手,回到家之后,孩子们用小手拉大手,不单单学会学习,也改变了家庭的生活。

接下来还有一个问题,如今的学生被称为数字时代的原住民,那么智慧校园建设与培养时代人才之间的关系是什么?

王淑英: 数字时代原住民,城乡还是有一定的差距,特别是偏远山区。比如赵各庄小学,我们打造的是"生态之林"文化,但是在接手时,这所学校的网络不好,很多资源都没办法共享,我们就找到当地的联通公司、移动公司,又与保定市进行联系,让他们给宽带提速。总校的孩子上人工智能课,山区里的孩子相比之下还是有一定差距,但我们在努力缩小这些差距。

在培育时代新人方面，打造智慧校园本身就是服务于培养新时代人才的一种环境。创设一种开放融合的教育生态，同时支持课堂。现在七年级建立了智慧创新学院、人工智能学院。我们的分班是基于学生兴趣选择，在新时代培养新人，既要有课程支撑，又要有组织形式的重组。除了年级负责制之外，更重要的是，我们在每一个年级以学院制管理。我们有人工智能的基础课程，还有国际理解学院等，基于学生未来发展，学生自愿选择进入这些学院学习。

另外，我们是新时代的人，必须有信仰，有信念，要符合我们国家“为党育人、为国育才”的立德树人的目标。所以集团内一些大的项目都是协同在做，比如去年我们邀请国旗班首任班长到集团总校，又到龙泉关进行了升国旗仪式，这是集团内的共同分享。

白丁： OMO模式让孩子们有了更多的选择权利，应该说是新型的教育模式给学习者带来的一项福利。由于时间关系，今天的访谈就到此结束，祝愿保师附校集团以及成员学校、所有的学生、老师、家长，都能够蒸蒸日上。

（本文根据保定师范附属学校2020年9月在《白丁会客厅》采访整理而成）

重庆两江新区行远小学：家庭、学校、社会，打造三空间融合的智慧教育

人物简介

邹贤莲，重庆市两江新区行远小学校长。

教育早已不仅仅是学校的事情，邹贤莲期待家庭、学校、社会能共同关心孩子的成长、教育问题，也期待家校社在孩子成长中发挥不同角色、提供不同价值功能。为此，她带领着行远小学，开始了三空间融合的智慧教育探索……

学校、家庭、社区应共同关心孩子成长

白丁： 教育部学校规划建设发展中心在 2017 年启动“未来学校研究与实验计划”，重庆九龙坡也是未来学校实验区之一。今年未来路线图实验学校发展指南 1.0 版本正式发布，拟从五个方向对学校进行提升、突破。其中有一个非常重要的突破方向就是，家庭、学校和社会的教育融合。

今天的第一个话题也关于此。教育是全社会的共同责任，而不仅是学生、家庭的事。学生、教师、家长、社会分属于不同的教育角色、利益相关者。行远小学一直在做家、校、社三空间融合的智慧教育探索。这种融合的智慧教育，对孩子成长起到了哪些作用，请做个分享。

邹贤莲： 教育的终极目标就是孩子成长，而孩子成长是多维度的。我们不妨算一算，孩子在学校的时间事实上相对较少，更多的是在家接受家庭的耳濡目染，在社会接受社会的熏陶影响。除去周末、节假日、白天晚上在家的时间，我们会发现孩子们在学校的时间很有限，所以孩子的成长应该是受学校教育、家庭教育、社会教育三者交替影响。基于此，我们提出了家校社三空间融合的智慧教育，期待家校社共同关心孩子成长、教育，也期待家校社在孩子成长中发挥不同作用、提供不同价值功能。

白丁： 应该怎样去看待这种分工、角色扮演？

邹贤莲： 在家庭教育和社会教育上，学校应该发挥引领功能；站在孩子的角度，要真正联动家庭教育和社会教育，将课程里的观念、功能渗透给孩子们。

白丁： 家庭、社会和学校对孩子的学习，按照责任比例划分，如果给出具体数据，您是否可以讲一讲比例方式？

邹贤莲： 比例还真没有想过，不过如果我给出比例，学校教育应该少一些。一路过来，很多家长说孩子交给你们，我们就放心了。事实上，真的就放心了吗？我想是做不到的。孩子在成长的过程当中，一生都会受一路走来的三观取向、性格禀赋等影响，而这些影响的来源，除了学校教育，更多的是家庭教育和社会教育。

基于此，我们学校在建校之初就紧紧抓住学校的三类核心人群，学生、教师、

家长，针对他们分别研发了三类课程，学生例行课程、教师修远课程，家长共进课程。期待这三类人群进入共进、互助的教育良性循环。基于三类课程的同步实施，在近一年智慧教育探索当中才提出了三空间融合的智慧教育。家校社属于不同的教育角色，理应凸显不同的教育功能和价值使用。

疫情倒逼教师信息素养提升

白丁： *每类课的关键词连起来就是——行、远、进，让我们更好地理解了校名。*

2020年比较特殊，突如其来的疫情将教育按下了暂停键。但是还好我们经受住了考验，停课不停学取得了显著成果。立刻启动的线上教育教学活动，在全球来看都是典范，但是仍然给教育带来一定冲击，当然随之而来的也有改进的机遇。线上线下的融合成为现在和未来教育发展的新方向，信息技术是否在家校社三空间融合的过程当中也发挥了促进作用，将来是不是还有更好的作用有待挖掘？

邹贤莲： 信息技术在教育中作用的发挥是肯定的，尤其在疫情期间，全民族都提了一个词——倒逼。正月初三我们就成立了线上课程项目组，给孩子们开发关乎人生的大课，关于事业、病毒、中国速度等话题。提到智慧教育，可能大家想到的是高精尖技术，高大上的设备，但是经过这一次疫情我觉得不仅仅和这些有关，而且还和人的智慧、主观能动性有关。

疫情期间，我们所有的老师都经受住考验来进行了线上直播教学，这个过程如何实现，我想讲一下我们的案例。

在我们基层学校，以前老师遇到信息技术方面的问题，一定是打电话找信息中心的专业老师，往往专业老师10秒就可以解决的问题，我们老师要在那里等上一天半天。那时大家都还处于一种麻木状态，觉得理所当然。但是疫情期间，在家等不来技术人员，哪怕专业人员远程操控，也要自己实施。

所以学校当时成立了技术支撑小组，遴选年轻的、在技术上相对有专长的老师组成小组。小组成员不但要围绕老师直播研究直播指南、清单公约，作规则研发，还要对信息技术薄弱的老师进行一对一帮扶。每天会定时发布直播课小妙招、小贴士给老师们。我印象最深的就是，当时做了《五点有约》栏目，每天下午5点钟，智慧部门就会发布小任务，让老师们提交当天作业。这些小任务对于技术强的老师5分钟就可以完成，而对技术弱的老师则需要摸索50分钟才可以完成。也正是那段时间的整体摸索，老师们整体的信息素养水平有了很大提升，一个月共发布了近百个小任务，从视频编辑到直播技巧等，最终完成率达到95%。

白丁：我们从网络上搜到了一个数据，学校很年轻，老师同样也很年轻，平均年龄28岁左右。是不是因为教师团队比较年轻，所以在正月初三就能够成立完备的组织，将授课成功转移到线上？

邹贤莲：是的，我们的老师很年轻，平均年龄只有28岁左右。他们天生具有延展设备的本领，正在发出年轻的声音。我经常暗暗佩服这些老师，当时第一堂线上线下融合课，他们仅仅用了三部旧手机倒腾了两天，就给倒腾出来了。这也让我对智慧教育有了深层次的领悟，智慧教育归根结底是人的智慧，是用人的智慧去撬动平台的智慧、管理的智慧、技术的智慧、空间的智慧，乃至课程的智慧。

云上新行远，促进线上线下融合教学

白丁：疫情期间，学校建立了一所云端校园，你们称作“云上新行远”。疫情之后如何让这所云端学校落地生根，形成顺应趋势的线上线下融合智慧成长平台呢？

邹贤莲：当时提出了“云上新行远”概念，正是因为这个概念的提出，在居家学习期间，统整了行远小学教师们的行为，归正了思想。在网络上建立虚拟学校，让老师们明白“我在云端有一个班级”，让学科老师明白“我在云端有一个教室”。孩子们上课前用铃声，下课后可以看看远处、运动运动。心理辅导老师还在云端给孩子们开设了云端小树洞；管理部门在云端设立会议室，定期地组织开会；家长也在云端进行了交流。班级从线下转到线上，不是简单的复制，而是要完成从实体到云端的建设，仔细思考如何去做全方位的变革。

白丁：对于低龄段的孩子，线上线下融合的教学对他们线上的语言、个人发展、学习任务的完成能够起到非常好的支持作用吗？

邹贤莲：有一个数据，在居家学习期间我们做了三次调研。让我们意想不到的是，家长的满意率达到了98%，可以说给予了我们信心和力量。我们一系列的举措和策略，让家长们意识到时代快速发展，培养孩子应该从哪些方面入手。孩子的基础知识学业水平，家长们的陪伴观念，老师们的技术水平，都在推动着一所学校高速运转。整个过程，让家长和老师们尝到了线上教学的甜头，不受时空限制的甜头，所以复学之后我们继续做线上线下的融合教学。

三幅图画，共建共享共进智慧生态

白丁：最后一个问题，行远小学是一所年轻的学校，短时间内通过延展混搭的方式走出了自己的特色。在智慧教育的未来路线图上，还有哪些规划和设想？

邹贤莲：我分享三张图。第一幅，是行远智慧教育的基本框架图，以一只大雁作为学校的吉祥物，意味着更高更远更辽阔的意境，期待以家校社三空间融合探索为内核，以课程研发行远课堂探索为引擎，时尽其效、人尽其能、师尽其才，在现有的资源下做到最好。

第二幅，我想分享五年规划进阶图。我们提出一岁一登高、一岁一行远。今年是第三年，期待学校具有学术内涵范儿，期待明年进阶成为美育国际范儿，希望通过这些努力培养全面发展、个性飞扬的未来型小公民，在新的时代真正地办一所受人尊敬的好学校。

第三幅，就是教育的未来路线图。这张未来路线图上有基于学习中心的新场景，有多元主体参与的新角色，有线上线下共融的新流程，还有多维智能的新生态。在这样的生态圈，我们想实现智慧混搭，多元主体参与共享空间，构建资源技术融合，全量数据分析。通过智慧混搭，实现学生学习个性化、教师教学精准化、家校联系智能化，社区资源最优化，达到行远智慧教育共建共享共进的智慧生态。

白丁：邹校长给我们描绘的三幅画面是教育现代化非常好的实践，是非常有力度的案例，也是对近期教育部八部委发布的《关于进一步激发中小学办学活力的若干意见》的良好回应。感谢邹校长今天带来精彩的分享，谢谢您。

（本文根据重庆两江新区行远小学 2020 年 9 月在《白丁会客厅》采访整理而成）

顺德本真未来学校：建设学习空间群，迈向百年名校新征程

人物简介

麦宝文，广东顺德本真未来学校校长。

从顺德一中附小到本真未来学校，更名只是这所有着百年名校愿景的学校所迈出的新的步伐。培养教师团队、打造家校融合共生生态、建设学习空间群……此后的每一步，他们都走得充满力量。

本真未来
——向着百年名校开始的新征程

白丁：今天的嘉宾麦宝文校长来自广东顺德本真未来学校。在基础教育领域有很多关于未来学校的创新研究和实验，但是直接取名叫未来学校的还不多。据说您的学校是后改名为本真未来学校的，是什么样的想法让您把学校名字改了，做出一个如此坚定的选择呢？

麦宝文：我们最初办学的时候就把"不忘初心，追求卓越"作为办高质量教育的信念。因为教育不同于建筑，房子建不好可以推倒重来，但是教育不行。所以我们一直都在追求卓越。

我们学校已经办了20年，这20年中我们取得了很好的成绩、很好的社会口碑，但是我们不满足于此。我们一直有一个梦想——办一所中西为师、古今为基，家校融合共生、作育未来英才的百年名校。20年后的今天，在大时代大发展的环境下，我们不断寻找学校发展的新动力和新方向，我们认为只要方向是对的，就不怕路途遥远。

2017年我们有幸加入教育部学校规划建设发展中心"未来学校研究与实验计划"的行列中，我们非常珍惜这个机会，打算全新地领会未来学校的意义和内涵，用全校的力量来进行这个项目研究。在研究的过程中，未来学校的概念与我们原来的初心"追求卓越、办百年名校"结缘。我们认为未来学校的概念、方向很符合我们学校的发展追求，于是整个学校发展开始了新的征程。

学校改成"顺德本真未来学校"是有点机缘巧合的。实际上早前就有改名的计划，但是一直找不到合适的名字。2017年有了未来教育的概念，又符合我们学校初心，在这样的情况下，"顺德本真未来学校"就成了我们的新校名。

白丁：传统学校向未来学校不断升级是一种必然的选择。因为学习方式发生了很大变化，它的背景与科技的变化、培养目标的理性等诸多因素高度相关。刚刚您的一句话"方向是对的，就不怕路途遥远"让我记忆深刻。应该说我们在走向百年名校的路途中，征程永远没有尽头。

顺德本真这个名字和学校的文化、理念之间是什么关系呢？

麦宝文：主要还是考虑我们教育要以学生教育为本，以国家教育为根，以未来教育为途，坚守这样的概念才能够真正办人民满意的教育。

多维共建未来学校

白丁： 我想知道本真未来学校在未来学校的实验进程中，主要在哪几个方面构建未来学校，它和传统的学校有什么不同？

麦宝文： 2017 年我们参与了未来学校研究与实验计划，学校更注重家校深度融合共生的教育生态建设，注重家校融合工程，以此推进学校教学改革。

这个过程中我们做了几方面努力。第一个方面，重构学校文化，让它符合未来学校的发展需要；第二个方面，重新构建课程体系，让课程体系更适合面向未来的学生人才培养的需要；第三个方面，打造未来学校的物理空间和教学形态，同时，孵化学校的骨干拔尖教师和教师团队，营造智慧校园文化，全方位推进未来学校建设。

· 培养优秀教师团队

白丁： 我知道您在教师发展方面的投入是非常大的，几个月之前您带领学校 140 多位骨干教师到中国人民大学进行了一周的学习，主要是围绕未来学校理念。

在学校的变革过程中，教师的发展对一所学校的作用有哪些？我想听听麦校长您的见解。

麦宝文： 作为一所学校，肯定要几方面同行。第一个方面是学校的追求愿景和办学理念一致；第二个方面是家长群体和我们学校的教育理念、价值追求同频共振；第三个方面就是老师。老师是关键，我们很多的教育理念都要靠老师方能实现，特别是我们创建未来学校，要和原来的教育理念接轨，还要老师重新建立新的教育理念。未来学校需要有能够承担未来教育的教师。

所以在这种情况下要建设好未来学校，教师的培养非常重要。追求优质教育，首先就要打造一支非常优秀的教师团队，这个团队一定要品德高尚，能够真正地为学生服务，为学生的未来铺路。

我们 2008 年的时候就已经把老师带到华东师范大学进行全员的培训，而且这种培训基本上两年一次。让老师不断了解当今最先进的教育理念，拓宽他们的视野，同时进行一些功能性和专业性的培训，促使其不断适应未来发展的需要。

· 家校融合共生

白丁：麦校长提到了一个非常有特色的建设项目——家校共育。这是一个需要好好经营的教育生态，这方面学校目前的现状如何？有哪些行之有效的措施，能够让家校合作这样的难题在您的学校得到非常好的解决？

麦宝文：我们学校办学时，已经有家校共育的基本理念。优质的学校追求优质的教育，一定要家校同行，和社会同行。作为学校，一定要打破这个围墙，与社会结合。我们的愿景理念中就有办一所家校融合共生、培养未来人才的百年名校的表述，所以做家校融合共生是我们很早就确定的一项办学战略。

融合共生就是和谐合力，共赢共生，在整个学校里面的主要表现就是我们的家长能够很主动地参与，学校处处见到家长的身影，这是第一个方面；第二个方面，家长在学校的主体地位得到了充分的保障，他的参与权、监督权、知情权全部得以实现，可以说我们学校有制度有机制有渠道有平台有场地，保障家长发声，和孩子协商等；第三个方面，我们的家长和学校对学校的、家庭的理念和观念能够达成共识，共同追求孩子的生命成长和未来发展的长远利益。

学校避免了一些短期、急功近利的行为，营造了一个好的学生成长生态环境，与家长共同追求孩子的生命成长和长期发展的利益。有一个非常美好的现象在我们顺德本真未来，就是学校能够处处见到家长的身影。

· 科技赋能教育

白丁：科技赋能教育，麦校长是怎么看待科技和小学教育之间的关系及其中利弊的？

麦宝文：科技对孩子的成长一定有积极影响，促进其发生作用的关键就在这个过程中，怎样避免那些可能影响孩子成长的不利因素。因为接触了科技，首先孩子的视野被全方位地打开，他能够看到全世界，同时在学习的时候可以从二维变成三维。在很多方面，他可以在互联网＋中获得知识，其整个学习的形态方式发生了改变；其次，对我们老师来说，科技提高了整个教育效能，更能够针对孩子进行个性化教育了。所以科技对教育有非常大的促进作用，一来方便我们对孩子的学习情况进行分析，根据孩子的个体需要定制教育课程；二来让教育发展空间得到更大更有利的拓展。这些对孩子的成长是非常好的。科技赋能教育也符合未来学校建设的需要。

· 全方位探索个性化教育

白丁：我们有一个非常好的校名，有正在构建的科技化程度比较高的新学习环境；我们对教师的发展投入了很多财力物力，投入了很多关注；我们和家庭有非常良性的关系。

据我了解，本真未来学校在文化建设方面做得非常独到，因为学校是一个有文化的地方，关于文化体系，还想请麦校长给我们做一些分享。

麦宝文：首先是我们学校的愿景，中西为师，古今为基。整个学校的发展方向就是教育为本、儿童为本，坚守教育的初心，为孩子的未来发展奠基。

我们要求孩子有几个学会，一个是学会做人，一个是学会健身，然后学办事、学共处。让孩子适应未来的发展，实际上在这个过程中，我们还注重了孩子全面的发展、个性的发展和持续的发展。

我们希望并努力实现的是：学校的培养目标显现出来的特质是，优秀＋特长。要求孩子除了学习优秀，学会做人，还能够多才多艺。身体要好，身心要健康，同时，每个学生都要掌握一定的技能，我们提出“八大技能”，涵盖生活劳动、运动健康、体艺特长、科技能力、社会交往等几大方面。比如，要求每个孩子起码有两种运动技能，养成良好的运动习惯；有音乐素养，会两种乐器；掌握两项美术技能，能够审美、健美、欣赏美；掌握基本的社会交往技能；会两项劳动技能；等等。

白丁：我们目前在校的学生有多少？

麦宝文：我们一共有 61 个班级，2 700 多学生，平均每个班级 45 人。

白丁：您认为一个班级 45 人去实行个性化教育，是不是理想的数字？

麦宝文：我们学校在当地很受欢迎，很多人都要求来我们学校读书，在这种情况下，很多追求优质教育的人把子女送到我们学校，人数没办法控制。这种情况下，我们为实施个性化教育做了很多尝试。

比如，上课的时候一个班的学生分成两个班来上；又如，我们也进行课程的探索，使用了 1＋X 走班选课的形式，让我们的孩子选择自己喜欢的课程；再如，我们组织很多学校社团让学生参与选择；还有我们对家长每个学期都做两次一对一的访谈，把所有老师集中起来约见学生家长探讨教育的问题。

我们全方位地探索怎样根据孩子的个性特点进行教育、符合每个学生积极发展需求地进行教育，实现教育，我相信这是未来学校的一个特性，更能因材施教突出个性化的教育。

· 打开学校的围墙

白丁：我们有一个非常好的传统，把老师带出去接受再培训开阔视野。我们的学生有没有经常走出学校围墙的边界，和外界有更多的接触？

麦宝文：非常多。首先，在我们学校的课程体系里面，参与人包括老师、家长、学生和生活辅导老师。教育主体多元化、全员化，给我们的学生带来更多鲜活的、丰富的课程内容。在带入现代科技文化知识的同时，也把我们的学生带进社会。

其次，我们学校每个学期都有两三次全面走出社会的研学访学活动。每年安排 100 个学生去上海福山外国语学校进行两个星期访学，让他们到大城市进行交流；每年还有一些学生到外国去，像美国、英国。

关于访学我们认为，活动，一定要和学校的办学理念一致，就是要打破学校的围墙，让学生不仅在学校学习。作为未来学校也是这样，整个学习空间是无边界的，除了学校学习，还应该走出社会开设行走的课程。

· 打造学习空间群

白丁：除了带着学生们走出去，我了解到本真未来学校也在从校园内部入手，打造学习空间群，学习空间群和以往传统的学习空间有哪些不同？

麦宝文：我们是一所建立已 20 年的学校，当年按高标准建设，布局、绿化、配色、质量，都是超前、高品质的，获得过广东省建筑设计质量大奖，空间和功能很好地满足了 21 世纪前 20 年的教育教学需要。

今天，当我们以一种“未来”视野来审视我们的空间和功能配置，以“新一代学习空间”的基本要求来创建未来学校，以我们的新发展、新需要、新变革来衡量现有的空间资源时，面临诸多问题和困难。

比如过去的分区是按学科功能划分的，比较单一，并且以单体空间为重点。极端的情况是，为应付需要，常常将某一单体空间功能（常见的如实验室、图书馆）插入到某一个位置上去，所以也会有功能场室分散的问题。我们学校也部分存在此问题。

另外，学校的发展、学生增加，首先要满足教室之需，必然造成空间资源紧张。

而且随着课程改革的深化，核心素养的落地，“五育并举”的落实，以学科新需要为目的的空间诉求与学校固有场室存量有限的矛盾凸显出来。

因此我们思考通过挖掘学校现有空间资源，进行有目的、有主张、有特点的重新组合，实现“未来学校新一代学习空间”的重建。

我们认为，未来学校的学习空间，最好是整体规划布局，整体呈现未来学校内涵特征和学校特色。其要点之一，就是群落联结，综合一体。

因此我们确立了“未来学校新一代学习空间”构建的战略思路：清理家底，精确掌握学校可利用的空间资源；腾挪场室、升级设备、迭代技术、复合功能、变换方式、整合课程、创新内容，利用旧场地，打造新群落；将校园西边连片的建筑空间，用新的理念和技术，进行彻底重构。因为这个空间群的“改新过程”集中在学校建筑空间的西面，我们就把这一工程称为“西部重建工程”。

“西部重建工程”融合了近三年来的文化建设、课程改革、管理变革的基础经验，拓展了学校教育教学的发展思路、阶段成果和远景展望，为现有多方面推进的改革举措，提供了全新的物质基础和技术条件，创造了催化教与学方式深度变革的空间和场景，为学校改新、自新打造了一个可见、可用、可依托的现代化平台，缔结了一个具有强大变量的、富有学校特色的教育教学新形态。

这个新形态，可以概括为：高维开放的教育空间，灵活多样的课程内容，科技赋能的学习场景，合理有序的校园动线，能力发展的逻辑结构，多主体融合的共育生态，新技术促变的专业技能，以及有特色的文化支撑。总而言之，就是“顺德本真未来学校新形态”。这一新形态一定能够引领我们迈向中国教育现代化的前列。

白丁： 非常感谢麦校长今天带来的分享。能够感觉到本真未来学校，我们的麦校长，对未来学校的信仰是坚定的，对未来学校的建构是认真的，对此的研究和实验是非常彻底的。其实都是为了儿童的成长，学生的发展。我们已经有了 20 年的历史，在第 20 年的时候改了学校的校名，未来的发展是有前景而且没有终点的。

麦宝文： 作为学校的一员，一定努力进行未来学校的研究，相信未来几年学校会有全新的发展，同时也会有一个初具规模的未来学校的样子让大家看到，也欢迎各位专家对我们未来学校研究进行指导。谢谢。

（本文根据广东顺德本真未来学校 2019 年 11 月在《白丁会客厅》采访整理而成）

成都华德福学校：华德福不是一种形态，而是一次有益的教育实践

人物简介

李泽武，成都华德福学校创始人，运营校长。（中）

张俐，成都华德福学校创始人，教学校长。（左）

华德福在教育界，或许是一个特别的存在。这是一种理想中未来学校的模式，它不是一种学校形态，而是一次有益的教育实践。这里的孩子有着更自主更多元的选择，关于高考，他们说：是孩子们选择了高考，而不是高考选择了他们……

华德福,漂洋过海到中国

白丁: 据我们了解,华德福在中国做一些教育的创新实践已经有15年的历程,两位是最先把这个教育模式引进中国的,想请李校长简单介绍一下华德福的培养理念、主要的教学模式和把它引入中国的初衷。

李泽武: 华德福教育1919年在斯图加特开始,有100年的历史。在今年9月份的时候,我们到欧洲参加了华德福100周年全球庆典,它的主要的理念就是:一个人的全面发展。全面发展,我们称之为"头、心、手"的发展。"头"代表一种思考;"心"代表一种感受;"手"代表一种意志,把事情做出来的一种能力。

所以这100年的时间,华德福在全球可以说是蓬勃地发展,引入中国大陆有15年时间。事实上我们可以看到,华德福这种教育模式对孩子的学习能力、学习兴趣、价值观都有比较好的促进作用;当然还有很多的教学手段和手法孩子也特别喜欢。

教育必须本土化

白丁: 华德福在国际上已经有很多年头,非常有影响力,可以说已经成为一个教育的品牌。但是中国有中国的国情,我们对培养什么人、怎么培养人,实际上有一套我们的要求和逻辑。华德福这15年在中国一定经历了一个本土化的过程,想请张校长根据这个本土化的过程,谈谈我们都做了哪些工作、取得了什么样的成效,做些分享。

张俐: 一个孩子在这片土地上生活,就必然要和这片土地上的人、文化社会、国家民族建立很深的关系,华德福教育实际上给了我们一个观察研究的方式方法。这个教育到了中国,必然要和这片土地的一切发生关系,所以从幼儿园开始,我们就给孩子带入很深的、文化的一些沁润。

比如节日庆典,我们基本上以庆祝传统节日为主,如重阳节端午节冬至节;手工,就以民族的手工为主,比如扎染。小学以后,学生的数学、语文各科的学习都和这片土地建立关系,并且我们也遵循国家的大纲,在这个基础上用华德福的方式艺术化地去完成各科的学习。到了中学也是一样,面临高考,或者是有些孩子要出国，就必然要和那里的孩子建立关系，所以我们在文化上、国情上，还有孩子需求上，都尽量地适应这片土地上的教育。

白丁： 目前华德福在成都，包括在中国其他的区域，覆盖的年龄段或者学段，是已经从幼儿园到高中了吗？

张俐： 是的，基本上是从幼儿园到高中，甚至我们还涉及0～3岁婴幼儿的护理和孕期的早期教育。

“头、心、手”是教育的根本

白丁： 李校长，刚才您谈到了三个字我印象非常深刻，就是“头、心、手”。我想头，和他的智慧、思维、创新肯定是高度相关的；心，和他的道德、价值观也是紧密关联的；手，就是动手能力、创造能力等。那么我们华德福在教育实践的过程当中是如何具体去发展这三个字的呢？您可以讲一些例子。

李泽武： 这是一个比较专业的问题，我想先说一下它的基本理念，实际上就是回到孩子的天性和本质。一个人的发展有不同的阶段，就像我们的孩子在早期的时候，尽管海参、鱼翅之类的食物很好，但是我们也不会给婴幼儿去吃，这就是我们说的，万物都有时，都有一个成长的阶段。当我们谈到发展的时候，要看到它是一个变化的过程。我们特别忌讳把教育做死了，就像是总认为现在看到的就是未来的那个样子。教育像一棵树，是一个循环往复、又在变化中成长的过程。

在幼儿园，很多时候孩子玩沙坑、玩过家家，这个过程虽然没有知识性的灌输学习，但其实是和天性相对应的。这个时候发展的可能是一种性格、动手能力、良好的习惯。我发觉现在很多教育没有关乎到孩子情感、性情和兴趣，孔夫子说过：知之者不如好之者，好之者不如乐之者。只有激活了兴趣，才会学得又好又快又深，这是我认为的小学阶段的一个主要特征。当然，并不仅仅是这样，如果到了初中高中阶段，思考能力就是应该好好发展的。

所以我们就说，0～7岁是手的教育，7～14岁是心的教育，14～21岁是头的教育。经过了100年，我们看到这种模式是的确有效的。

另外我想说一点，教育切忌理念满天飞。实际上，教育是一个很具象化的过程，不是单纯的一个概念，要落实到每个阶段的发展。如果幼儿园的孩子在玩

iPad,那对他来说太早了;但如果高中的孩子用 iPad 做一个 PPT,这就很正常。所以说,教育要依据发展阶段,把它具象化、细节化,这是一个比较好的方式。当然,也不敢说这是绝对的成功,只是比较好的保障。

看待发展问题的方式也是华德福一个很重要的秘密,我们负责的就是儿童发展,所以我们也研究得非常细致。比如,换牙是什么样的外在特征,和它内在是一种什么关系;孩子到了青春期,叛逆心很重,很难管教,但这是他外在所体现的,而他内在的特征是要顺应他的变化,一方面要去引导,另一方面也要顺应他。因为教育孩子不能够像丰子恺漫画里描述的那样,都倒进一个模子里一张一张地去印刷,那不是我们人的发展,那是机器人。

白丁: 刚刚谈到了知识的传授,在这样一个工业化时代,我们大多是一个规模化的教育,是知识的一种传授,这样的模式比较好测量、好评价,基本通过试卷、成绩、提问就能简单明了地判断出掌握了多少内容。但是对思维能力、道德、心和动手能力相对不容易测量和评价。我想请张校长做个分享,华德福 15 年的教育实践中关于测量和评价是如何进行的?因为如果不能测量不能评价,教育还是会让人很担心。

张俐: 华德福学校里面不论是幼儿园还是小学、中学,都对孩子有评估,而且方式是非常多样化的,不是靠单词数量、一个分数或者一张考卷来进行的。我们有很多儿童观察研究,到了期末,小学老师给孩子家长所看到的评价,就不是一个分数,而是几页纸的描述。

老师自己要做评价,描述我这学期上什么课、主要目标是什么、儿童达到了什么程度;对每个孩子也要做评价,身体怎么样、参加体育课的状态、身体的协调能力、社交能力、是否能够去表达自己的意见、认知情况怎么样、上课是否专注、语文数学能够达到什么程度……这是一个非常完整的评价方式,所以我们的老师期末非常忙,要写全班的报告。所以当我们整个报告拿出来的时候,家长是惊叹的,觉得远远比一个分数更加细致完整全面地看到了一个孩子的成长状态。

高年级对孩子学业上面确实有分数的评价,特别到了高中,肯定会有分数,除了分数还是对孩子成长的描述。对于幼儿园来说,我们也会有这样的评价和测试,比如从幼儿园过渡到小学,我们有 100 个问题形成的一个评价,孩子能握手吗?他能够回忆起一些他的故事或者他的房间布置吗……

举个例子，我们测试的时候说：请你进门来，脱下衣服，把衣服在挂钩上挂好，然后去桌子前面拿你的彩色铅笔和纸坐下来，在纸上画一个圆圈、一个三角形。这个口令里面有五个任务，我们就来检测这个孩子五个口令能不能记住，能不能够按照口令做事情，实际上就是检查他的认知和他的记忆力、专注力，以及他能够带到身体里的行动力。这个就可以得出一些结论，这个孩子记忆力弱还是行动力弱、他是否听不懂我的语言描述、逻辑关系怎样等。

实际上它非常完整清晰，可以说是"头、心、手"的一个整体评价方式。

热爱孩子，是成为华德福教师的第一步

白丁： 我的困惑得到了非常好的回应，我们"头、心、手"是可测量可评价，甚至是可记录的。刚刚我们张校长提到了教师，您是分管教学的校长，因为教育从很大程度上来讲，其实是生命对生命的影响，是人对人的影响，所以不管哪个年龄段，教师都是非常重要的，我们华德福的教师跟传统学校相比有什么不一样？有什么特点？

张俐： 不能说非常不一样，但是可以说我们注重什么特质。华德福的老师首先要非常注重自我成长，当你选择了当华德福的老师，你就必须要踏上一条自我成长的道路，你要看到自己的不足，不断地去努力。不一定开始就有很多经验，但是如果孩子看到你是一个不断奋斗、不断努力的人，这样的精神和工作态度就是给孩子的很好的礼物。

老师是不是不断在学习、成长、反思、改进，这一点是我认为最重要的。

白丁： 除此之外还有其他方面吗？比如，他过往的人生的经历，他的学历等，有没有一些特别的要求。

张俐： 没有特别的要求，但是我们会看这个人是否具备当老师的素养。首先要热爱孩子，这是第一步，和其他的教育一样，要热爱教育事业，把它当作生命的一部分，而不是把它当作工作，这也是我很看重的。其次，作为教师的素养、教学能力还是要去培养的，这些都要达标，所以我们有专门的师资培训。

老师的背景，有些是其他学校的老师转来的，有些是其他行业的人到了30多岁，突然发现自己最爱的还是当老师，于是转型成为老师的；还有一大部分，他们的身份是爸爸妈妈，当他们孩子成长的时候，通过华德福学校的一些活动教

育,发现其实内心有一颗当老师的种子,现在被唤醒了,然后去接受各种学习培训来当的。所以背景是蛮多样的。

至于学历,对高年级我们很看重,尤其是到了中学,是需要专业素养的,如果没有专业能力,很难在中学生面前表现出你是一个专业的教师。但最重要的,还是老师的内在状态。

养育一个孩子,需要一个村庄

白丁: 因为每个人的成长是离不开环境的,那么华德福目前在中国的校区,学校的环境和形态有什么特别之处呢? 还请李校长做个分享。

李泽武: 我们比较喜欢生态、环保、有机的生活。大自然跟人之间的关系,本来比较融洽,但现在有些时候变成甚至比较对立的关系。我们无论哪一个校区都是比较注重生态和谐的一个状态。我们很希望达到一种状态:这里是花园菜园,是学生家园也是乐园。环境对孩子有潜移默化的作用。全球办学的时候,样式是很丰富、很多样的,比如在曼哈顿,就在市长官邸旁边,没有游戏的场地,就是两栋大楼,可能是理念和实际的一种结合。

除了这种硬的环境,更关键的是我们软的环境,刚刚张校长提到了对老师的要求,实际上,更多的是看重他们真心诚意地为教育做出一些努力。我们也会有培训,甚至互相听课,有很多方式让大家在教育中共同成长,也就是孔子所说的教学相长。现在华德福在全球都比较缺老师,因为它对老师的要求相对较高,要求你全身心地投入去做这些工作。

最后,我想说养育一个孩子真的需要一个村庄,这样共同发力,目标一致,才能较好地培养孩子。

白丁: 李校长说养育孩子需要一个村庄,现在村庄的概念放大了,社区也应该承担起村庄的功能。关于在社区怎样去支持儿童的成长、儿童的发展方面,华德福选择了一个非常生态、非常优美的环境,构建这样的一个村庄也是一个非常好的实践。

另外,李校长在今天对话中引用了孔子的至理名言,一些教育的理念让我觉得华德福,它不是来自海外,而是来自我们传统文化的最深处。

是他们选择了高考，而不是高考选择了他们

白丁：据了解，华德福已经有孩子参加高考，想请张校长分享一下他们的高考成绩，其实我关注的并不是他们高考多少分、去了什么学校，而是这些孩子的父母，包括孩子本身，他们走完这十几年华德福发展之路后，他们的心态是怎样的？

张俐：这群孩子是今年毕业的，其中好几个都是从幼儿园上来的。这些孩子真正准备高考的时间只有两年，是在高二的时候有次和老师们开会，他们说：我们要来表达我们的诉求，我们准备高考，请你们支持我们参加高考。

非常有意思的是，他们非常专注，只有五六个孩子在一个很简陋的教室里面，两年就这样度过，没有大红的标语说高考有多重要。他们自己决定了要走这条路就全力以赴地付出，老师会给他们授课、找资源给他们、带领他们，但是全部都是孩子们自愿自主的要求。这一点很重要，不是为了爸爸妈妈，也不是为了老师，就是为我自己的选择。

李泽武：最终三个孩子上了一本，一个孩子上了二本，一个孩子上了大专，一个孩子弃考。可能听起来不是那么辉煌，但更关键的是我们看到这个过程。这些孩子不是层层选拔出来的，就是他们说要高考，那我们就接受你，但是有一个前提：努力。这是一个大胆的尝试。其实无论结果如何，我们都准备了盛大的庆典，因为我们觉得他们选择了这条路并且很勇敢地去面对，这就很好。

张俐：其中我们有些孩子是中途从公立学校转来的，其实挺困难的，但他们能够坚持走下来，我觉得很了不起。就像李老师所说，学生没有筛选过，都不是精英。我觉得最感动的一点，在于他们自主学习的能力和他们互相鼓励互相打气的精神。在毕业典礼上，我们请他们上台去演讲，其中有几个孩子就给我们老师提出来："你们要好好思考，你们办学的思路和方向是什么？什么是真正的华德福？你们脑袋里面想的华德福都不一样……你们要统一思想……"给我们提了很多建议。在那一刻，虽然孩子们的意见是很尖锐的，但是我们非常开心，因为他们经过了批判性思维。

他们也感谢学校，感谢老师，真心地认为这是他们的母校，但同时又提出来要改进。不仅这群孩子，每一个在学校学习过的孩子，不论是半年还是五年十

年，他们出去以后都会把这所学校当作母校，甚至有些孩子说将来要来华德福当老师。这让我觉得很开心，也是我们教育的一个目标——孩子们具有一个创造性、批判性的思维方法，同时也有生活的热情，能够为自己的行为去负责任。我选择了高考，我就好好做。还有些孩子，他们选择了艺考，或者是选择了去国外念书，都是很努力地自己奋斗着。这就是我们想给他们带来的“头、心、手”整体的发展。

白丁：从数据分析来看，这个成绩已经非常棒；用比例看，上线率也很高。但这都不是今天我们想表达的。我觉得刚才有句话非常让人感动，就是“是他们选择了高考，而不是高考选择了他们”。华德福的很多孩子会有更自主、更多元化的选择，而关于高考，是他们选择高考而不是高考选择他们，这就是我们想要的比较理想的教育。

华德福是我们理想中的未来学校的一种形态，未来学校一定不是一种模式，就像华德福本身就不是一个学校形态，而是非常有益的实践。非常感谢李校长、张校长用这个时间来到《白丁会客厅》给我们带来精彩的分享，谢谢！谢谢大家。

（本文根据李泽武、张俐 2019 年 11 月在《白丁会客厅》采访整理而成）

甘肃省教育科学研究院：群文阅读，构建从单篇到整本书阅读的中间层

人物简介

秦志功，甘肃省教育科学研究院副院长。（中）

许文婕，甘肃省教育科学研究院义务教育研究所所长、中小学群文阅读项目执行负责人。（左）

突如其来的疫情为教育教学按下了暂停键，西部地区如何抓住机遇构建教育新生态？他们又面临着哪些问题？甘肃省所推广的群文阅读又在教育改革过程中扮演了怎样的角色？

五个方面，构建教育新生态

白丁：今天有幸请到演播室的嘉宾是，来自甘肃省教育科学研究院的副院长秦志功先生、甘肃省教育科学研究院义务教育研究所许文婕所长，许所长同时也是中小学生群文阅读项目的执行负责人。

突如其来的疫情加速了教育的整体变革与发展，线上线下融合成为教育的新生态，秦副院长曾经分享过构建融合共生教育新生态的甘肃经验，能否结合疫情，尤其是后疫情时代，分享一下您对教育新生态的理解和构想。

秦志功：今年疫情发生之后，在党中央、国务院的领导下，甘肃省教育厅很快做出了反应，在大年初二专门召开会议，安排部署线上教学工作。这次疫情，对我们教育行业来说也是一次大考。以前从没做过大规模线上教学活动，教研部门接到任务之后，与电教部门以及一线学校教师密切合作，开展了线上教学。现在反思疫情时代的教育，发现与传统的教育相比，教育环境、教育生态都发生了很大的变化。

第一，教育供给不断发生变化。以前在学校学习时，知识提供者主要是教师，现在线上教学开展后，除教师之外，当地的名师，甚至北京名师都可为我们的老师提供教育资源。

第二，教育的时空发生了变化。以前教育有固定的场地，现在教育的场地转到了网络空间，由实实在在面对面的交流，变成了在虚拟空间进行交流。

第三，教学的内容发生了重大变化。传统的课堂教学，重点教知识教技能，通过这次线上教学实践，我们发现纯粹的教授知识和技能并不能充分引起学生的学习兴趣，激发学生的学习动力，所以在这次线上教学时，我们深刻认识到线上教学应该关注学生的深度学习、学习品质，培养学生核心素养，因此教学的内容上也发生了重大变化。

第四，教学评价方式发生了重大变化。以前学生作业做完后由老师批改，现在有人工智能技术，学生做完之后由系统进行批阅，指出学生的错误点，指明学生下一步努力改进的方向。

第五，也是最后一个方面，由老师一人备课、上课单打独斗，变成组织名师教学团队集体备课。一个老师完成大规模的教学是不可能的，所以需要各科目老师、教研部门、电教部门、学校辅导老师统一合作，学校培训机构也参与到教学活动中。在新生态情形下,教育的发展需要群策群力,需要社会各个方面共同参与。

白丁: 秦副院长从五个方面立体地构建了教育的新生态。我们知道甘肃相对于北京上海、江苏浙江一带,优质的教育资源相对还是比较匮乏。应该说这次疫情通过线上线下融合的方式,让异地的名师参与到网络的教学当中,对于整个甘肃的基础教育是一个有利的事情。

现在从整体来看甘肃的信息化程度怎么样?因为线上线下融合,离不开信息化的软件设施。

秦志功: 近几年,政府对教育投入非常大,甘肃省人民政府连续七年的教育投入都占了很大比重,在信息化建设方面也做出了很大努力,我们的教学点97%以上都实现了网络信息化。硬件设施不是我们发展的主要困难,目前面临的问题是如何把资源用好。线上教学用了很多外地名师的教学资源,前期我们在一些地方做出了探索,现在面临的问题是,在播放外地教师视频时,当地教师该怎么做,教师的角色面临着转换。

白丁: 最近教育部等八部委发布了一个关于基础教育的文件,旗帜鲜明地提到了要大力发展素质教育。那么线上线下融合的教育新形态,对素质教育有什么利弊?

秦志功: 现在许多人来学校现场考察和指导,发现最大的变化是,以前讲核心素养常常落实不了、以学生为中心也落实不好。而在本次教学过程中,因为无法与学生面对面接触,老师才明白应该多考虑:真正的教学要给学生讲,学生听了是怎么样的反应,学生对什么感兴趣,怎样集中学生注意力听课……通过这次疫情期间的线上教学,发现核心素养自然而然就落实了,现在老师集体备课时想得最多的是学生需要。这让我们深刻认识到,线上教学确确实实转变了传统的教学观念。

群文阅读,打造整合阅读阶梯

白丁: 疫情突如其来给教育按下了暂停键,但是我们很快就重启,而且重启之后在某种意义上来讲,逼迫着教师不得不更多关注学生,真正解决了一直以来以学生为中心落实不到位的难题。

许所长是群文阅读项目的执行负责人，想请许所长谈一下，对群文阅读应该怎么理解？

许文婕： 群文阅读是针对一组文本，师生共同构建的过程，是课堂教学的变革，更是学习方式的变革。

甘肃省教科院从 2018 年开始引入群文阅读，实施群文阅读中小学实践与推广项目研究，两年多的时间，群文阅读概念已经深入人心，在具体的实施上，全省 14 个市州基本上都进行了深入的实践，取得了一定成果。

白丁： 今年第二届未来教育成果奖，甘肃省教科院申报的主题就是“中小学语文群文阅读实验与研究”。在当前社会阅读碎片化越来越严重的背景下，推广群文阅读的重要性和必要性是什么？它解决了教育发展过程当中的哪些痛点，请许所长进一步解读。

许文婕： 我们选择推广群文阅读，主要是看中了在当今碎片化阅读的现状之下，学生整合思维发展的重要性。群文阅读不是对一组文本的理解，而是在多文本阅读的过程中，产生一种整合、比较的思维，这是我们培养学生高阶思维的前提和基础。相对于碎片化阅读，它最大的不同，一个是整合、比较思维；另一个是从单篇阅读到整本书阅读，构建了中间层。

现在教学实践中更多关注的依然是单篇阅读，单篇阅读有它的价值和意义，但是单篇阅读并不能真正构建学生的阅读素养和阅读体系，所以我们引入了整本书阅读的概念。现在全民阅读更多的是进行整本书阅读，但是从单篇到整本书之间没有中间的跨跃层。很多学生从单篇到整本书阅读，会失去方向，缺乏一定的阅读方法指导。群文阅读正好处于中间层面，填补了从单篇到整本书阅读的空白。掌握一定的阅读方法，有一定的阅读能力后，再进行整本书的阅读，这样在整本书阅读的过程中就更加轻松有效。

白丁： 通过群文阅读的方式，打造一个必不可少的阶梯，提升阅读能力，这是非常创新的形式。那么在疫情期间，群文阅读是如何进行的？

许文婕： 群文阅读在深入推进的阶段遇上疫情，不但没有中断，而且交出了令人满意的答卷。疫情期间，我们对于学生阅读视野和阅读广度的拓展进行了深入思考，并且采取了一定行动。甘肃省教科院联合机构开发线上的阅读平台，让学生快捷免费点击，进行线上的阅读学习。课堂阅读远远不够，课外学生读什么怎么读，教师应该介入，介入到什么程度绝对不是失控状态。

在网络信息化爆炸的时代，怎样进行有甄别的优质阅读是我们应该思考的问题。疫情期间，我们做了阅读平台，供学生进行阅读，在此基础上，让教师在中间起到线上引导的作用，促进学生的交互式交流。此外，学生还可以在平台上进行朗读、背诵等训练，也促进了整体阅读能力和阅读素养的提升。

在教师层面，甘肃省教科院开展了大量群文阅读教学的教师培训。我们做了两个平台，第一个是培训的平台，每一周都开设群文阅读的专题讲座，为老师们提供与专家进行线上交流和分享的机会，从群文阅读的大概念，到具体的操作层面都安排专家进行引领，对实践进行指导。另一个是交流和分享的平台，提供了大量的教学实践层面的共享资源，包括课件、教学设计、PPT、微课等，全部免费提供给老师。

白丁： 我们现在不缺资源，缺的是如何有效利用资源。在自主学习的同时，合作学习构建伙伴关系也非常重要，群文阅读作为新的学习和提升方式，是非常好的。

秦院长怎样评价群文阅读的效果？

秦志功： 目前群文阅读已经深入一线，受到教师、学生的普遍欢迎。举个例子，古今中外很多人都描写过月亮，以前的教材里只有一种月亮，而群文阅读是收集了古今中外很多名家写的有关月亮的文章。如果以前看到的月亮是一个单面的，现在就是一个多维立体的。这样让学生对阅读的认识更加深刻，不但对语文的综合素养进行了提升，而且拓宽了知识面，对其他学科的学习也起到了促进作用。

白丁： 一个月亮放在学生眼前，那叫欣赏；古今中外很多月亮放在一起，才有鉴赏。

在新时代背景下，教育越来越注重新技术的融合创新，如何将新技术手段与群文阅读相结合，技术的选择和应用上有哪些关键点？请两位从宏观与实践的层面分别做一些分享。

秦志功： 新技术和新理念的结合是大势所趋，在信息化时代，不能在一个狭窄的空间里谈学习，谈学生的发展，要利用各种资源推动学生学习，满足学生的个性化需要。从这个角度来说，我们要考量的，是一个老师指导学生阅读还是群体名师指导学生阅读；在指导学生阅读的过程中，如何激发学生的阅读积极性；怎样评价学生的阅读效果；是否能利用人工智能技术进行评价。

举例来说，目前数学学科学生答题后，人工智能可以立刻作出评价。但是语文阅读，人工智能技术对学生评价还是薄弱环节，还是要和专业的技术机构合作反映学生的诉求，利用人工智能技术评价阅读。我们群文阅读能够推进得如此顺利，是因为有一个共识——阅读是最重要的学习方式。我们要运用好信息技术，达成社会共识，齐心协力发挥各自的优势，把事情做好。

白丁： 接下来请许所长从实践层面做一些分享。

许文婕： 这次疫情给我们出了一道考题，群文阅读在线上线下教育融合的形态下，应该做什么。首先从群文阅读的内容和特点来看，其绝不是单一的线上或是线下的教学，而是一个融合的概念。举例来说，群文阅读有一个议题，通过议题提供给学生一些网络资源，可以是视频资料、录音录像或纸质材料。在素材的选择上是群的概念，是技术与学科的整合。在群文阅读的教学研究过程中，也是群的概念。利用共同的智慧进行群文阅读教学、研究和实践，比如议题的选择，可以是线上线下多种形式的交流；阅读文本的选择，可以通过很多老师来共同进行。

白丁： 您讲的融合，主要是信息技术和阅读的融合，那么在阅读内容的选择上，有没有充分考虑与其他学科素养融合？

许文婕： 信息技术和语文学科、阅读教学的融合是其中一种，阅读的概念是一个大概念，不仅仅指语文阅读，所以在群文阅读的过程中有各种各样的涉猎和选择。特别在阅读材料的选择上，有科学的、数学的、科技的，各个方面都有选择和涉猎。

西部地区的教育信息化
——提高教师和学生的信息素养是关键

白丁： 有句古话，读万卷书行万里路。过去基于各种各样的条件限制，万卷书就是一本又一本，但是现在书的载体发生了非常大的变化，视频、音频、纸质书、电子书等都可能是一种阅读形式。信息技术的发展，已经为阅读带来了许多资源，让我们走进了阅读的春天，群文阅读更是取得了非常好的成效。

依托信息技术的发展，远程双师课堂资源共享，让西部贫困地区获得了优质教育资源。秦副院长一直关注贫困地区的均衡发展、贫困地区基础教育信息化。您认为针对中西部的现状，贫困地区教育信息化建设的第一步应该是什么？应该如何合理投入发展？

秦志功：大家都知道现在教育发展有两条主线——公平和质量。我们甘肃，东西狭长，城市和乡村之间自然环境、经济发展差距非常大。嘉峪关市经济发展水平可以达到江苏省的水平，而其他地方差距又很大。近几年，政府对贫困地区基础设施的投入非常大，信息化发展硬件问题基本解决，下一步最核心的问题就是提高教师和学生的信息素养。现在设备、设施条件一应俱全，怎样真正地发挥促进教学的作用才是关键。

现在的资源是海量的，如何有效选取信息，加工信息，分享信息，才是核心的信息素养。当然还有网络责任感，社会责任感等。网络是把双刃剑，怎样让师生在拥有信息技术的同时保护自己的隐私，为网络技术发展增砖添瓦而不是添乱，这方面最需要做的是提高信息技术素养。

开展群文阅读时，很多班级建立了群文阅读讨论群，讨论读完这组文章后有什么心得体会。以前发言时，一分钟根本不够，现在突破了时间不足的局限性。但是在网络发言的过程中，要遵守网络公德，而现实是目前中小学教师、学生都没有专门开设信息素养方面的培训和课程。教育部已经提出要求，今后的师生必须选一门课程，提升信息技术素养。下一步在国培项目审批项目效果研究设计时，我们一定加大对教师和学生信息素养的培养力度，用好信息技术资源。

白丁：通常来讲，个性化和规模化是相悖的，物美和价廉也是相悖的，但是随着互联网的发展，随着信息技术在教育领域的应用，随着人工智能和教育教学的结合，它们之间不再是一个相悖的关系，既可以高度个性化，也可以规模化。通过互联网、信息技术把优质的教育资源以低成本的方式展示出来，让更多中西部的孩子、老师受益，这就是信息化和教育的结合对教育带来的促进。

今天两位的分享印证了未来的良好发展趋势，我们有理由对教育的现代化，对每个学校特色发展充满信心。

（本文根据甘肃省教育科学研究院 2020 年 9 月在《白丁会客厅》采访整理而成）

滨州市滨城区教体局：创新实施“美丽学校”创建全覆盖工程，办好人民满意的教育

人物简介

韩新民，山东省滨州市滨城区教育和体育局党组书记、局长。（右二）

王希军，山东省滨州市滨城区教学研究室主任。（左二）

徐金青，山东省滨州市滨城区清怡小学校长。（左一）

“美丽学校”创建全覆盖工程，是“美丽中国”战略在教育领域的创新实践，更是助推区域教育优质均衡发展的“滨城方案”。

认识“美丽学校”

白丁： 最近两三年，滨城区一直在全区范围内打造一个工程，叫“美丽学校”。那么“美丽学校”是怎么提出和定义的呢？

韩新民： 作为基层教育工作者，我们一直在思考，在区域教育存在城乡壁垒的现状下，如何使其均衡、优质地发展？同时我们也在探索，如何使滨城区的教育走在全省乃至全国的前列？

未来教育理念先进，愿景美好，为我们指明了方向。面向未来教育，打造未来学校，这是我们追求的目标。在寻找如何脚踏实地干好这项工作的过程中，我们提出了“美丽学校”建设方案。

“美丽学校”方案的提出，源自全国的两次大会。2012 年，党的十八大首先提出了“美丽中国”的国家战略；2017 年，党的十九大报告中，习近平总书记提出“建设生态文明、打造美丽中国”。这些为我们“美丽学校”的构想提供了理论支撑。我们认为，“美丽学校”的建设，就是“美丽中国”战略在滨城区教育领域的创新实践。

白丁： 在响应国家号召的基础上，“美丽学校”工程具体是怎样促进教师和学生发展的？取得了哪些成效？

韩新民： 结合未来学校的特点和滨城区的实际情况，我们从美丽学校、美丽教师、美丽学生、美丽班级、美丽课堂和美丽课程六个方面提出了“美丽学校”的创建标准。与此同时，我们聘请专家，对学校的校长、中层和相关人员进行培训，让他们更加懂得“美丽学校”的概念和创建标准。

随后，全区的学校和幼儿园对照创建标准进行自我创造、自我反思和自我改进。依照这些标准，每所学校都会形成办学理念、课堂、教师课程等维度的一系列行之有效的探索和突破成果，可以说发生了很大变化，基本实现了“以评促建”的目标。

基础教育的特色化发展

· 一校一特色

白丁： “美丽学校”作为滨州教育的名片，虽然表面上只是一个工程，但它的内涵其实是教育特色发展的外在表现。

我们都知道，区教育局主要聚焦在基础教育领域。那么想请问王主任，滨城区在基础教育特色发展方面有哪些举措？取得了什么成绩？

王希军：我们非常重视学校的特色建设，在“美丽学校”建设实施方案中，我们就专门强调了特色性原则。在具体操作方面，我们主要进行了评价驱动、项目带动和联谊促动三项突破。

第一，评价驱动。我们把特色定位、内涵解读“美丽学校”建设的鲜明度等指标列入了整个“美丽学校”评估指标体系，使特色发展在评估体系中的占比达到了32%，分值非常大。

同时，为了防止学校为追求特色而特色，出现畸形的求异现象，我们还制订了“底线管理＋特色发展”的督导评估工作实施方案。这样，我们就既能守住底线、保持均衡，又能拉长长板，凸显优质。

第二，项目带动。滨城区教体局自2013年就开始在全区中小学开展教学创新行动，从课程建设、教学管理、课堂教学三个方面创新探索。各个学校经过不懈的努力，在教学创新各个方面取得了显著成效，形成了各自的课程特色、管理特色和教学特色。

白丁：也就是说，形成的不是整个滨城区的特色，而是一校一特色？

王希军：对，一校一特色，都要形成自己办学理念统帅下的课程体系。因此在“美丽学校”创建的过程中，我们会引导学校不要平均发力，找准突破项目，在六个维度的某一个方面或某几个方面出特色、出品牌。

第三，联谊促动。与区外名校联合办学，走集团化发展之路，把名校的先进理念和管理方式引进来，不仅为我们学校的发展注入了生机和活力，还促进了我区相关学校的特色发展和整体发展。比如我们的滨城区第三中学与北京育英学校、第五中学与北京石油大学附中、授田英才学园与北京育才小学的联谊……通过走进名校跟岗学习、请进来帮扶指导，促进我们学校的办学理念更先进，办学水平再提升。

· 教研员要先行一步

白丁：“一校一特色”，会为教研工作带来哪些挑战和机遇？

王希军：教研室的职能是教学研究、教学指导、教学服务。新时代对教研工作提出了新要求，特别是在滨城区积极推进“美丽学校”全覆盖工程的过程中，我们感觉到教研室的责任非常重大。我们必须实现教研方式转型，真正发挥教研室的作用，为全区教研质量的提升做出贡献。

我们开展了近六年的教学创新行动。2013—2016 年是教学创新教育行动的 1.0 版，2016—2019 年是创新教育行动的 2.0 版，而 2.0 版正好与“美丽学校”创建相契合。

我们开展了一系列的活动，搭建平台，让学校来展示。

一方面，在展示前或整个过程中，我们教研室发挥作用，进行指导和引领。通过教学调研、教学视导，教研室的同志们走进学校，针对课程怎么建设、建设什么样的课程才符合学校师生实际情况等问题，和学校一起做研究。

学校的管理有什么问题，我们也要跟管理层进行商讨。比如我们的第六小学，最初师生积极向上的氛围不那么浓厚，学校校长就和我们一起研究，怎么让学校更具有正能量。后来，他们办了阳光教育，运用对师生点赞的方法激发老师和学生积极向上的状态，现在取得了非常好的效果。我们要加强这种深入学校的调研、商讨，帮助学校来构建自己的特色。

另一方面，我们搭建了一个区域平台，让大家来展示——做得好的学校展示出来，其他学校借鉴学习。我们举办了很多全区性的活动，比如课程品质提升观摩展示、教学管理特色论坛等，让全区的业务校长、管理层，包括骨干老师全部来参与。

总而言之，就是要发挥教体局、教研室的作用，引领和指导学校在课程、管理、课堂上找到特色，最终提升我们的教育质量，真正落脚在孩子身上，促进学生全面而又有个性的发展。

白丁：这种自上而下的实践探索，对教研工作产生了哪些影响？

王希军：这对我们的教研工作起了一个倒逼的作用。学校出现了很多新问题，要帮助其解决，就要求我们教研员必须加强学习，先行一步。

我们区非常重视教研工作。今年上半年，我们还去了杭州市萧山区教研室参观学习。以前教育环境对我们的要求是在传统基础上，把课程建设、需求管理做得更好，但现在它要求我们的教研员和分管各学科的主任，必须加强对课程理论的学习、对管理的研究，真正去研究这些问题怎么解决。这样一来，整个教研室的教研氛围，包括教研同志们的整体课程指导、教学指导的水平也得到了不断提升。

让每个学生都收获最好的自己

白丁：一个工程的“冷暖”，最先感知到的一定是学校。对于“美丽学校”的落实情况，徐校长感受如何？您可以结合清怡小学的具体情况举一些例子。

徐金青：我所在的清怡小学是2014年8月份建立的，发展到现在有两个校区，96个教学班。五年里，学校走过了夯基础、创特色、提品质三个阶段，也取得了很大的荣誉，一共有120多项，其中有3项是教育部颁发的，有20项是教育厅颁发的。

2017年滨城区启动“美丽学校”建设项目时，学校正好处于特色发展阶段。专家经过实地考察和调研，给我们学校指出了一条建设性的建议，即借助滨城区“美丽学校”建设工程的东风，来促使学校核心办学理念落地。经过集思广益，我们从“美丽学校”建设的六个维度中，抓住了两个突破口：一是美丽课程建设，二是美丽课堂打造。

· 五美课程

经过两年多的时间，基于我们学校“美以养正”核心办学理念大框架之下的三美课堂和五美课程，已经趋于完善，并且出现了很多可喜的变化。

变化之一，是我们学校的课程更加注重学生的全面发展、个性发展和对学生的未来赋能了。

我们在构建五美课程时，一是基于学校的核心办学理念，二是融合三级课程，三是关注学科课程的拓展。通过这三个层面的思考构建的五美课程，为学生德智体美劳的全面发展做好了支撑。

除了为学生的全面发展提供课程之外，我们更注重一些特色课程的研发，为学生的个性发展奠基。比如强健自身的校园足球课程、开发学生思维的益智课程、为学生人文底蕴打基础的小古文课程等。

为给学生提供多样化选择，让每一个孩子在小学就能找到他的兴趣爱好，我们学校还组建了118个学生社团。我们是这样想的：孩子在小学有一个兴趣爱好，经过六年的培养变成一项特长，那么将来它会发展成未来他所学的专业、从事的职业，乃至上升到事业。我们觉得这是为学生的未来赋能。

所以，在滨城区“美丽学校”建设工程中，单从美丽课程的建设中，两年多的时间，学校就涌现出了一大批体育小健将、才艺小明星、科技小达人、写作小高手等。每个学生都在课程建设的过程中收获了“最好的自己”。

· 三美课堂

变化之二，是我们构建了具有生命之美、智慧之美和学科之美的三美课堂。

从当初的课程理念解读，到课程标准建立，再到现在的学位中心五环三美课堂教学模式的构建，我们围绕的都是学生主体和高校目标。这也是滨城区“美丽学校”建设方案中两个非常关键的因素。

经过两年多的探索，教师的教学理念变化了，由过去的过分关注自己如何教，到关注学生怎样学；孩子们的学习方式也发生了变化，由过去被动地学，变成主动去倾听、思考、探讨和合作。

除此之外，还有美丽班级的建设，即每个班级有自己的班级文化，每位班主任都有自己的班级主张、管理方式和班级活动……

因此，无论是美丽学生的培育，还是美丽教师的培养等各个方面，我们学校都不同程度地有了很大提高。下一步，我们将继续按照区教体局“美丽学校”建设的精神，打造升级版的“美丽学校”。

教育生态中的三个关键因素

白丁： *在“美丽学校”工程大的概念下，在走向未来学院的路上，作为一名一线校长，您认为学校、师生、家庭和学校周边社区处于什么关系，是能对孩子发展起到促进作用的理想状态吗？*

徐金青： 您这个问题相当于我们营造怎样的教育场，或者说教育生态，才更利于孩子的发展。

首先，从老师的角度来讲，身处面向未来的学校，老师的一些教育理念要改变。我经常跟我们的老师说，孩子来到小学，这是他人生要经过的一个路段，或者说一个风景区。作为老师，我们不仅仅要教会他课本上的知识，还要在学生做人、特长发展等方面，赋予他们继续前行的力量。有时我会打一个比喻：老师是一条河，孩子是一条小溪，在这个时间内，他汇入了我们这条大河。老师要用我们的包容、我们的知识、我们的力量，给孩子赋予继续前行、向前流动的能量。

其次是家长。家校配合如今是一个社会热点，我们也经常通过各种家长培训、家庭会议，与家长达成共识。这几年，我们这项工作做得越来越落地，我们也明确感受到了家校关系越来越融洽。我们向家长灌输这样一个理念：家长不要仅仅去计较孩子考了多少分，而是要跟老师、学校配合起来，让孩子在各个方面都有所成长，有所成就，为他步入更高一阶的学校甚至将来走向社会奠定基础。

所以，我们经常向家长介绍学校的育人目标。

第一，强健身体。6～12 岁是孩子长身体的关键时期，我们达成共识，让孩子有一个好身体。

第二，让孩子保留一颗赤子之心。儿童要有儿童的样子，我们家校一起携手，让孩子在这六年中保留他与生俱来的好奇、积极、爱探索、求真、向善、向美等本色。

第三，有智者之识。我们给小学生定义的“智者”，不仅要有科学文化知识的积累，还要有将知识转变为能力——这种智者应该具有的能力。

第四，有君子之行。教育就是培养习惯的，尤其在小学阶段。让孩子养成良好的学习习惯和生活习惯是最关键的。所以说，整个教育生态中的第二个关键因素，就是家长。

老师和家长之外，就是您说的学校周边和一些教学资源。我们在“美丽学校”推进工程中，也很注重利用一些社区资源。比如我们跟滨州市体育局、当地的高校滨州学院，还有滨州市游泳中心都建立了合作共建的方式。将社区的资源引入学校，可以给在某一方面富有天赋的学生提供更好的服务。

比如游泳，现在我们当地的中小学还没有游泳馆，但有一些孩子水平到了一定的程度以后，爱好就变成了特长。这时我们就把这些学生输送到市体育局的游泳馆，让他们去培养。这些孩子也都在省里获了奖。

我认为，我们应该办成一座没有围墙的学校，整合来自校外的人、财、物资源，以促进学生更好地发展。

办好人民满意的教育是根本目标

白丁： 现在经常听到一句话：教育是最大的民生。我了解到韩局长之前有从事和民生高度相关的工作。那么从民生的角度，您怎样看“区域教育必须要创新发展”这一观点？

韩新民: 教育是最大的民生,办好人民满意的教育,是我们教育的根本目标和出发点。我认为教育的创新发展,是让社会更加满意、让家长更加满意,培养出祖国需要的、德智体美劳全面发展的好孩子,为我们未来的社会发展提供有用人才。

“美丽学校”建设全覆盖工程,也是基于办好人民满意的教育这一出发点,然后结合滨城区的实际,让每所学校从自己的实际出发,进行办学理念、课堂建设等方面的系列创新、集成创新。

通过两年多的滨城区“美丽学校”创建全覆盖工程,我们收到了很好的效果:整个滨城区的教育和办学理念更加先进,学校管理更加规范,课堂课程教学更富有成效,教师和学生也得到了全面发展。可以说,“美丽学校”工程不仅推动了我们整个区域教育的健康发展、和谐发展,也是我们教育发展优质均衡的体现。

白丁: 现在教育越来越强调跨界、融合。但“美丽学校”工程处在以中小学和幼儿园为主的基础教育阶段,和职业教育、高等教育并不一样。那么跨界、融合、开放,对于你们教育创新发展的意义是什么?

韩新民: 我们践行“跨界”和“融合”理念,主要抓了以下三个方面的工作。

一是主动和外地一些经验丰富的名校联谊,实行“请进来、走出去”策略,积极学习借鉴外面先进学校的理念、管理方式和育人方法。通过和它们充分地跨界交流,来实现外界学校和我们滨城区教育实际的有机融合,使我们的办学方向、办学理念和管理方式得到有效改变。

二是积极争取全国未来学校实验区项目落户滨城,以此为抓手推动教育和人工智能、信息技术深度融合,切实转变教师观和学生观,努力推进教学与学习方式变革,持续创新人才培养模式和课堂教学模式。

三是着力探索师资“订单式”培养,打通产教之间的壁垒。比如,我们可以和优秀高校师范学院签订用人协议,提供用人标准,甚至可以通过多方合作共建模式,把优秀的相关企业引入高校,把最新教学设备、技术和模式引入师范生培养中,让高校和企业合力为滨城区“量身定做”师资,这样培养出的师范生能实现毕业即就业、上任即胜任。

所以说,我们跨界是为了融合,融合是为了使我们的教学、教育质量得到有效提升,高位办好人民满意的教育。

白丁：好的，我们看到滨城区的“美丽学校”不单单是一个口号、一种理念，而是有血有肉、有人、有环境、有规划的，有各种资源保障的。我相信这会对我们区域教育的发展，包括教研工作如何服务教育创新等带来非常好的启发。

我们知道山东的基础教育非常强，最近的几年更是认识到，山东在教育创新方面也非常强。我相信滨城区“美丽学校”的构建、教育创新的实践，一定是山东这样一个教育强省非常好的缩影。

感谢几位拿出时间带来非常精彩的分享。我们也期待“美丽学校”项目能够进一步发展，为我们带来更多收获的喜悦。

（本文根据滨州市滨城区教体局 2019 年 11 月在《白丁会客厅》采访整理而成）

往来皆鸿儒

《白丁会客厅》教育访谈实录二

强国之路，教育助力自贸区创新发展

陈锋：探索教育强国之路，助力自贸区创新发展

人物简介

陈锋，教育部学校规划建设发展中心主任。

第三届中国教育智库年会在海南省自贸区召开，陈锋的致辞及报告，从一流城市崛起的要素谈到海南发展面对的现实问题，并就如何解决这一全球同类地区的普遍问题，提出了建议。

2018年是改革开放四十周年。前几天我刚到深圳，回顾四十年，深圳在发展史上一定是浓墨重彩的一笔。

这四十年来深圳发生了什么样的变化?

四十年前的深圳还只是一个小渔村，香港却是繁华的国际大都市。但是今年，深圳的GDP总量已经超过了香港，并且在全球的创新版图上，占有比香港更重要的位置。

深圳起步的时候是经济特区，我们今天讨论的“自贸区”，也是新时代更高形式的经济特区，所以回顾同类城市的发展具有重要的启示意义。

重视教育事业发展，是一流城市的崛起要素

说到这里，我们可以来思考一下：深圳崛起有哪些要素?

第一，改革开放提供了体制、机制创新的空间。这种体制机制的创新优势一直延续到改革开放四十年以后，这让城市有条件在全球创新的道路上越走越宽。

第二，全国性人才支撑。改革开放使深圳在过去四十年里成了吸引人才、流入人才的重要中心。在重大历史阶段中，能够吸引全国优秀人才、获得全国性人才支撑的城市，更能够实现繁荣与发展。

第三，区位优势。特殊的地理位置使得深圳能够迅速地学习国外先进经验，成为引进境外人才技术和装备的快速通道，带来人才、技术和信息的支撑。

第四，高度重视教育事业发展。我昨天去了深圳一所职业院校，这所学校的建设目标是“中国特色、世界一流”，我也确实认为它是中国职业教育、高等职业教育的“领头羊”，它有能力代表中国率先登上世界舞台。深圳还创立了南方科技大学、中山大学深圳校区、深圳北理莫斯科大学，还有2018年批复成立的深圳技术大学。我们可以看到深圳对于教育的发展、对于高等教育的发展，给予了高度重视。教育的发展对于一座城市的发展非常重要!

曾经有报道说，马云认为世界上最好的大学是杭州师范大学，这所学校是马云的母校。阿里巴巴集团目前已经上市的部分在市值最高峰时相当于整个上海的GDP。从这个角度讲，能够真正根植于当地经济社会发展的大学，才是最好的大学。深圳大学开始时只是一个二本院校，但是腾讯创始团队五个人都来自深圳大学，可以说没有深圳大学就没有腾讯，腾讯市值在最高峰时已经相当于北

京一年的GDP。

所以高等教育的发展对城市的发展有非常重要的支撑。

政策与资源优势
不能成为脱贫致富的基础

当我们通过深圳的发展经验来进一步思考海南问题的时候，会发现海南现在面临的挑战是什么。

2008年，我参加了由国务院组织、国家发改委牵头的海南国际旅游岛调研组，当时的任务是编制海南国际旅游岛规划，这也是海南发展过程中一个重要的里程碑事件。在讨论国际旅游岛规划时我曾经说，海南拥有非常独特的自然和资源环境，中国十三亿人民只有这一个独特的资源。所以海南旅游岛规划出台，一定会推动海南成为一个投资的热土。但是我也在想所有类似国际旅游岛的发展经验，如果没有岛内教育水平的提高，没有人民素质的提高，国际旅游岛即使能够成为投资的热土，也不可能成为人民脱贫致富的基础。

在国际旅游岛规划出台后的很短时间里，海南的主要海岸线都已被开发或占用。这几年，我们看到海南的房地产和旅游业蓬勃发展，但是投资的繁荣景象与海南人民生活的改善是不相称的。原因是没有教育水平的提高，没有培养一大批高素质劳动者，这是海南发展最主要的瓶颈。

要让海南有长期发展的竞争力，必须有教育作为依托。只有当海南教育发展起来了，这里才能成为聚集全国优秀人才的热土，国家给予海南的政策和海南自身所有的禀赋资源的价值才能真正显现出来。

海南面临的挑战
是全球同类地区的共同挑战

我们可以看到，不仅海南遇到了上述的挑战，周边东南亚所有旅游热点地区都是如此，这种挑战是全球性的。这类地区如何发展教育，如何通过发展教育、聚集人才，使它旅游热点的优势真正成为经济发展的优势、竞争的优势，实现真正有创新的发展？这是海南和这类地区发展过程中一个非常普遍的问题。

从这个意义上来讲，这一次的会议主题非常值得探讨。它的提出并不是在简单讨论海南的教育可以做些什么，而是在探讨这类区域经济社会发展的规律性问题，这是我们面临的重大的挑战。

作为教育研究工作者，我认为这是一个非常宏大的题目，但是当我们破解这个题目后，会对海南的发展有极为重大的意义。可能现在大家尤其是海南当地的同志们还没有真正意识到：在海南地区，教育为什么有这么重要的地位？那么，作为教育工作者就有责任去解决、回答、探索这一问题。

（本文根据陈锋2018年12月第三届中国教育智库年会现场报告口述整理而成）

张力：关于我国建设教育强国的若干维度

人物简介

张力，国家教育咨询委员会秘书长、国家督学、教育部教育发展研究中心原主任。

2018年12月第三届中国教育智库年会在海南自贸区召开。国家教育咨询委员会秘书长、教育部教育发展研究中心原主任张力教授在会上作了主旨报告，选取不同维度，对我国建设教育强国相关问题作出若干分析。

从宏观层面理解建设教育强国的战略意义

2017年党的十九大报告作出中国特色社会主义进入新时代、我国社会主要矛盾发生新变化的重大历史性判断，以习近平同志为核心的党中央领导全党全国人民，开启了实现“两个一百年”奋斗目标和中华民族伟大复兴中国梦的新征程，确定了“建设教育强国是中华民族伟大复兴的基础工程”的战略部署和总体要求。中华民族有着数千年崇尚学习、重视教育的深厚传统，新时代人民群众日益增长的美好生活需要，自然包含着公平而有质量的教育需求，教育事业必将担负起服务社会主义现代化建设、促进人的全面发展的重要使命。从宏观层面理解教育强国，至少有三个要点。

首先，教育强国战略要同社会主义现代化的其他强国战略相互支撑。党的十九大报告部署的包括教育强国在内的18个分项强国战略目标，全面覆盖社会主义事业“五位一体”总体布局，成为21世纪中叶建成社会主义现代化强国的国家层面支撑，教育强国与其他强国战略必将呈现相互支持、协同推进的格局。

其次，教育强国不好自我认定，需在全球范围达到一定共识。有些人口较少、幅员不大的国家，如以色列和北欧部分国家，人力资源开发占据全球经济分工链高端，也可成为世界公认的教育强国。中国产业链在全球视野中应比上述国家都要齐全，建设教育强国，必须统筹从中低端到高端人力资源开发的多样化态势，在整体质量水平上争取世界同行认可。

最后，建设教育强国须以综合国力为基础，并非短期可以实现。我国人均国民生产总值(GNP)刚到一万美元左右，建设教育强国的经济条件底气显然不足，估计GNP上升到三万至五万美元时，才有可能显示人力资源深度开发的更大效应。所以，教育强国是个远期目标，短期内建成不太现实，预计2035年左右我国可望迈入世界教育强国门槛，但基本建成还要到2050年前后。

新中国成立以来国民受教育程度的基本面

1949年，新中国成立之初的大中小学在校生规模，像是“倒图钉形”，只有

100 多万人能上中学，10 多万人能上大学，当时必须增设工农速成中小学和扫盲班，解决全国 5.4 亿人口中 80%不识字的突出困难。改革开放以来，教育事业发展取得了举世瞩目的成就。世纪之交，随着基本普及九年义务教育和高校扩招，大中小学在校生形成“金字塔形”。到 2018 年，全国大中小学在校生已呈现“正梯形”结构，全世界能达到正梯形结构的国家大约有 1/3。这说明，我国全面普及了九年义务教育，高中阶段以上的国民受教育机会显著扩大。近年来，联合国教科文组织、世界银行等国际组织对我国教育普及水平均予以高度评价。

当前，我国各级各类教育入学(园)率都已跨入世界同期中上收入国家门槛。预计 2020 年我国教育普及整体水平将处于中上收入国家平均水平之上。但是，同高收入国家相比，届时高中阶段和高等教育毛入学率，还要分别落后 10%、30%，至少在高等教育阶段还要追赶很多年。

综观改革开放 40 年，我国探索走出一条适应基本国情的中国特色社会主义教育发展道路，教育的全民普及、体制改革、结构优化、布局调整、师资建设、经费筹措和对外开放，都取得了显著进展。教育事业积极适应全体国民提高思想道德素质、科学文化素质和健康素质的要求，对社会主义事业“五位一体”总体布局所需的人力资源提供了有力支持，为增强我国综合国力和国际竞争力打下了比较坚实的基础。

新世纪国际组织倡导
从终身教育迈向终身学习

根据联合国教科文组织的 2011 年版《国际教育标准分类》，除了界定正规教育之外，对学习的定位，对非正规学习、顺带学习及无约束学习的理解，都展示了新境界。系统化的教育与碎片化的学习，将伴随人的一生。进入 21 世纪以来，在许多国际组织的政策文本中，采用终身学习(lifelong learning)一词的频率，远高于终身教育(lifelong education)。可以说，学习，伴随人类进化的全程，肯定比正规教育范围更为宽广。随着联合国《2030 年可持续发展议程》的推展，不少国际组织预期，未来各国教育政策的走势将聚焦于三个关键句，即：寻求教育公平性、增强教育有用性、提升教师质量。

从终身教育向终身学习演进，我国正走在发展中国家前列。从《中华人民共和国教育法》第二十条规定，“国家实行职业教育制度和继续教育制度”，“国家鼓励发展多种形式的继续教育……推动全民终身学习”,到党的十八大报告“积极发展继续教育,完善终身教育体系,建设学习型社会”,再到党的十九大报告“办好继续教育,加快建设学习型社会,大力提高国民素质”,我国法律政策已经清晰地确认了终身学习体系建设的基本路径。

习近平总书记明确指出,“构建衔接沟通各级各类教育、认可多种学习成果的终身学习立交桥”,为我国基础教育、职业教育、高等教育和继续教育之间相互顺畅链接指明了方向。这将意味着,绝大多数青年在完成高中阶段教育后,进一步求学、深造、进修、培训的机会将成倍增长。学校教育与多样化学习,两个“三角形”叠加而成的学习型社会,就像上海世博园中国馆那样,“四根支柱”像是足够扎实的基础教育,而高层“倒伞状”框架,则标志着高等教育与职业教育、继续教育深度融合、全方位混搭发展构成的资源平台。

我国已经迎来教育与学习资源的“战国时代”

目前,我国正在进入教育与学习资源的“战国时代”,“互联网+时代”的教育与学习,将呈现多样化的探索格局。其中,十分明显的特点是,老师(teacher)和学生(student)的关系,也将向泛化的师者(tutor)和学习者(learner)转变,“能者为师 vs 愿者为生”的新格局逐渐显现,正在形成弥散式、泛在式、自助式、互助式的学习形态。尤其在人工智能介入教育与学习领域以后,开始形成全新的服务业态。

党的十九大报告单列网络教育,深层次意义在于,期望搭建广义的网格化教育,促进传统技术和新型技术相联系、虚拟网络和实体平台相结合。因此,未来学习中心是一类平台,此外,还有学习群、学习站、学习单元、学习社区,等等,都将融入学习网格化的生态系统。由此,我国教育-学习相关的制度创新和体制改革,也将进入一个新的深水区,政府将依法重点保障公共教育服务资源的公平性、普惠性、均衡性,同时,市场机制配置学习资源的选择性、竞争性、多样性日益活跃,仅靠公办教育不能完全满足社会多方面的学习需求,国家法律政策鼓励和引导社会力量、民间资本进入教育与学习领域,提供多样化服务。

回顾昨天,立足今天,展望明天。党的十九大报告对标决胜“两个一百年”奋斗目标,明确要求加快推进现代化、建设教育强国、办好人民满意的教育,根据习近平总书记关于教育工作的重要论述，中央2018年召开全国教育大会，对推进教育现代化和建设教育强国的中长期战略进行了整体谋划。期望21世纪中国人的教育连同学习，能够更有质量，更加公平，更为有用，更可持续，让亿万人民群众更加满意。

最后，关于海南自贸区的教育规划，建议并不一定拷贝粘贴国内外现成教育与学习资源运作模式，而应深入论证，选择好“弯道超车”合适方式，并准备好必要条件。比如参考深圳，集聚一批高水平产学研协同创新平台的经验。深圳当地现有大学的作用毕竟有限，更多的还是通过跨区域跨校协作而获得的丰硕成果。如果海南要打造高等教育新的增长点，也可充分利用跨区域、跨高校、跨国合作机制的政策制度红利，根据党中央、国务院《关于支持海南全面深化改革开放的指导意见》和不久前启动的《海南省创新驱动发展战略实施方案》，在省委省政府的领导下，统筹确定教育事业在海南整体战略中的合理定位，在优化高校布局、开展产学研协同创新等方面抢抓机遇、迈开阔步，相信海南教育定会尽快把得天独厚的政策优势转化为实实在在的发展优势。

（本文根据张力2018年12月第三届中国教育智库年会现场报告口述整理而成）

张民选：参照 WTO 与 GATS 规则，探索海南教育发展

人物简介

张民选，教育部国际教育研究与咨询中心主任。

2018 年 12 月 29 日，第三届中国教育智库年会在海南自贸区召开，张民选的主旨报告从自贸区与教育的内在联系，WTO、GATS 对教育国际化的发展启示，海南面临的机遇与挑战等方面进行了分析。

海南经济特区开放格局的形成

回顾改革开放四十年中国在经济区域建设上走过的历程,首先是从深圳特区到1992年批复设立浦东新区,随后在2013年设立了中国(上海)自由贸易试验区。这个试验区很小,只有27.78平方千米。前几年经过不断发展,中国扩展出了13个自贸区。直到2018年4月在海南经济特区建设30周年大会上宣布建设自由贸易区、自由贸易港,这一区域的面积是3.45万平方千米,全国13个自贸区加在一起也没有这个面积大。我认为这是一个巨大的变革。

中央提出的中国海南自贸区建设是习近平总书记谋划、部署、推动的重大国家战略,是党中央、国务院着眼于国际国内发展大局,深入研究、统筹考虑、科学谋划作出的重大决策,是彰显我国扩大对外开放、积极推动经济全球化决心的重大举措。其中饱含着党和全国人民对未来改革开放的期待。

"四区一门户"是海南经济特区的战略定位。

第一区,深化改革开放试验区。也就是说以前没有提出过的问题在这里可以突破、可以深化、可以研究。

第二区,国家生态文明试验区。开放要以保护环境为底线,不能再像以前工业化时的做法,我们要在有限的空间和条件当中建设。

第三区,国际旅游消费中心区。

第四区,国家重大战略服务保障区。我们面向南海,要有战略上的考量。

同时,要把海南打造成我国面向太平洋和印度洋的重要对外开放门户。开放门户这个词已经很多年没有用过了,国家在使用这个词的时候一定经过了高层专家的再三考量,开放门户包含着宏大气魄和改革开放的格局。

在这样的背景下考虑教育的发展,自贸区就会对我们提出很多问题,机遇和挑战并存。

海南自贸区的六大特征

我们可以看看中国的自贸区和世界上一般的自贸区有哪些差异。我心中的自贸区首先是自由贸易,是以自由港货物贸易为主开始的,但是我们的自贸区已经远远跨出了这一步。

第一,对外资全面实行准入前的国民待遇。以往我们都是在准入后才来探讨是否给予国民待遇。另外,根据GATS的三级承诺,分别是市场准入、国民限制和其他承诺,我们给出的其他承诺是“负面清单”。负面清单也就意味着,除明确规定不允许的,其他都被允许。要知道世界上其他国家基本给出的都是“正面清单”,也就是只有清单中提到的才被允许。

第二,如果说对外贸易只在第三产业中占据一小块,那么现在国务院的规定是在告诉我们,一、二、三产业都可以做。从农业到高新技术产业到现代服务业,都对外开放。

第三,所有的自贸区都有国际贸易,但是我们的方案中,除了国际贸易又加上了十一个行业重点开放,种植业、医疗、教育、旅游、电信、互联网、文化、金融、航空、海洋经济、新能源汽车制造等。我们发现,教育排在了旅游前面。

第四,鼓励“一带一路”国家和地区参与自贸区建设。关于自贸区有两个词,分别是FTZ和FTA。FTZ是我们现在划区域来做的国际自贸区,FTA是跨国自贸。如果我们把自己的FTZ和其他国家的FTZ联合起来,就变成了FTA。同时,我们还支持“一带一路”国家在海南设立领事机构。国家设立领事机构的城市是严格控制的,目前能够设立的城市有北京、上海、广州、沈阳、成都,现在又对全球65个国家增设了海南。

第五,支持与“一带一路”国家开展科技人文交流、共建联合实验室、科技园区合作、技术转移等科技创新合作。这意味着不但可以投入直接有产出的产业,而且可以立足长远、立足未来,让科技创新在这里发育生产。

第六,与“一带一路”国家和地区自由贸易园区在投资、贸易、金融、教育等方面开展交流合作与功能对接。其中,教育是各个国家自由贸易区中都没有提到过的要求。因为不直接受物质生产和物质贸易的管制,它是服务于贸易管制的。所以现在我们的自贸区与目前世界上1 200多个自贸区都可以产生服务。

自贸区对教育发展产生的五大影响

在这样大的格局下,自贸区发展一定会对教育发展产生影响。

第一,我认为随着人口结构的变化,这些人口会对自己和子女的教育提出更高的要求。就像深圳,如果没有人口结构的变化,如果还都是渔民,如果没有吸引各国的人才,就肯定无法建成今天的样子。所以,“办人民满意的教育”就会要求自贸区各地的教育质量有很大提升，国际教育的内容和方式一定会成为优质基础教育的应有内涵。

目前全国很多小学都是三年级开始开设英语课，因为他们没有感受到需要。而上海是从幼儿园开始就有英语课，据说海南也开发了自己的英语课程，在国际化的环境中，国际教育的元素就会逐渐融合在里面。

第二，自贸区劳动人数的增加、结构的变化，会让提高受教育程度、增加职业培训成为趋势。国际规则、国际语言、国际资格将会成为每个劳动者终身学习的内容。

上海的大学文凭都是一张文凭、多张证书。学士学位是他的文凭，在大学四年的过程中还会考会计证书，甚至是英国伦敦会计所的证书，还有法律证书、金融证书等，这些证书都有可能影响他的就业和未来发展。这是一个自愿学习的过程。所以上海很多培训机构在上海设立了自贸区以后也有若干的会计、金融、法律、海关、食品安全等很多国际课程和证书出现。这也会对劳动力产生影响。

第三，自贸区的境外人士居住量会增加，他们本人和子女的教育就需要高质量、国际化、与各国高等教育接轨的教育。

上海有 36 所外籍人员子女学校，五六万的外国孩子在那里读书。从最开始只有外国人办，到我们自己按照国际规则办，所以后来上海中学成立了国际部。现在上海也有了专门对外籍人员子女学校做认证的机构。

第四，自贸区的发展会让税收发生变化，形成成本低、距离近、形式方便、语言内容有优势的选择。因此各国的学生有可能选择海南作为“学习目的地”。

一个高等教育强国，一定会分享各国的知识。如果我们办了一所很好的学校，那么马来西亚的华人华侨子女一定会来。因为马来西亚的高等教育入学率是按照人口种族比例分摊的，华人只占 6%，这使他们通常会离开马来西亚到其他地方读书。如果海南办起了好的学校，他们当然愿意来，亚太地区想到中国来学习的人很多，作为太平洋和印度洋的门户，我们可以为其他国家做点事儿。

第五，对于国内来说也是一样。由于自贸区的发展一定会让全国各地的人在这里汇集。现在他们是为工作而来，有一天他们也会为了教育而来。

所以我们的机遇非常多，对教育的发展要求也非常高，因此我们要行动、要去做。

参照 WTO 与 GATS 规则
探索海南教育发展

如何去做？我认为可以看看 WTO 和 GATS 给我们的规则。有些方面已经有法可依，那我们就要参照，当然也有一些方面需要我们探索、创新。

我把国家 40 年来的外事政策进行了梳理，发现我国在出访参会、出国留学、学历认证、来华留学、合作办学、学位互认、来华专家、引进人才、科技合作、国际会议、外籍子女学校、高中课程、中介服务、境外办学、人文交流、多边合作(国际组织)等 16 个方面都制定了一系列法律法规，这些法规都与我国加入 WTO 和批准《服务贸易总协定》(GATS)的承诺相一致，对内也与我国的宪法、教育法、民法等法规相衔接。

那么，WTO 和 GATS 究竟给我们提出了多大的发展空间呢？

第一，GATS 提出，除了军警、干政教育外，要开放五类教育：初等教育、中等教育、高等教育、成人教育、其他教育。在初等和中等教育中，各国都有义务教育阶段，这一阶段可以不开放。

第二，GAS 提出三项承诺。① 市场准入，也就是要允许其他国家的学校和证书进入。② 国民待遇。③ 其他承诺，我们的“负面清单”就是其他承诺。这是三个维度的管制办法。

第三，四种实现方式。① 人员来往。② 境外消费，如果我们办了一所外籍人员子女学校，外国人来这里读书付钱，就可以说是境外消费。③ 跨境交付与提供，比如我在这里学习美国 MOOC 的课程，在网上付款，也就是跨境提供了课程。④ 商业存在，无论是英国的会计考试还是美国的 SAT 考试都是要支付费用的，这就是一种商业存在行为。

但是只谈商业行为，大家也不太满意。所以各国的专家在 2003 年的挪威论坛上又提出了人员流动、项目流动、机构流动这三种方式。

这样我们就有了很大的空间，可以总结为如下方面。

① 人员(项目、机构流动)。包括出国留学、来华学习、外国专家、合作办学、教师出国培训、国际课程、人员互访，合作交流等。

② 境外消费。包括出国留学、教师出国培训；外籍子女学习、来华付费学习等。

③ 跨境交付。包括部分国际课程与考试[A - Level、IB(DP)]、远程付费课程等。

④ 商业存在。合作办学、留学中介服务、特许经营(课程和考试)等。

这样我们就能看到不仅有求学教育、人文交流,同时也有服务贸易的内容,可以产生经济利益。上个月,美国公布了2018年度《门户开放报告》,美国人每年通过招收留学生得到的消费总额为434亿美元,英国288亿美元,澳大利亚213亿美元,新西兰100亿美元。所以自贸区是可以这样来做的,如果有了经济利益就能反哺我们的经济发展。

吸收开展教育国际化的先进经验

世界上有哪些比较好的案例呢?

阿联酋有迪拜知识村和迪拜大学城,现在已经引进了9个国家14所大学的分校。

卡塔尔有多哈国际教育城,采取"一对多"的方式进行国际合作办学,邀请世界一流大学入驻。他们对一流大学是按照自己需求进行选择的,比如缺少国际事务的人才,他们就邀请乔治城大学入驻,医学不发达,就请来了世界上最好的威尔康奈尔医学院。同时,他们还有伊斯兰教育研究机构、三所中小学、多家科研机构、出版媒体、会议中心。这样产学研就连在一起了。

比较发达国家的经验有新加坡,新加坡国立大学加上十所其认为与自身需求对应的学校,还有研究所、科技园、其他教育培训机构。

国内的榜样我认为是苏州工业园区。现在已经有29所国际一流的高校、研究所、国际中小学、学前教育机构。

一体两翼发展建设国际教育岛

从深圳特区到海南再创改革开放新辉煌,我认为海南教育的优质发展一定是一体两翼。

一体,指的是满足人民需要的、与我国国际地位相匹配的公平优质教育。两翼,指的是国际化和信息化。这能够让我们从乡村跳跃到后现代,让我们开发的岛变成世界各地和本地百姓都向往的教育岛。如果我们能把两翼做大做强,助推一体发展,我们就会有更大的天地。

我们的教育有很大的政策和空间可以发挥,但是还有一些方面,我们也要思考如何突破。

比如:

中外合作办学到底应该如何开展?我们规定必须由中华人民共和国公民担任校长,那是否可以聘双校长?

民营机构可不可以做?是否允许牟利性的中外合作办学?如果可以的话,我们完全可以和美国创新能力最强的可汗学院合作,但是目前还没有人能回答我们的问题。

另外,海南要面向东南亚,那么是否可以由国际组织来建留学中介?

还有一些领域,我们目前还没有考虑到,如远程课程、国际知识证书、专利证书、资格考试可不可以进入?营利性的教育培训可不可以开展?

这些问题,我们的教育工作者都会提出来。

我想,既然海南岛是自贸区,那么整个海南就可以是一个国际教育岛。我认为可以引进国际组织、引进国内一流的国际学校、瞄准国家希望重点发展的十一个领域,引进世界一流的高校和研究机构,将产学研结合起来。我们可以让教育机构与企业相结合,甚至可以通过向世界银行贷款来解决财力的问题。还可以学习苏州工业园区,用一大片区域中的一小部分来发展教育,虽然教育不营利,但是其他土地是营利的,土地自身也会升值。

我们有很多的长处,都可以在海南实践,也可以和东南亚联手,一同助力海南教育发展。

(本文根据张民选2018年12月第三届中国教育智库年会现场报告口述整理而成)

史秋衡：深化高教综改，海南要“引进来”“走出去”

人物简介

史秋衡，厦门大学教授、高等教育质量与评估研究所所长、贵州师范大学校长助理。

2018年12月29日，第三届中国教育智库年会在海南自贸区召开，史秋衡的主旨报告，从深化高等教育综合改革的紧迫性、现实动力、指向、结构设计以及对深化海南省高教综改的战略思考等维度展开全面分析，提出了自己的思考和建议。

深化高教综改，将改革进行到底

最近，对高等教育结构性改革的关注比较多，改革已经非常急迫。

从发展来说，改革的现实动力正当时；从顶层设计来说，改革是可持续稳定的，但是经常会有一些改革在改和不改之间徘徊。所以，2018 年习近平总书记特别地强调改革，不但要改，而且要进行到底。

从 1978 年到现在，改革不是终于告一段落，而是要继续进行下去。现在的改革不但不能停，而且比任何时候都更紧迫，是更高层次的继续改革。

我们的改革已经进行了四个阶段。从改革起步探索阶段，到重点推进阶段，再到整体推进阶段，接着到今天的全面深化阶段，话说起来容易但做起来很不容易。比如某特区，和海南一样，都是五大特区，实际上该特区没有抓住第一波改革，也没有抓住第二波改革，但赶上了第三波改革，才真正发生了巨大变化。所以，如果步步踩准步伐是可以改革得非常好的。

国家一直以来给海南的政策优惠比其他特区多，特区该有的优惠海南都有，再加上旅游、自由贸易等方面，优惠很多。但是，纵观海南的整体改革，还有一些核心问题没有解决。所谓核心问题，一个是微观的，就是立德树人和人才培养；还有一个就是分类改革，管办评分离、放管服改革。学校要分类发展，实行一校一方案。比如，可以直接设立研究型的大学，或者应用型大学。2018 年国内也已经首次出现了职业型的本科院校。

深化高教综改，“三大转向”全面落实

整个高等教育的发展，都要落实到具体的一个个学校。以前，我们的配置方式是分层次建重点，国家的重点是服务全国和世界，地方的重点是服务区域。原来国家大学是面广、区域大学是面窄，这种区分有一个缺点：高校发展被分成三六九等。

改革开放以后，1980 年颁布的《中华人民共和国学位条例》带来了非常巨大的影响。“学位条例”很稳定，学士、硕士、博士的三级学位制度，基本上全部的高校，哪怕是双一流高校建设，都是奔着学位点跑。

发展到 1986 年的时候开始抓办学条件、抓底线，到 2017 年开始抓高校分类，教育部党组正式通过“十三五”高校设置工作意见，分成三类。

第一,分类管理。现在的高校发展会逐步地分成三条跑道。

第二,分类发展。每个学校都应该有自己的个性特色,要自觉寻位地发展。

第三,分类评估,探讨绩效与导向。以前是以管代评、以管代发展,实际上现在“评”还没从政府中剥离出去。

从学校的发展来说,学校自己是有一定的自主性的,还要寻位。所以,在管办评分离当中,定位和寻位应该作区分。

如今高等教育的发展实际是怎样的?现在严控增量、努力进行大规模的结构调整,已经从注重量的增加转向注重质的提升阶段;从仅仅是注重顶尖大学的建设,转向注重三类高校标杆的全面推进;从以规模扩张和空间扩展为特征的外延式发展,转向以质量提高和结构优化为核心的内涵式发展。

在发展过程当中,教育重要的是培养人才,所以在改革过程当中,培养应用型人才的紧迫性是非常强的。三类院校中应用型高校是塌陷的中部,培养的是应用型创新人才,这很值得大家关注。

深化高教综改,推进依法治教

无论是全国人大的法律、教育部的条规,还是中共中央公布的文件,都可以看到这一基本的精神,不同类型、不同层次的高校,要分类管理、分类发展、分类评价,这基本上是定调的。现在都在规划研制新的政策,因此在整个改革当中,各种各样的关系交织得越来越厉害。现在已经不像以前那样,可以把法律放一边。很多改革,都要用法律来协调各方,而且是系列性地改。

所以,从整体指向来说,权力、职责的重点以及带动全局的都要通盘考虑,也包括一些重点指向,怎样依法执教、怎么放管服、本科教育怎么做、研究生教育怎么做等,包括优化高等教育结构的问题,实际上已经在一步步落实。

深化高教综改,夯实法律根基

很多院校经常会出现这样的问题:一抓本科,研究生就不重要;一抓研究生,本科就不重要。这显然是不合适的。综合改革要有整体观。我认为要从以下四个方面去综合考虑。

第一,法的根基得关注,要依法去做。当然,有需要的时候,甚至有重大改革的需要的时候，法律的相关条款也要随之改革。

现有的法律法规和高等教育发展不协调、不适应的地方，要进行批量的修订，要从整体考虑、综合考虑。只有打开视野，才能真正知道核心的问题在哪里，不然都有局限性。在对策上，我们遵守法制精神；另外要明确的是，改革的路径、改革的问题、改革未来怎么把控，这需要我们共同去探索。

第二，一方面要发挥高等教育智库的研究优势。现在智库推进已经是常态，我主持的智库是走学术高端路线的。国内有些同仁把国外的方案修订进来，是由外向内输送的；我们做的是由内向外输送的，是自发研制，再找人家合作。我们是走出去，有些同仁是引进来，两种路线都有。整体来说，如果我们没有拳头产品、没有拿得出手的东西是走不出去的，所以这是利器。

另一方面，在高等教育综合改革自上而下推进的过程中，每一环节也应采用科学规范的方法，由点及面，循序渐进逐步深化。

第三，权力关系的相互制衡。比如院校分类，实际上我们的学者不是在2017年1月份开始研究的，我们已经研究了几十年，政策长期出不来，政府也在想办法做分类管理。为什么长期做不了？实际上是一种制衡机制没有出来，政府和学者之间都难认可，曾经谁也说服不了谁。现在有联合机制、制衡机制，这个问题就比较好解决。

第四，还要清楚改革的目的是什么。从大学的改革来说，人民群众的要求越来越高，以前是只要提供教育就行了，现在是要人民满意，这是不容易做的。十四亿人的满意，众口难调。

这就需要把握一些关键性的原则，比如公平性原则。为什么现在高考公平的问题一出来，大家立即剑拔弩张？江苏的高考指标一调到中西部去，江苏的考生立马不同意。调多了不行，调少了也不行，中西部确实是有发展上的很多困难，人才难引进，学校难发展。东、西部差距确实很大，东部地区的学校不差钱，西部地区的学校可差钱了。发展的根本目的是什么，这是需要大家关注的。每个人接受教育都应该是公平的，教育公平是社会公平的基础。

深化海南高教综改，“引进来”“走出去”相结合

海南的服务业（第三产业）比重比较大，这么说好像合理也好像不合理（见图1）。海南农业的科技化程度，比如农业科技化可不可以做？旅游业哪怕做得再

好，能否成为稳定的产业之根？旅游业暂时再好，只要有一两起旅游的纠纷，产值就下滑了，经不起震荡。

从教育来说，海南的规模是比较小的，而且质量和国际化水平也较差。另外，海南的高等教育的规模跟全国比，也差得较远，尤其是研究生教育规模。因此，从海南的一些数据来看，比较偏基础教育和基础教育之下的这两方面的教育，跟全国没有什么太大差异，但是高等教育这一块的差异非常大（见图 2）。海南高等教育的分布有两个很重要的点，一个是海口一个是三亚，其他地方的高校几乎是凤毛麟角。

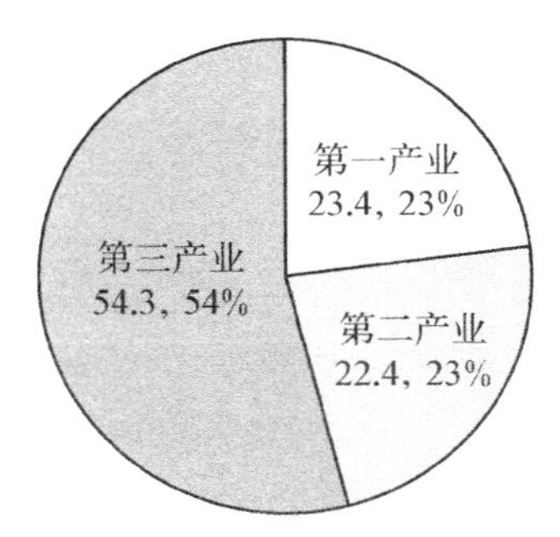

海南省产业结构(亿元，占比，2016年)

图 1　2016 年海南省产业结构

数据来源：公开资料整理。

海南省与全国人口受教育程度占比情况

	未上过学	小学	初中	普通高中	中职	大学专科	大学本科	研究生
全国	5.70%	25.61%	38.84%	12.75%	4.15%	6.90%	5.50%	0.54%
海南	4.72%	22.31%	45.43%	11.95%	5.85%	**5.74%**	**3.91%**	**0.09%**

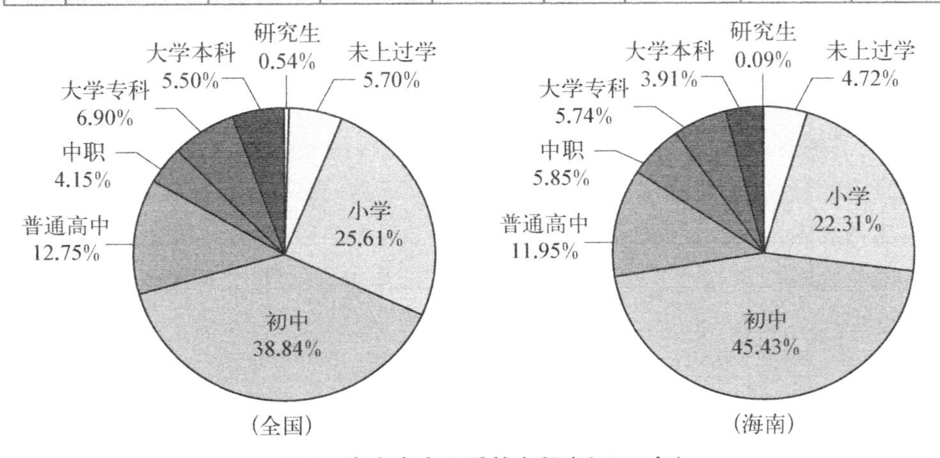

图 2　海南省人口受教育程度(2016 年)

数据来源：教育部发展规划司.中国教育统计年鉴(2016)[M].北京：中国统计出版社，2017.

我是全国高校设置委委员，对这个结构很敏感。比如东方市，说我们没有高校所以要设一个。但是海南的很多地方都没有高校（见图 3），现在国家又在严控增量，海南想增设也增不了多少。我认为，高校设置的核心问题不是增加数量，不是简单地给海南特殊政策增一些高校，更重要的还是要增质量。

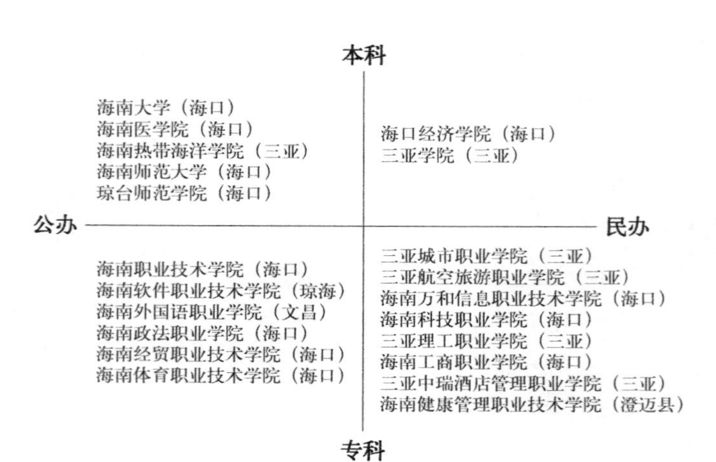

图3　海南高校分布地

数据来源：公开资料整理。

全方位发展教育、全面提升教育质量，是培养海南省经济社会发展所需专业人才、推动海南省“走出去”与“引进来”、提升国际化水平的重要支撑和引领力量。

第一，要把握海南省的国家战略地位，发挥教育的支撑和引领作用。海南的作用与国家的战略安排，在某些地方是不配套的。

第二，瞄准海南省重点发展行业，高等教育人才培养规格主动与之耦合。实际上，高等教育的实力、治理的水平，研究生教育，对一个地方的发展是很重要的。海南的经济发展不强，产业的发达程度也不高，高等教育的水平差距较大。这很值得大家去关注。

第三，要将“引进来”与“走出去”相结合，提升国际化水平和发展外向型经济。

（本文根据史秋衡在2018年12月第三届中国教育智库年会现场报告口述整理而成）

孟繁华：以“生态观”引领教育改革创新

人物简介

孟繁华，首都师范大学校长。

2018年12月29日，第三届中国教育智库年会在海南自贸区召开，会上，首都师范大学校长孟繁华以生态观为切入点，对高等教育如何进行改革创新提出了自己的思考。

找寻改革创新的“高压锅”

我们经常会听到一些小故事，它们被用来隐喻发生在人们身边的现象并引发大众的思考，接下来我讲一个自己编的故事。

假设我是一个领导，要求员工完成一项任务——10 分钟之内将一壶水加热到 120℃。眼看着 5 分钟过去了，水已经烧到了 100℃，如果安排一次中期检查，这种情况已经是超额完成任务了。紧接着，水继续烧，5 分钟又过去了，却还只是 100℃，这时候我们可以明显看出来，水壶里的水再加多大的火也不会提升温度了。那么该怎么办？把水壶换成高压锅。

这就如同社会上所出现的很多现象：人们常常在上半场呈现超额完成的态势和效果，可是在下半场却一事无成。为了避免下半场的一事无成，我们应该做的就是改革创新。上半场用传统的方式运作，下半场则以全新的方式开启新阶段，如此一来，工作就会更容易推动和完成。

改革开放的四十年间，我常把它分成三个阶段：第一是效率优先，第二是市场选择，第三是公共治理。如果只完成了第一阶段，而没有第二阶段的市场选择，那我们就不可能有现在的成绩。但如果在 21 世纪以后我们仍然沿用市场选择阶段，而没有公共治理的考量，也很难实现进一步的发展。

中华民族是有智慧的民族，发展到一定程度的时候总能选择最佳的路径和道路来推进工作。一个国家、一个社会是如此，那么一所学校、一个机构也是如此，一定要做适时的改革创新！我们当前的基础教育、高等教育正面临改革创新的新阶段。

在习近平总书记提出的“四个全面”战略布局中，其中一项是“全面深化改革”，在我看来，要想将“全面深化改革”向正确的方向稳步推进，首先要找到改革的“高压锅”在哪里，如果没有找到或是找错了，事情就会变得很麻烦。

中国的基础教育在上半个阶段完成了普及，高等教育也随之完成了大众化，我们津津乐道于这样的成就。但是，必须引起重视的是，如今的时代，我们一定要把基础教育的公平、优质，以及高等教育的多样性、建设世界一流的目标和方向提到一个新的高度来认识。

瞄准四大体系建设，推动高等教育改革创新

习近平总书记指出，高等教育的根本任务是立德树人，要按照四大体系建设来深入推进高质量的人才培养。

第一是学科体系建设。如今，高等教育院校追求学科排名、大学排名，不断研究排名的指标体系、学科评估的指标体系，这种做法和高中追求升学率特别相像，它推动院校仅朝着同一个指标去做，加大了其同质化的可能性。因此，我们的学科体系建设方面必须要改革创新。

标题中提到，我们要以“生态观”引领教育改革创新，在这里再讲一个小故事。

马塞马拉大草原的角马迁徙，角马在奔跑的途中有可能被鳄鱼抓住和吃掉，这个血淋淋的食物链关系相当残酷和惨烈。看到这一幕，我们的同情心油然而生。但是，不得不说的是，角马是一定要被鳄鱼吃掉一部分的，因为不吃的话，鳄鱼会被饿死，而角马也无法更优质地进化。当然，也不能让鳄鱼吃掉太多，否则鳄鱼群体不断膨胀，角马群体不断萎缩，如此一来，生态平衡就被破坏了。

这个故事告诉我们一个道理，我们平常总会说“做大做强”，但是把“做大做强”放进这个故事中，就不合适了，这就是生态观，要求万物达到有机的平衡。

这也好像是在描述基础教育和高等教育的关系，我们不能在基础教育方面单一求强，而不去管高等教育，也不能只加强高等教育，从而忽视了基础教育。各个层级之间都应该倡导一种“生态观”的理念，至于其中的紧密度和需要“做大做强”的程度我们可以再继续研究，具体问题具体分析。

在全国教育大会上，习近平总书记特别强调了要“去五唯”，“五唯”包括唯分数、唯升学、唯文凭、唯论文、唯帽子。尤其是在“唯帽子”方面，最明显的行为就是为高校扣上 985、211 的帽子。虽然现在教育部明令废止了 985、211，但是还是有很多人在提，我认为这就是利用行政权力对所谓的学术地位或是霸权的眷恋，这不是一种基于生态观的考量，不符合国家高等教育的未来走向。

我们已进入双一流建设新时代，双一流是一种动态的调整机制，有利于打造良好的高等教育领域的生态系统。

我从前认为，如果某个学校想建成名校，那么它一定要是所百年老校，需要

经过文化的积累，才会逐渐形成强大的文化共同体，但是现在看来并不是这样。以香港科技大学为例，这个只有 20 年建校史的大学如今一跃成为亚洲名校；还有澳门科技大学，只用了 10 年，每年经费投入 20 多亿元人民币，跻身海峡两岸暨香港、澳门大学排名中的第 21 位。

学科体系建设的核心要素是什么？就这个问题，我和上面两所学校的校长展开了深度的探讨和交流，我们认为关键要素是——良好的治理体系以及优秀的师资，特别是国际化的师资。国际名校外籍教师一般高达 30%，我国高校在推进双一流建设中也应该面向全球进行招聘。在推动师资队伍国际化的具体实施过程中，自然也会带来国际化的办学标准和体系。

我们在坚持立足中国大地办教育的同时也一定要有国际视野，没有国际化的思维和视野，不可能建成世界一流的大学，两相结合才是办好一所大学最重要的因素。

我们的学科评估体系有四个指标：师资队伍、人才培养、科学研究和社会声望。放在第一位的指标是师资队伍。可是，我们的师资队伍是如何测量的呢？主要看拥有多少人才称号获得者，一所大学只要有了这些符号，师资队伍水平就算提升了，这和国际标准不一致。所以说，没有国际化的思维和视野，不可能建成世界一流大学。这就是为什么一定要“去帽子”，因为它不符合国家高等教育的未来走向。

四大体系建设中的第二项是构建教学体系，我们要把教学作为一个学术体系的重要组成部分开展研究，以此来支撑起立德树人的根本任务。在构建教学体系方面，需要重点关注三个转向：首先，从以教师为中心转向以学生为中心；其次，从专业教育转向全人教育；最后，从知识传递转向知识建构。

第三是要构建教材体系。高质量的教育必须要有高质量的教材作为支撑，教材是教学的关键要素。中央非常重视教材体系建设，教材局如今也已成立一年多，如果说学科体系是强教之基，那么教材体系就是立校之本。

第四点是管理体系建设。我们现在的治理能力和现代化水平有待提高，需进一步加大改革创新的力度。在我看来，应该围绕着立德树人的根本任务、围绕着构建良好的教学体系和学科体系方向，来构建管理体系，从而支撑起双一流建设的重要任务。

如今，我们既然要建设世界一流大学和世界一流学科，那么凡是不能支撑起这一任务的做法，都应该改变。拿“五唯”来说，与世界一流大学相比，我们难道不是在自己的小圈子里面自娱自乐吗？同样的道理，我们每天所开的各种各样的会议，仔细想来，这些是指向双一流建设、指向立德树人的吗？如果和这些没有关系或关系不大，是不是在管理上应该做一些调整？

改革的任务任重而道远，对比世界一流大学，我们还有很多做法需要反思。同时，我们必须以党的十九大作为改革进程中的重要标志，找到推进教育改革的"高压锅"，唯有如此，才能实现建设有中国特色一流大学的宏伟目标。

（本文根据孟繁华2018年12月第三届中国教育智库年会现场报告口述整理而成）

王辉耀：人才改革驶进快车道，海南应担起人才大任

人物简介

王辉耀，全球化智库（CCG）理事长、国务院参事、人社部中国人才研究会副会长。

2018 年 12 月 29 日，第三届中国教育智库年会在海南自贸区召开，王辉耀的主旨报告，从改革开放四十年及中国人才思想与战略的演变、国际人才流动图景与趋势、海南区域国际人才竞争力及与国内外对比借鉴、党的十八大以来我国国际人才政策发展、各地自贸区国际人才政策以及海南自贸区（港）人才战略等维度展开全面分析，提出了自己的思考和建议。

改革开放40年，
中国人才思想与战略的演变

20世纪50年代建国初期的时候，国家激励所有的爱国知识分子为人民服务，坚持的是实用主义原则，对知识分子制定了“团结、教育、改造”的政策。再后来，规定知识分子是工人阶级的一部分。到“文革”时期，我国的人才引进基本处于停顿状态，引进的海外专家更是少之又少。

人才政策迎来真正的开放，是从改革开放开始的。1977年，邓小平刚复出，那时候国家还没有改革开放的相关政策，他个人就提出了改革开放，对内是恢复高考，对外是放开留学生。所以，邓小平是非常伟大的，他提出的改革开放、在1977年恢复高考，给改革开放奠定了雄厚的人才基础，这非常重要。

20世纪90年代以后，我们国家的人才政策一直在不断演变，比如，出台了“百人计划”、长江学者等人才引进项目。国际人才战略是从2001年的APEC人力资源建设峰会开始的；2002年出台了全国的人才队伍建设规划纲要，提出了全国人才战略；2003年，第一次全国人才工作会议召开，中央人才工作协调小组成立；2007年，党的十七大第一次将人才强国战略写入党代会报告和载入党章。2008年，人才规划工作起草，2010年形成《国家中长期人才发展规划纲要(2010—2020年)》。

未来的中国，需要大量的国际人才

现在，全年服务进出口总额已经接近5万亿元，我国的全球货物流动第一，外汇储备有3万多亿美元。但是从资本流动来讲，仍然是发达国家特别是美国占据主动地位。所以说，我们可能只是刚启动货物流动，资本流动还是由发达国家掌握。那么，剩下最关键的就是人才流动，中国仍然还有很长的路要走，包括教育这方面。

我们可以通过这组数据来看全球化的发展，按照联合国国际移民组织的统计，全世界大概有2.3亿国际移民，还有7.4亿的国内移民，比如我们国家的农民工就有3亿人。所以，城市化是未来发展非常重要的一个环节。因此这也对人才的需求提出了新的挑战。

未来，世界人口增长都会集中在大城市，全世界每周有 300 万人口移居到城市，未来的城市还会不断地发展。中国现在也已经有 260 个城市的人口超过了 100 万，从这个意义上来看城市和移民的关系的话，未来中国需要大量的人才，包括国际化人才。

同时，我们国家的国际人口比例目前几乎处于全世界最低的位置(见图 1)。比如，在中国有国外身份的人不超过 100 万，移民占总人口的比例仅为 0.07%，这一比例低于印度的 0.4%(印度拥有移民人口 519 万)。如果中国想成为世界创新高地，或者建设世界城市的话，没有一定的国际人才或者国际人口，对中国来讲不是一个利好。

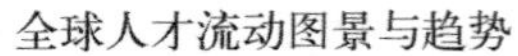

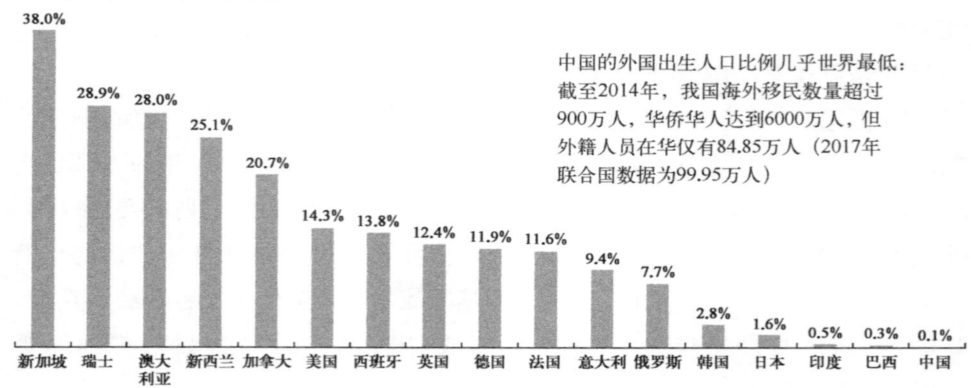

图 1　全球移民趋势与外国出生的人口比例(按国家)

来源：CCG 与国际移民组织《世界移民报告 2015》。

比较中关村和硅谷的国际人才及人才比例，硅谷有 50%来自世界各地，中关村大概有 1%是来自国外，这 1%里面 70%都是海归。从这份数据可以看出，中国的国际人口比例在全世界几乎都是最低的。如果要建设人类命运共同体，打造"一带一路"，要向世界输出中国的理念也好、价值也好，我们的国际化程度或者是与国际之间的碰撞、与国际之间的智力交汇，还有很长一段路要走。

海南如果要建世界的自由贸易区，没有国际人才怎么建？海南大概有 900 多万人口，来自国际上的不到一两千人，比例也是非常低的，这个是不可想象的。我们"全球化智库"每年出版的国际报告、蓝皮书报告，上面有数据表明，过去二十几年拥有高等教育学位的移民增长了 130%，全世界都在抢留学生。所以，技术移民已经成为全球移民的一个重要组成部分。

世界中心的转移，是人才的转移

谈到全球化的几个要素，我们国家从资本到货物都有一定的优势，但从人力资源、从人才讲，仍然差得很远。世界中心转移的背后，实际上都是人才的转移。二战以后，德国战败，苏联忙着抢设备，抢机场、工厂的机械等。但是美国通过"回形针行动"和德国抢了 1 600 多名的人才。那么，未来的人才如果没有转移到中国来，中国就不可能崛起，也不可能成为世界性的引领性的国家。

现在印度的平均年龄是 20 多岁，中国是 40 多岁，日本已经接近 50 岁了。我们国家 20 世纪 80 年代的时候，建筑工人是平均 20 岁，现在的建筑工人平均 45 岁，中国还没富起来就已经老了。现在中国的国际人才更是已经成了稀缺元素。所以，全世界的国家都在争夺人才。比如日本，他们首先提出要大量地吸引留学生，要把一半留学生留在日本工作，如果留学生找不到工作的话，日本政府就帮他找。上个月，日本刚刚通过"允许外国人到日本就业"的法律，外国人在日本的比例大概是百分之二点几。

国内人才大战爆发，中国成人才最大输出国

中国的二线城市已经开始开展了人才大战，从武汉要把 100 万人留在武汉，打响了国内人才大战的第一枪。现在，长沙、成都、西安、天津都在跟进。海南也有政策，100 万人才进海南。

我们国家现在还停留在做存量的阶段，而世界上其他国家都在做增量。在各个国家都做到从国外吸引人才的时候，我们还停留在国内抢人才的阶段。

比如东莞 800 万人口中，户籍人口只有 200 万，其中有大量进来的人才，因为户口和待遇问题又都回去了，他们其实可以留下来提升当地制造业的。同时，我觉得大学生也不一定就是人才，我们的人才导向应该面向世界、面向现有的已经在城市工作了很多年的人。

另外，中国没有在世界各地抢人才，却成了全世界人才最大的输出国。社科院每年发布中国留学报告蓝皮书上面有这样的数据，去年我国出国人口 60 多万，现在是全世界最大的留学生来源国，占全世界留学生来源的大概五分

之一。

全球留学生的增长数量高于全球高等教育的增长数量，这是未来的大趋势。中国留学的发展改变了国际人才的版图，这是非常值得关注的。国外来华留学比例在全世界几乎是最低的(见图 2)，按照教育部统计每年大概是 40 多万人，这 40 多万人有一半是短期来学习语言的，读学位的只有 20 多万人。我们国家到国外的 60 多万人大部分是读学位的，这差距实在太大了。全国所有的存量加起来抵不过一年的出国数量，在国内的存量是 20 多万人，在海外的国际留学生存量是 200 多万人，是 1∶10 的差距。

Countries 国家	No. of International Students in Higher Education 高等教育机构国际学生数量	No. of Students in Higher Education 高等教育机构学生总数	Percentage of International Students in Higher Education 国际学生占比(%)
澳大利亚 Australia	327 606	1 376 990	23.8
英国 UK	501 045	2 369 695	21.1
加拿大 Canada	309 530	2 054 943	15.2
法国 France	323 933	2 609 709	12.4
德国 Germany	251 542	2 757 799	8.7
美国 United States	1 078 822	20 185 000	5.3
日本 Japan	171 122	3 648 792	4.7
中国 China	442 773	–	1.1

图 2　中国来华留学生比例几乎世界最低

资料来源：Institute of International Education, Project Atlas, 2017.

六大指数偏低，海南国际人才竞争力排名第 25。

从人才的教育上，再看看海南。我们去年发布了一份蓝皮书《2017 中国区域国际人才竞争力报告》，从人才规模、结构、创新、政策、发展以及生活这六个指数作了分析。总体来说，都是比较低的(见图 3)。

当然，也有第一梯队。上海做得最好，上海、北京、广东、江苏是第一梯队。第二梯队包括像浙江这些地方。海南是排在了很后面，基本上属于第三梯队。中国的国际人才分布非常不均匀，海南基本上排在后面几位。海南的国际人才规模、结构、创新以及政策指数排在了更后面。

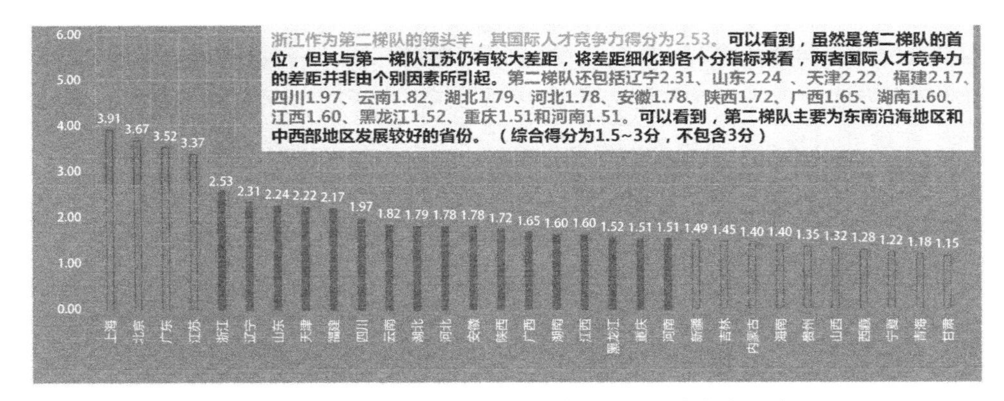

图 3　2017 年中国区域国际人才竞争力·综合指数排名

来源：CCG 与西南财经大学发展研究院《中国区域国际人才竞争力报告 2017》

在发展指数方面,海南可能比较好。海南的空气很好,生活指数也是可以的。综合来说,海南有着很大的发展空间,我们给定的竞争力排在第 25 位(见图 4)。

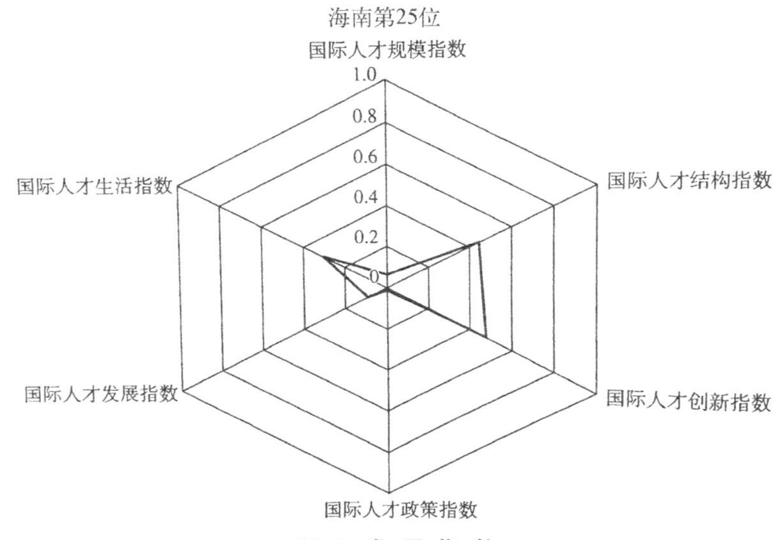

图 4　发 展 指 数

和全国其他省份相比,海南也有一些亮点。如博鳌亚洲论坛、中国企业全球化论坛、智库会议也都在海南举办。如果海南未来做得好,是很有竞争优势的。

我们 2017 年做了一份报告,《全球人才竞争力指数(GTCI)报告》,北京、上海、深圳、广州这些一线城市,和国际上的发达城市相比,仍然有很大的差距。从湾区角度来讲，粤港澳大湾区的人才发展报告显示，本科以上的劳动力占全体劳动力的比重，旧金山湾区达到了46%，纽约湾区达到了42%，东京湾区达到了37%，粤港澳大湾区和这些地方相比，差距是很明显的，只有17%。所以，未来这个领域的增长还是有很大的空间的。

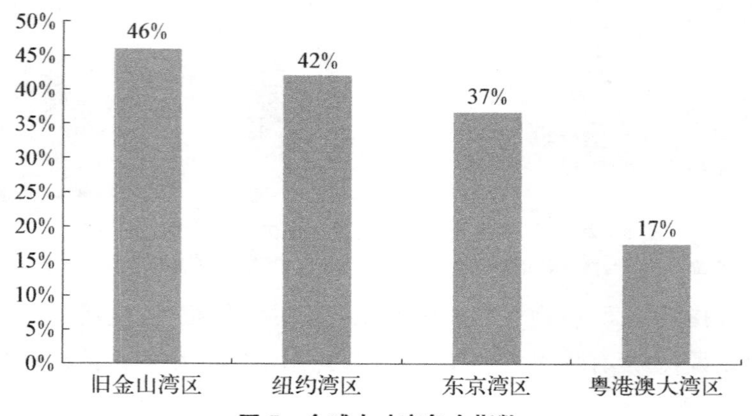

图5 全球人才竞争力指数

海南省第三产业占了55%，但是和其他一些地方相比差距还是非常大的，未来海南要想推动这一块的发展，空间也非常大。

政策文件不断出台，人才改革进入快车道

党的十八大以来，习近平总书记在各种场合提及人才工作100余次，并多次提及国际人才：人才是衡量一个国家综合国力的重要指标，人才竞争已经成为综合国力竞争的核心。包括2013年欧美同学会成立一百周年的时候，习近平总书记把多年来的留学政策做了提升。原来的留学政策是“支持留学、鼓励回国、来去自由”，到2013年的时候，习近平总书记增加了“发挥作用”，变成“十六字”方针。

2016年，国家出台了很多政策文件，包括《关于加强外国人永久居留服务管理的意见》《关于深化人才发展体制机制改革的意见》以及《外国人来华工作许可制度试点实施方案》，还有公安部支持北京创新发展20项出入境政策研究和制定。这四个文件在全国已经开始实施，包括允许外国留学生在中国境内工作，这是非常大的突破。人社部、教育部和公安部颁发的一份文件中提到，没有来中国留学的海外硕士生，中国也欢迎他们在我们国家工作，这是非常好的、很了不起

的政策。

党的十九大继续强调了人才的重要。《外国人才签证制度实施办法》已经在实施推行,外籍华人出入境签证有效期延长至5年,多次往返于国内外的也可以长期居留不用出境,相当于是小华裔卡。

2016年,我写了一份报告,建议成立国家移民局,这个报告得到习近平总书记、李克强总理等五个常委的批示,2018年正式成立,我们直接推动了一个国家部委的成立,体现了国家对吸引人才越来越重视。

人才改革在十八大以来进入了快车道,随着政策的不断出台,从试点走向全面推进,国家层面也更加重视,自贸区以及各地的竞争也是非常大的。

各地自贸区之间的人才政策竞争与优化

人才改革的突破很多是从自贸区竞争开始的。2015年上海出台12条政策,北京马上出台20条,中关村就有10条。后来广东又出台16条。上海又是10条、北京20条,就这样来回不停地竞争,不断地优化我们国家的人才政策。

海南加入人才自贸区的大战,我觉得是非常有必要的。上海是最早的"先行者",2015年就开始提出了一系列人才的政策、计划,广东自贸区也跟进出台了16项的计划,最初华人的出入境是从广东开始突破的。自贸区的政策可复制、可推广到全国各地,可以把很多国际上比较先进的做法或者是有效的经验直接变成政策,这是特别好的。

海南自贸区,可担起引进国际人才大任

1978年提出改革开放,1979年就开放了4个经济特区,2018年中国要建立海南自贸区,这不亚于当年深圳特区的建设,关键看怎么做。

我认为,能不能解放思想是很关键的。"4·13讲话"提到硕士可以在海南就业,我觉得完全可以放宽到本科。"百万人才进海南"到目前还没有进来多少,2020年吸引20万人,2025年要达到100万人,而现实与这个目标差得太远,所以怎样推动需要很多的相应举措。

前四十年,深圳、上海的经济特区,完成了招商引资的作用,海南能不能在今后的几十年完成招商引资?中国的硬件很好,资本也不短缺,现在就是缺人才,

缺国际化的人才。海南自贸区或许可以担此大任。对此，我有以下几点建议。

第一，机制保障。完善人才引进和培养机制；进一步完善人才发展运行体系；实行人才执业互认制度。

第二，打造人才发展平台。打造国际人才自由港；建立国际人才联合会永久基地；建设东盟国际人才交流中心。

第三，加大创新创业支持力度。建设人才保税区或特区；提升创新创业支持力度；实行海外人才创业计划，试行创业签证。

第四，放宽居留和出入境限制。实施"海南华裔卡"，实行 10 年多次往返签证，对发达国家和东盟国家也可以实行 10 年多次往返签证政策；免签入境后停留时间从 30 天统一延长至 180 天，促进入境旅游市场更加活跃发展；发挥"59 国人员入境旅游免办签证政策"优势，推动人才对海南的了解，强化人才交流和聚集。

第五，便利各类人才就业与实习。中国港澳台人才在内地(大陆)就业已无需申请许可，可以吸引优秀的中国港澳台人才和外籍人才在海南就业、扎根发展；实施假期工作签证，允许签证持有人在海南合法受雇，从事临时性工作，用于弥补其旅行资金；放宽外国留学生在海南实习和就业限制。

第六，加强国际交流与科研、教育合作。推动重点学科和研究基地建设，制订海外学者来访计划；推进从中小学到高等院校的国际合作办学(或国际学校)建设力度。

第七，立足海南优势，发挥智库研究与培训作用，提升人才软实力。打造旅游会展国际中心，推进海南国际大健康产业发展，提升国际旅游岛品牌效应，加大相关方面国际人才引进；建设"一带一路"国际人才研究(或培训)学院，建立国际人才培育基地；建立海南国际人才研究院，为国际人才发展体制机制突破创新提供智力支持。

(本文根据王辉耀 2018 年 12 月第三届中国教育智库年会现场报告口述整理而成)

薛二勇："一加七"教育大格局，推进教育强国建设

人物简介

薛二勇，北京师范大学教育学部、中国教育政策研究院教授，博士生导师。

2018 年 12 月 29 日，第三届中国教育智库年会在海南自贸区召开，薛二勇的主旨报告，从教育强国的指导方向、中国教育的现状、教育强国的关键特征、教育强国的建设路径以及对海南建设自贸区的想法等维度展开全面分析，提出了自己的思考和建议。

四个渠道，呈递教育政策咨询报告

我在北京师范大学中国教育与社会发展研究院任职，这个研究院是北京师范大学和民进中央合作共建的一个教育智库，2010 年 1 月 26 日成立。经过几年的打造，它已经成功地被中宣部列入了第二批国家高端智库培育单位。

这么多年来，我们主要是服务党和国家以及地方的教育决策，已经呈递了 500 多份政策建议，其中 350 多份获得了批示和采纳。现在有四个常设的渠道：

第一，每月一期教育政策决策参考；

第二，每星期一期教育舆情；

第三，每年在两会期间，通过民进中央递交 10 份左右的政协提案；

第四，如果涉及教育领域重大、关键性的问题，可直报党中央、国务院。

我们希望各位同志能够一起为国家或者区域的教育改革和发展尽力。

教育强国的政策设计与制度安排

我从事的是教育战略、教育政策、教育规划等方面的工作。2016 年以来，经中央有关部门的委托，研究习近平总书记的教育论述。2017 年主持了教育部哲学社会科学重大课题公关项目，我是这个课题的首席专家。

提到教育强国建设，这段时间以来，有三个政策文件和教育强国有关：2017 年党的十九大报告提出教育强国，2018 年政府工作报告提出发展公平而有质量的教育，2018 年全国教育大会上习近平总书记再次强调了教育强国。另外，2017 年国家印发的《关于深化教育体制改革的意见》，这个文件也提到了教育强国。这是 1985 年中共中央关于教育体制改革的决定之后，又一份关于全面深化教育改革的纲领性文件。

教育强国的指导思想

教育强国要有个魂、有个指导思想，这个指导思想就是习近平总书记的教育论述。

经初步的研究，我们认为习近平总书记的教育论述体现为十大方面。它的逻辑结构是这样的：一个核心、两个驱动、三个抓手、四个保障。

“一个核心”，是价值育人，培育和践行社会主义核心价值观。这是社会主义改革发展的动力源、方向标。

“两个驱动”，就是教师育人、家庭育人。这是教育改革发展的“梦之队”、责任人。

“三个抓手”，是文化育人、榜样育人、健康育人。这是教育改革发展的关键环节、着力之处。

“四个保障”，是创新育人、公平育人、实践育人、开放育人。这是教育改革发展的基本保障、制度基础。

2018 年的全国教育大会，习近平总书记发表了非常重要的讲话，我归纳为四个方面：第一，培养什么人；第二，为谁培养人；第三，怎么培养人；第四，谁来培养人。这个思想，就是建设教育强国的指导思想。

中国教育的现状，教育强国的出发点

第一，教育的基本态势。我们国家的教育资源配备逐步合理，但学前教育资源明显不足，所以现在的学前教育是一个短板，很快就列入了国家的立法规划。

第二，教育公平发展逐步推进。上好的中小学依然艰难，这是第一个基本判断。另外，教育的质量和水平稳步提升，但是校际差距依然巨大。校际差距对一个人的影响是很大的，我曾经看过一份研究报告，他们对 10 多个国家的 10 万人做了 60 年的跟踪研究，最后得出结论：不同水平的学校，教育效果差距很大。

假设有两个孩子，家庭背景、智力水平等基本相似，一个孩子进入好的学校，另一个孩子进入差的学校。三年级的时候，他们的语言、数学、科学的成绩相差一个年级半的水平；初三的时候，他们这三个学科的成绩相差三个年级的水平。所以，第一天选择了上哪所学校，就已经决定了很多孩子的人生。

现在的义务教育，我们提倡教好每一个孩子、办好每一所学校，对人的影响确实很大。

第二个基本判断。首先，多措并举促进教育公平。第一，均衡配备教育资源；第二，均衡配置教师资源；第三，提升学校的治理水平；第四，拓展教育资源。

其次，精准促进优质均衡，主要是义务教育和学前教育。第一，切实降低农村学校的辍学率；第二，逐步解决大班额的问题；第三，着力解决课外负担重的问题；第四，保障幼儿园的办园教学质量。

最后，有重点地提升教育质量。第一，多样化办学促进高中教育的普及；第二，优化结构，提升高等教育的总体质量；第三，启动一流大学、一流学科的建设。

教育强国的战略布局，"一加七"大格局

我把党的十九大报告关于教育的内容概括为"一加七"的教育大格局。

"一"是建设教育强国。主要针对的是学校教育体系。

"七"是办好社会大教育。一是民族团结进步教育；二是价值观的教育；三是理想信念教育；四是国家安全教育，这方面的形式非常严峻；五是军队主题教育；六是全民国防教育；七是党员干部教育。

所以，如何正确地看待我们国家整个的教育体系，一方面是学校教育，这是一个主体。和学校教育有关的，应该用一个更大、更宏观、更战略的观念来看待，"一加七"构成了整个教育的大格局。

教育强国的建设路径：三大标准、四大关系

纵观世界教育强国的发展历程，横观教育强国的发展现状，教育强国表现出三个基本标准。

第一，教育强国是基于本土实践、具有国际水准的教育，首要一点是扎根于中国大地办教育，集中体现为教育现代化，在人民满意、促进公平、提升质量方面达到高的标准。

第二，教育强国对国家建设、人的发展形成支撑。具体来讲，学前、义务、高中等都有具体要求，包括很多具体的指标。

第三，教育强国对世界的影响，集中表现为全球留学的中心；具体表现为全球的人才培养、科学研究、社会服务、文化创新、科研成果的典范，对全球教育发挥示范、引领的作用。

教育强国的建设要处理好四大关系，包括教育和政治、教育和社会、教育和经济以及教育和人的关系。教育是培养人的社会活动，发展路径具有自身的规律，教育强国的建设要尊重和遵循教育规律。

第一，教育的首要属性是政治属性，必须坚持中国共产党的全面领导。党的

十九大报告明确提出，中国特色社会主义的本质特征就是中国共产党的领导。全国教育大会的“九个坚持”，第一条就是坚持党对教育事业的全面领导。

第二，教育强国的建设必须坚持社会与教育的良性互动。教育与社会之间是相互影响的。

第三，教育和经济的发展相互促进。教育不仅要适应经济社会的发展，还要引领经济。

第四，促进人的全面发展。习近平总书记提出德智体美劳五育并举，重点是从三个方面下功夫：第一体育，第二美育，第三劳动教育。

基于此，建设教育强国的目标要分两步。第一阶段是 2020 年到 2035 年基本建成教育强国；第二个阶段是从 2035 年到 2050 年，在基本建成教育强国的基础上再奋斗 15 年，把我国建成人民满意的教育强国。彼时，教育质量全面提升，国家治理体系和治理能力达到现代化水平，成为教育影响力领先的国家。

建设海南自贸区，教育强省是源泉、是根基、是保障、是动力

第一，建设教育强省。海南的教育质量在全国应该是处于中等偏下的水平，建设自贸区，教育必须要强。教育强省，是人才发展的基本源泉，不仅要靠人才引进，还得增加内生动力。

第二，创新高等教育体制机制。在双一流建设的背景下，体制机制也在动态调整。我觉得应该有四个面向：面向世界、面向未来、面向现代化、面向区域。另外，高等教育要与经济社会发展相结合、与区域发展战略相结合。

第三，中外合作办学。海南省可以尝试中外合作办学的试点，从管理、投资、运营各方面作出一些创新。

第四，“一带一路”倡议的教育交流的合作。海南在这方面地位非常重要，那么教育，尤其是职业教育能不能加强这方面呢？现在一些职业教育都走出去了，问题是靠什么去维系，我认为靠人才和技术的服务。或许，海南可以在这方面进行一些探索。

（本文根据薛二勇 2018 年 12 月第三届中国教育智库年会现场报告口述整理而成）

高书国、陈衍：高端智库助力自贸区创新发展

人物简介

高书国，中国教育学会副秘书长。（左）

陈衍，浙江工业大学教授。（右）

2018 年 12 月 29 日，第三届中国教育智库年会在海南自贸区召开，现场以助力海南自贸区创新发展为主题展开了一次现场访谈，高书国、陈衍分别对自贸区整体发展，以及教育应该如何应对资源不足、如何进行创新发展等问题畅谈了自己的思考和建议。

自贸区发展要充分释放制度和人力方面的改革优势

白丁: 今天的《白丁会客厅》请到了中国教育学会副秘书长高书国,还有浙江工业大学陈衍教授,今天的主题是聚焦海南,那么我们就以海南为例。

海南每年有非常多的国内、国际知名论坛召开,全球的智慧都在这里碰撞,但最终还是聚焦旅游。在国际和国内竞争的大格局下,自贸区发展想要比别人走得更快一点,除了要政策红利和全国人民的支援以外,和岛内的思想解放、体制进一步开放之间应该是什么样的关系?

陈衍: 这是我们长期感受到的。其实海南也好,全国其他地区也好,过去我们没有把制度创新放在一个很高的位置上来设计或是推行,没有把海南自身的改革动力和我国在全球发展中的优势相结合,导致海南占据了天时地利,却没有出现我们想象中那么明显的红利。

所以海南要充分释放其在制度、人力方面的改革优势,否则即使建了自贸区,未来与其他省市的差距也会不断拉大。

高书国: 从自贸区或是工业园区发展来讲,最早要做的是项目引进,其次是资本引进,最后是人才引进。我建议第一要尽可能地创造一些好的条件,引进外部人才。第二,要有一定的规则、制度。海南的优势是农业,没有经过工业化的过程,所以工业化的规则在海南人群中比较弱。从以农业为主跨越到以服务业为主,要树立规矩意识、制度意识、规范意识。在这一点上,我认为还没有形成共识。

教育水平与北京相差 30 年海南自贸区发展要补足短板

白丁: 海南作为新兴区域,它所面临的教育问题,所面临的机遇与挑战和传统区域一定是不一样的,那么究竟有哪些不同?

高书国: 在国家发展当中,我们经历了工业园区、开发区、自贸区三个发展阶段。其中在自贸区阶段有这样几个优势,政策或是国家宏观战略优势,资源优势,还有地理位置。地理位置这一点其实有时候还是劣势,因为很多工业园区都地处人力资源薄弱地区。所以，发展自贸区处理好三者之间的关系很重要。

从 2016 年人均受教育年限来讲，北京是 12.3 年，相当于美国的人均受教育年限，而海南是 9.12 年。我一直研究人口和教育政策问题，每相差一年，教育水平起码相差 7～10 年。所以，按照这个程度，海南和北京的教育水平相差 25～30 年。因此海南自贸区发展很重要的一点就是要补足短板，还有就是要人才兴岛。

陈衍：无论是海南还是此前的上海、浙江，第一，制度创新常常比我们所获得的政策优惠在经济社会发展过程中起到更大的作用。第二，注重探索负面清单管理模式。法无禁止皆可行，对教育来说也是如此，尤其是海南作为新兴自贸区，我们希望这里能够产生一些可复制、可推广的经验。

因为我的专业是职业教育，所以我想在这里提供一些海南职业教育的发展情况。海南的职业教育发展没有高等教育那么惨，在 10 年的时间里，海南的职业教育从全国第 28 名上升到了第 17 名，其中存量的规模竞争进入了全国第 7 名，这也与海南整体人口基数少有关系。

应对资源不足挑战
首抓基础建设和人才吸引

白丁：现在很多区域都在争取相关资源，都想用新的政策、新的概念取得比较好的发展。那么从整体来看在资源有限的条件下，如何看待自贸区的短板发展？针对教育领域，面对优质教育资源大家经常都会提出非常具体的诉求，在大家都在争取优质教育资源的情况下，自贸区面对优质教育资源总量不足的情况，应该如何面对挑战？

高书国：我国现在有 12 个自贸区和 20 个城市群，自贸区之间的资源竞争、优质教育资源的竞争都是不可避免的，同时政策方面的优惠也在递减。

海南自贸区处在新兴的发展过程中，如何能把优势化为资本、资源、对外吸引力的优势，这还是一个问号。在吸引外部资源或是人才兴岛的问题上，我想说，我们国内教育资源和人才的竞争是物理移动，这种移动会改变区域的人才结构，对于区域资本和资源能很好地发挥带动作用。但是对于全国来讲，只有量的移动，没有质的增加。

在海南目前各方面资源紧缺的情况下，我认为最重要的是省委省政府必须决断到底什么应该优先发展，应该把什么放在核心地位发展。有两个方面不可忽视，第一，基础建设，第二，人才的吸引和提升。在这两个方面抓住主要矛盾加以突破，才有可能后来居上。

在高等教育或是职业教育方面，即使引进优质教育资源，也一定要与当地产业相结合，否则优质教育资源很难落地生根。

陈衍： 对于自贸区，首先是经济领域的概念，结合自贸区的教育发展和中国教育发展我有三句话可以分享。第一，要克服人力资源供给的短板效应。第二，充分发挥新技能在经济社会发展中的潜在优势。第三，支持获取，比如现代农业、高新技术产业、现代服务业。

把提高教师待遇作为教育发展先手棋

白丁： 高秘书长曾经做过相关预测，认为在2030年前后，中国将会重回世界教育中心的位置，并提到了几个重点城市，其中并没有包括海南。在新的背景和政策下，教育中心城市的版图是否会改变？您对海南教育有哪些预期？

高书国： 对于海南自贸区来说，如何吸引国际人才，按照国际标准引进国际课程，同时培养面向国际的服务型人才是非常重要的。至于海南是不是能成为国际教育中心之一，我认为还有待时日。

我建议可以培养面向东南亚的国际旅游和大健康方面的人才，这些方面在大学专业发展上还是一块处女地，引进成熟的课程体系和国际化人才，成为国际区域性高端健康旅游人才培养基地，是完全没问题的。

另外，我们经常提到国际化，但是很少有人提到教师。教师国际化一方面是要引进国际人才，但更要使本土的教师向国际化发展。

那么，到底什么是海南教育发展的创新点，除了补齐短板以外，我建议要提高教师待遇，谁提高了教师待遇谁就提高了教师质量，谁就能够兴办本地教育。但是，这要做很多说服工作，我建议市政府能够做出这样的抉择。把提高教师待遇作为这一地区教育发展的先手棋，以教师发展带动整体人力资源开发，激活政策资源。我希望能够给海南一些时间，让海南自贸区给我们一个惊喜。

新建高校要在国际上处于前沿

白丁:海南省东方市市委书记谈到一点,目前正在旁边推进国际旅游文化学院的建设,对此您有哪些建议?

陈衍:当地对于这所学校的建设寄予了很大希望,但是有四点需要学校在后期建设中注意。

第一,体系化。这是一所高等院校,我认为还应该在文化旅游的应用型人才方面打造体系化的链条,从中职、高职、本科乃至更上层。

第二,现代化。我们要建设的是现代化的学校,那么这所学校是不是能够做到智能化,数字教育在学校能够有多少体现?如果没有这些,我认为这所学校作为自贸区建设的载体,意义并不是太大,不如来扶持其他院校。

第三,国际化。这所学校如果要作为自贸区的代表,那么一定要在国际同类型的学校中是最前沿的。

第四,本土化。它不仅仅代表东方市、海南省,还代表中国。我建议以这所学校的建设为载体,利用新一轮职业教育改革的契机,建设海南特色职业教育改革试验区。

(本文根据高书国、陈衍 2018 年 12 月在《白丁会客厅》访谈整理而成)